BERND KAUFHOLZ

Tödlicher Skorpion

BERND KAUFHOLZ

Tödlicher Skorpion

Tanja Papenburgs erster Fall

KRIMI

mitteldeutscher verlag

Ähnlichkeiten mit lebenden oder verstorbenen
Personen sind rein zufällig und unbeabsichtigt.

Tanja Papenburg wälzt sich in ihrem Bett hin und her. Immer wieder durchschütteln sie Hustenanfälle. Sie hat sich eine Erkältung eingefangen. Eine heftige. Vor zwei Tagen noch hatte sie den schniefenden Kollegen in ihrer Kanzlei mit siegessicherem Lächeln auf den Lippen gesagt, dass sie in diesem Winter wohl nichts umhauen kann. Sie war sich doppelt sicher. Schließlich hatte sie sich gleich zweimal impfen lassen: Gegen die normale Influenza und, wie es in diesem Jahr Mode ist, auch gegen die Schweinegrippe.

Doch das Lachen war ihr bereits einen Tag später eingefroren. Es fing mit einem leichten Kratzen im Hals an, die Augen röteten sich und brannten, dann lief ihre Nase schneller als Usain Bolt bei der Leichtathletik-WM in Berlin. Und nun der Husten.

Schweißgebadet wälzt sich die Fiebernde auf die linke Seite. Sie tastet nach dem Wecker, der auf ihrem Nachttisch steht. Wie immer liegt das *Made-in-Hongkong*-Teil aus schwarzem Plastik unter einem Wust von Zeitungen und Krimis. Zehn Minuten nach drei, registriert Tanja seufzend, nachdem sie das Papierdickicht zur Seite geschoben und die Leuchtzahlen entziffert hat.

Ein wenig neidisch hört sie die gleichmäßigen Atemzüge und das leise Schnarchen ihres Mannes. Dann quält sie sich mit einem Seufzer hoch und tritt ans Schlafzimmerfenster. Sie schiebt die beigefarbenen Vorhänge zur Seite und schaut hinaus. Es schneit schon den dritten Tag. Der Hausgarten und der Wald, der direkt an den grünen Maschendrahtzaun grenzt, liegen unter einer dicken Decke. Die Fichten biegen sich unter der Last des Schnees. Lautes Knacken verrät, dass die äußerste Belastbarkeit der Äste erreicht ist. Wo sich die Blumenrabatten befinden, ist nur an einigen traurigen Stängeln vertrockneter Pflanzen, die im Herbst nicht abgeschnitten wurden, zu erkennen. Die Laterne auf der gegenüberliegenden Straßenseite beleuchtet schwach einige

Katzenspuren. Sie sind wie ein ungleichmäßiges Muster ins Weiß gestanzt.

‚Ein Tee wäre jetzt gut', überlegt sich die Frau mit den kurzen pechschwarzen Haaren. Oder vielleicht doch lieber eine heiße Zitrone? Leise, um ihren Mann nicht zu stören, geht sie zur Tür. Behutsam drückt sie die Plastikklinke herunter und ärgert sich im selben Moment wieder über die hässlichen weißen Türen. ‚Es gibt noch eine Menge zu tun, bis ich mich hier richtig zuhause fühle', denkt Tanja Papenburg, als sie ins Erdgeschoss hinuntergeht.

Die Rechtsanwältin wohnt erst seit einem knappen Jahr in der 2.000-Einwohner-Gemeinde Wahlbrück an der Elbe. Und der Schritt, von der Landeshauptstadt Magdeburg in das Haus am Waldrand zu ziehen, war ihr nicht leichtgefallen. Doch ihrem Mann zuliebe hatte sie ihre Abneigung gegen einen Wohnort, der mehr als fünf Schritte vom Arbeitsplatz entfernt liegt, zurückgestellt und fährt seitdem täglich zwanzig Kilometer bis zur Kanzlei und wieder zurück. Zähneknirschend. Oft auch lamentierend. Aber sie fährt. Nach ihrem Jurastudium hatte sie es sich nicht träumen lassen, einmal regelmäßig so früh aus den Federn zu müssen. Und mit ihren vierzig Jahren scheint die Last von Tag zu Tag schwerer zu werden.

Heute Nacht, mag sein, dass das Frostschütteln und der Husten den Wunsch nach den alten Zeiten verstärkt, flüstert sie: „Wie einfach war es doch früher. Raus aus dem Bett und die hundert Meter bis ins Büro …"

Kathrin Meltzer ist Geschäftsführerin. Sie hat ein Gewerbe, das in Magdeburg und Umgebung noch recht selten ist – selbst zwanzig Jahre nach der Deutschen Einheit – jedoch einen ebenso großen Kundenkreis hat wie im Westen. Meltzer leitet ein Bordell.

Das Wort „Puffmutter“ hört sie jedoch nicht so gern. Nach außen firmiert sie als Chefin einer Nachtbar. Und das „Kalinka“, nur wenige Kilometer von der Landeshauptstadt entfernt, am Ortseingang von Warkheide, ist ein beliebtes Etablissement. Es hat sich längst vom Taxifahrer-Geheimtipp zur Goldgrube für seine Besitzerin gemausert.

Doch in dieser Nacht ist es ruhig. Nur wenige Männer, darunter zwei, drei Stammgäste, suchen für ein paar Stunden weibliche Gesellschaft. Die meisten nur schnellen Sex.

‚Frau Kathi‘, wie sie von den Mädchen genannt wird, steht hinter der kleinen Bar gleich links neben der Tür. Sie spült lustlos ein paar Sektgläser und schaut sich im Schummerlicht des Raums um. In der halbrunden Kunstlederecke sitzt ein älterer Mann mit Glatze. ‚An die sechzig‘, schätzt sie. Ein Taxifahrer hat ihn vor einer knappen Stunde die Stufen bis in die erste Etage geführt, dorthin, wo kaltes Rotlicht für heiße Stunden wirbt: „Wir wissen, worauf Männer scharf sind!“ Der Gast im braunen Anzug, der irgendwie nicht zu seinem Äußeren zu passen scheint, hat den Kopf auf die Hände gestützt und die Augen geschlossen. ‚Nicht mehr ganz nüchtern‘, verstärkt sich bei der Geschäftsführerin und Bardame in Personalunion der Eindruck, den sie schon hatte, als der Mann den Nachtclub durch den Perlenvorhang betrat. Nicht zum ersten Mal, wie sie sich beinahe sicher ist.

Neben der kleinen Spiegelfläche mit der chromglänzenden Tanzstange lärmen mehrere Männer. Das Ende einer Firmenfeier. Beim Jüngsten der Fünfmännerrunde wird die Aufregung vorm ersten Mal im Puff mit Schnaps weggespült. „Als ich so alt war wie du, war ich schon fast das zweite Mal verheiratet!“, protzt ein Untersetzter, und ihm fällt dabei beinahe die Zigarette aus dem Mund. Lachen und Schulterklopfen: „Das wird schon wer’n mit

Mutter Bär'n, mit Mutter Horn is ooch jewor'n. Immer druff uff de Mutter."

Ganz hinten, kaum noch von der Bar aus zu erkennen, gestikulieren zwei Gäste mittleren Alters mit Damen des Hauses. Kathi erkennt Cindy und Miriam, die Vollbusige mit der Streichholzfrisur und die Superschlanke mit der wallend-roten Milva-Mähne.

Nur wenige Meter vom Bartresen entfernt, in der Eingangsecke des Raums, die ein wenig besser beleuchtet ist als der Rest des Raumes, steht der Tisch mit den Frauen. Acht „Stammgäste", wie die Prostituierten hier genannt werden, girren auf Sofa und Sesseln. Iwana aus Bulgarien hat heute Geburtstag. Auf dem Tisch ein paar Flaschen „Rotkäppchen" für ihre Kolleginnen. Ohne den sonst üblichen Aufschlag, der das Zehnfache des Einkaufspreises übersteigt.

Wie gesagt: Eine ruhige Nacht.

Jedenfalls bis kurz nach drei Uhr. Aus dem Lautsprecher schmelzen Jane Birkin und Serge Gainsbourg ihr „Je t'aime" auf kleiner Flamme, als ein kreischender Schrei die Kuschel-Stimmung von einer zur anderen Sekunde kippen lässt. Ein zweiter Schrei – nicht ganz so laut. Dann steht eine Barbusige mit weit aufgerissenen Augen vor den tanzenden Perlenschnüren. Die Schrecksekunde ist zu greifen. Die Gäste starren auf die Frau, die versucht, etwas zu sagen.

Schritte poltern hinter dem Vorgang, durch den die Treppe ins Parterre führt und wo sich der Gang befindet, von dem die Zimmer abgehen. Der Rausschmeißer, der am Eingang gerade einen neuen Gast empfangen wollte, nimmt gleich zwei Stufen auf einmal.

„Tot, tot, alles Blut, tot!", stammelt die Mittzwanzigerin im grün glitzernden String-Tanga und stützt sich auf einen der vier Barhocker.

Die Gäste haben es plötzlich ziemlich eilig. Gegenstand von polizeilichen Ermittlungen zu werden, darauf hat niemand Lust. Nur der Glatzkopf im Kunstleder-Halbrund scheint sich für die Hektik, die nun das musikalische Stöhnen des französischen Gesangduos übertönt, nicht sonderlich zu interessieren. Seit dem ersten Schrei hat er sich nicht im Geringsten gerührt. Sein Kopf liegt immer noch auf den Fäusten. Seine Augen sind schmale Spalte.

Kathrin Meltzer wischt sich ihre feuchten Spülhände an einem Handtuch ab. Dann geht sie um den Bartresen mit der Batterie bunter Etiketten herum. Sie nimmt die Zitternde in den Arm: „Was ist los? Wer ist tot?“ Coco zeigt nach hinten: „Zimmer drei. Ukraine. Hals ab.“ Die Chefin versucht, ruhig zu bleiben. „Ihr bleibt hier!“, ruft sie den Mädchen zu, die zum Ausgang drängen. „Coco, du gehst vorneweg. Aleks“, wendet sie sich an den bulligen Türsteher, „du kommst mit.“

Das Trio durchklackert den Holzperlenvorhang, lässt die Treppe links liegen und steht nach wenigen Schritten im halbdunklen Flur. Zimmer drei ist das zweite auf der rechten Seite. Die Tür steht halb offen. „Ich nicht rein“, schüttelt die Halbnackte mit dem exotischen Künstlernamen heftig den Kopf. „Ich Angst …“

Der Mann mit den Drachen-Tattoos auf den Oberarmen schiebt die beiden Frauen zur Seite und betrachtet von der Schwelle aus die Szenerie.

Die Ukrainerin in Rückenlage. Nackt. Ihre Arme sind nach oben ausgestreckt und liegen eng am Kopf an. Petrykhas Gesichtszüge sind kaum zu erkennen. Alles ist mit Blut überzogen. Am Hals klafft eine breite Wunde.

Im Kontrast zu der grauenhaften Verletzung steht das knapp einen Meter lange Plüschtier, das zwischen den leicht gespreizten

Beinen der Frau bis hinauf zur Brust reicht. Das grüne Krokodil mit den dreieckigen, gelben Rückenzacken wirkt wie ein Wesen aus einer anderen Welt – einer freundlichen, kindlichen, ohne Schrecken und Tod.

Der Türsteher macht einen Schritt nach vorn. Im selben Augenblick hält ihn seine Chefin zurück: „Nein, keinen Schritt weiter. Guckst du nie Krimis? Bleib hier stehen und pass auf, dass keiner reingeht. Und du", dreht sie sich zu Coco um, „zieh dir was über."

Dann geht Meltzer zum Telefon. Mit ihrer gespielten Beherrschung ist es nun vorbei.

Tanja Papenburg hat die Knie unter ihr Kinn gezogen. Eingehüllt in eine schwarze Wolldecke, nippt sie an einem Pott Fencheltee mit Zitrone. Ihr graut es vorm kommenden Arbeitstag: Akten über Akten. Dazu noch zwei Termine im Justizzentrum: eine Scheidung, eine Unterhaltssache. Sie drückt zwei Grippekapseln durch die Folie. Da klingelt das Telefon. Sie zuckt zusammen. Ihre erste Reaktion: ‚Bestimmt falsch verbunden – so mitten in der Nacht.' Doch nach dem dritten Ton ändert sie ihre Meinung: Vielleicht ist ja was mit der Familie. Sie schält sich aus der Wolle und greift zum Hörer: „Ja, bitte …?"

„Meltzer hier, Kathrin Meltzer vom ‚Kalinka'. Erinnern Sie sich noch an mich?", überschlägt sich die Stimme am anderen Ende der Leitung.

‚Meltzer, Meltzer, Meltzer', rattert es durch das Namengedächtnis der Anwältin. Meltzer? „Nein, tut mir leid, ist mir gerade nicht momentan", näselt Tanja Papenburg. „Was gibt es denn um diese Uhrzeit Wichtiges?", fragt sie nun ihrerseits und versucht dabei, nicht allzu unfreundlich zu klingen.

„Sie haben mich doch vor zwei Jahren bei meiner Scheidung

vertreten“, versucht die Nachtclub-Besitzerin der Juristin auf die Sprünge zu helfen.

„Und das kann nicht bis zu einer humaneren Tageszeit warten?“, wird Papenburg nun doch ungehalten.

„Nein, nein, darum geht es gar nicht. Ich habe doch diesen Club in Warkheide. Und da ist was passiert“, bleibt sie erst vage. Dann senkt die Geschäftsfrau ihre Stimme: „Eine Frau ist tot.“

Die Rechtsanwältin ist elektrisiert, ihre Erkältung fast vergessen. „Tot? Wie, tot?“

„Ich glaube, sie wurde umgebracht.“

„Haben Sie schon die Polizei angerufen?“

„Nein. Ich wollte erst einmal mit Ihnen sprechen. Sie wissen doch selbst: Ein Haus wie meines. Dann eine Tote. Da stecke ich doch ganz schön im Schlamassel.“

‚Das stimmt‘, geht es Tanja Papenburg durch den Kopf. Doch sie behält den Satz für sich. Spürt sie doch, dass die Frau am anderen Ende der Leitung kurz vor einem Nervenzusammenbruch steht.

„Was haben Sie sich vorgestellt?“, nimmt sie den Gesprächsfaden wieder auf und versucht, betont ruhig zu wirken.

„Können Sie nicht herkommen?“, fragt Kathrin Meltzer.

‚Das geht nicht‘, ist der erste Gedanke, der der Anwältin durch den Kopf schießt. Doch der zweite ist: Warum eigentlich nicht? Wenn die Frau anwaltliche Hilfe braucht. Und irgendwie reizt sie die Sache auch. Nicht nur einmal hat sie die Strafrechtler unter ihren Kollegen beneidet.

„Gut, ich komme“, schnieft sie durch den Hörer. „Aber nichts anfassen.“ Dann legt sie auf.

Tanja Papenburg wirft die Decke in eine Sofaecke und geht in die obere Etage zurück. Sie springt unter die Dusche und steht zehn

Minuten später am Bett ihres Mannes. Sie überlegt einen Augenblick, ob sie ihn wecken soll. Doch dann entscheidet sie sich dagegen. Sie schreibt eine kurze Nachricht auf das Kreuzworträtsel, das Oliver am Abend vorm Einschlafen gelöst hat: „Muss dringend zu einer Mandantin. Mach Dir keine Sorgen! Kuss, Tanja."

Als sie in ihrem schwarzen VW mit der Golfball-Beule über dem Nummernschild sitzt, ist sie sich nicht mehr ganz so sicher, ob sie das Richtige tut. ‚Was will ich da eigentlich?', fragt sie sich. ‚Da kannst du dir doch nur Ärger einhandeln.' Doch da ist sie schon an der Autobahnabfahrt Magdeburg, und über die Hälfte des Weges ist geschafft.

Am Ortseingang von Warkheide fährt sie rechts auf den Schotterparkplatz hinter dem Gebäude mit den blinkenden Leuchtstoffröhren-Herzen. Die Fenster der Etage über dem Heimwerker-Markt sind schwach erleuchtet. Sie will gerade im Parterre klingeln, als die Tür aufspringt. Die Überwachungskamera hat ihr Kommen angekündigt, und Türsteher Aleks war schneller als ihr Zeigefinger.

Ein kurzes Nicken des Zwei-Meter-Mannes ist das Höchstmaß an Freundlichkeit, das man von ihm erwarten kann. Er zeigt nach oben: „Die Chefin wartet schon." Auf der Bar-Etage angekommen, schiebt die Rechtsanwältin den Perlenvorhang zur Seite. Am Tisch rechts sitzen die Frauen. Hinter dem Bartresen steht Kathrin Meltzer in ihrem tief dekolletierten Schwarzen. Als sie die Juristin erkennt, schießt sie um die Hocker herum und drückt der Anwältin erleichtert die Hand, so, als seien bereits mit dem Erscheinen Papenburgs all ihre Probleme gelöst. „Schön, dass Sie da sind. Ich habe Aleks gesagt, dass er keinen rauslassen soll. Aber einige

Gäste sind wohl gleich, nachdem wir die Schreie gehört haben, stiften gegangen", sagt die Geschäftsführerin.

„Wollen wir hier reden?", fragt die Rechtsanwältin. „Nein, wir gehen in mein Büro", antwortet die Bar-Chefin.

Um dorthin zu gelangen, müssen die beiden Frauen am Zimmer mit der goldenen „3" vorbei. Papenburg: „Ist das hier?", deutet sie auf die geöffnete Tür. Meltzer nickt. Die Anwältin betritt den Raum. Die Nachttischlampe ist durch ein rotes Tuch abgedunkelt. Papenburg registriert den kleinen Schminktisch mit den Plüschtieren darauf und dem Polsterhocker davor, das breite Bett mit der Toten auf der knallroten Tagesdecke. Das Fenster ist vergittert und die Jalousie heruntergelassen. Die feine Nase der Juristin nimmt den schweren Geruch wahr, der ihr entgegenschlägt: Schweiß, nicht ganz überdeckt von billigem, süßlichem Deodorant.

Die Vierzigjährige nimmt ihren ganzen Mut zusammen und tritt an das französische Bett heran. Dabei achtet sie darauf, dass sie nicht in die große Blutlache tritt, die sich neben der Schlafstatt gebildet hat. Sie hat das Gefühl, dass sich gleich ihr Magen umdrehen wird. Sie schluckt, als sie die drei Schritte geht, krampfhaft dagegen an. Ihr Gehirn arbeitet wie das eines Roboters. Sie versucht, nicht in das nahezu unkenntliche Gesicht der Toten zu sehen, vielmehr tastet sie den Körper mit ihren Blicken ab. Als sie auf die verkrampften Hände schaut, die die Ermordete durch das Kopfteilgitter gesteckt hat, stutzt sie. Sie tritt noch etwas näher und sieht eine paar Kettenglieder zwischen Zeige- und Mittelfinger der rechten Hand.

Ohne sich in diesem Moment Gedanken darüber zu machen, dass sie möglicherweise die Ermittlungen der Mordkommission behindern könnte, zieht sie das kleine goldene Schmuckstück aus der Hand des Leichnams. Am unteren Ende hängt ein wie ein

Fünfzig-Cent-Stück großer Anhänger, ein Tierkreiszeichen – ein Skorpion.

Schnell steckt Papenburg das Kleinod in ihre Jeanstasche, ohne dass Meltzer etwas gesehen hat. Dann geht sie zur Chefin des Etablissements zurück, die an der Tür gewartet hat.

„Wir müssen reden!“, sagt sie schärfer, als sie eigentlich wollte und spürt in diesem Augenblick wieder eine Fieberwelle in sich aufsteigen.

Das Hin- und Hergetrappel auf dem Laminatfußboden ist abgeebbt. Und auch das Gemurmel, das der schwitzende Mann in seinem Versteck noch eine Zeitlang vom Gang her gehört hat, hat sich entfernt.

Er sucht mit zitternder Hand in seiner Hosentasche ein „Tempo“. Er tupft sich das feuchte Gesicht und spürt, dass dabei Zellstofffusseln an seiner Nase kleben bleiben. Mit einer Handbewegung wischt er sie weg. Dann öffnet er leise die Tür der kleinen Abstellkammer mit den Reinigungsgeräten und den Flaschen mit Chemikalien. Vorsichtig lugt er ins Halbdunkel. Niemand da.

Der Untersetzte mit dem auffälligen Grübchen am Kinn blickt sich im Flur um und sieht an der Stirnwand zwei Fenster. Er öffnet das linke und sieht direkt daneben die Dachrinne nach unten laufen. Kurz entschlossen schwingt er sich auf das Fensterbrett und hält sich am Fallrohr fest. Er klettert die wenigen Meter bis nach unten.

Der Mann läuft über die kleine Rasenfläche bis zur Hauptstraße. Ein paar Schritte weiter biegt der Mann mit den kurzen Beinen in eine Sackgasse ein. Dort hat er sein Auto geparkt. Bei seinen Besuchen des Etablissements will er nicht erkannt werden. Sein Jaguar XJ12 in weinrot-metallic mit der auffälligen Nummer „JL-JL 6666“ hat die Wirkung einer Visitenkarte.

Der Bordell-Gast ordnet seine Kleidung, zieht sich die knallrote Krawatte glatt und wirft sich auf den Fahrersitz. Mit einem kraftvollen Brummen springt der Zwölf-Zylinder „Sovereign“ an.

„Möchten Sie einen Kaffee?“, fragt Kathrin Meltzer in ihrem kleinen Büro gleich hinterm Bartresen. Tanja Papenburg schüttelt den Kopf: „Vielleicht einen Tee“, antwortet sie. Die Geschäftsführerin des „Kalinka“ drückt den roten Knopf am Wasserkocher und hängt einen Beutel „Grüntee Orange“ in eine dickbauchige Tasse, die die Form eines nackten Frauen-Oberkörpers hat.

Die Luft muffelt nach altem Fett, die von einer halbvollen Pommes-Pappe aufsteigt, und nach kaltem Rauch von den ausgedrückten „JPS“ im überquellenden Aschenbecher. Angespanntes Schweigen. Es hat den Anschein, als ob jede der beiden Frauen darauf wartet, dass die andere das Wort ergreift. Die Etablissement-Chefin gibt sich einen Ruck: „Wie soll es nun weitergehen?“

„Wir müssen die Polizei informieren. Das ist hier eine Nummer zu groß für mich. Ich werde mir wohl jetzt schon Ärger eingehandelt haben“, sagt die Rechtsanwältin und denkt an ihre Berufszulassung.

„Und wenn ich Ihnen einen offiziellen Auftrag erteile, so mit Honorarvertrag und allem Drum und Dran, sich um die Sache zu kümmern?“

Die Schwarzhaarige will sofort ablehnen. Doch dann schluckt sie das „Nein“ herunter, das sie herausplatzen will. ‚Wie im Krimi‘, denkt sie und findet es erneut hochspannend, nicht vorm Familienrichter um die Anzahl der Umgangstage von Scheidungskindern zu streiten oder für ihre Mandanten in einer Erbschaftsauseinandersetzung das Maximale herauszuholen. „Wie haben Sie sich das vorgestellt?“, will sie wissen. „Na irgendwie Licht in die Sache bringen, damit es nicht heißt: Rotlicht, Drogen, Mord, das gehört doch alles zusammen. Seit Jahren versuche ich hier alles so transparent wie möglich zu machen. Wenn nur ein kleiner Kratzer an dem Haus bleibt, kann ich doch den Laden dichtmachen." Außerdem habe sie sowieso schon genügend Ärger mit der Polizei. „Hin und wieder hat hier mal eine Illegale angeschafft, ohne Arbeitserlaubnis, nur mit Touristenvisum. Noch solch ein Ding, hat man mir gesteckt, dann ist Schluss mit lustig."

„Lassen Sie mir einen Tag Zeit, um mich zu entscheiden", will Papenburg nichts übers Knie brechen und sieht im Gesicht ihres Gegenübers sofort die zwiespältigen Gefühle: Enttäuschung darüber, dass sie nicht sofort zugesagt, aber auch Erleichterung, dass sie nicht kategorisch abgelehnt hat.

„Wir telefonieren morgen", sagt die Anwältin, die nun wieder das Gefühl hat, dass ihr gleich der Kopf zerspringt. „Nur noch eins: Wenn gleich die Kripo kommt, kein Wort darüber, dass ich hier war. Und machen Sie das auch ihrem Türsteher und den Frauen klar." Meltzer nickt: „Versprochen."

Papenburg wirft sich die abgesteppte schwarze Daunenkutte über. ‚Könnte auch mal wieder etwas Neues werden', geht es ihr durch den Kopf. Und sie denkt an ihre Kolleginnen, die nicht ein einziges Mal in der Woche dieselbe Bluse oder denselben Rock tragen.

An der Treppe wartet Aleks. Er begleitet sie die Stufen bis zur dreifach gesicherten Eingangstür hinunter. „Ich war nicht hier", sagt die Anwältin mit kratziger Erkältungsstimme. Und schon fällt die Tür hinter ihr ins Schloss.

Im selben Moment wählt die Bar-Chefin die 110.

Draußen dämmert es bereits, als bei Hartmut Mueller das Telefon klingelt. Der Erste Kriminalhauptkommissar, der in wenigen Tagen seinen fünfzigsten Geburtstag feiert, legt den Rasierapparat zur Seite und greift zum Hörer. „Mueller", knurrt er unausgeschlafen ins Telefon, hat er doch die halbe Nacht bei Ermittlungen in einem Tötungsdelikt im Harz zugebracht. „Lageführungszentrum, Liesegang", meldet sich eine Stimme. „Wir haben Arbeit für euch."

„Was gibt's?", fragt der Magdeburger Chefermittler in Sachen Mord und Totschlag.

„Im ‚Kalinka', in Warkheide, liegt 'ne Tote, Halsschnitt", erklärt der Beamte vom LFZ. „Gegen 5.30 Uhr lief die Meldung über Polizeinotruf auf. Wir haben dann gleich eine Funkstreife vom Revier hingeschickt. Die Kollegen haben die Sache bestätigt. Da liegt eine Prostituierte in ihrem eigenen Blut. Die Rechtsmedizin ist schon informiert."

Mueller hat sich beim Telefonieren Hemd und Jeans übergestreift. „Ich fahre direkt nach Warkheide", sagt er und drückt die rote ‚Aus'-Taste an seinem Diensthandy.

Tanja Papenburg sitzt in ihrem Arbeitszimmer im ersten Stock der alten Gründerzeitvilla am Rande des Magdeburger Zentrums. Durch die knorrigen Äste der alten Kastanien sieht sie auf den kleinen Park mit den Autostellflächen.

Die Rechtsanwältin ist gar nicht erst nach Hause gefahren. Sie ist zwar hundemüde nach der schlaflosen Nacht, aber sie war sich sicher, kein Auge schließen zu können, nachdem sie Teil eines Mordfalls geworden ist.

Vor sich hat sie ein Rosinenbrötchen, das sie vom Bäcker um die Ecke mitgebracht hat. Sie kaut das süße Teil mit wenig Appetit. Hin und wieder greift sie zur Teetasse neben dem Aktenstapel und nimmt einen Schluck. Doch mit ihren Gedanken ist sie noch im „Kalinka". Je länger sie darüber nachdenkt, desto unwirklicher kommt ihr die Situation vor. Sie, die von ihren zwei Brüdern schon in frühester Jugend als „Hasenfuß" gehänselt wurde, hat Angst vor der eigenen Courage. ‚Da hast du einen kapitalen Bock geschossen', ist sie sich sicher.

So in Gedanken versunken, hört sie kaum den erstaunten Gruß von der Tür: „Na, Frau Papenburg, wohl auch kein Zuhause?" Erst, als der Kollege noch ein lautes und gedehntes „Guten Mooorgen!" hinterherschickt, wendet sie sich ihm zu.

„Na, besonders ausgeschlafen sehen Sie aber auch nicht aus", versucht sie einen Scherz.

„Familienfeier – ist ein bisschen später geworden", winkt der Untersetzte ab und rückt seine rote Krawatte zurecht. Dann wendet er sich ab, und Papenburg hört Hans-Joachim Loth die Treppe zum Obergeschoss hinaufgehen.

Die Vierzigjährige steht auf. Sie hat das Gefühl, keine Luft zu bekommen. Sie öffnet das Fenster einen Spalt. Dabei fällt ihr Blick auf den Wagen des Kollegen – einen Jaguar XJ12 – in weinrot-metallic.

Hartmut Mueller biegt auf den Schotterparkplatz hinter dem „Kalinka" ein. Den beiden Schutzpolizisten, die mit ihrem blau-weißen VW-Bulli den Weg freimachen, winkt er einen knappen Gruß zu.

Im Gebäude sind die Männer in ihren weißen Kombinationen bereits bei der Arbeit.

„Wer ist hier der Chef im Lokal?", fragt er einen Kollegen vom Revierkriminaldienst. „Und wo liegt die Tote?"

Der Kriminalist zeigt nach rechts. „Die Puff-Mutter sitzt in ihrem Büro hinter der Bar und hat eine Stinklaune. Die blutige ‚Matratze'", deutet er nach links, „liegt in Zimmer drei – immer der Nase nach."

Mueller findet die Zote zwar geschmacklos. Doch er weiß

auch, dass Ermittler, die nicht jeden Tag etwas mit Toten zu tun haben, oft dieses Ventil brauchen, um mit der Situation klarzukommen.

Der Erste Kriminalhauptkommissar wendet sich zuerst nach links. Er stößt im halbdunklen Gang beinahe mit der Rechtsmedizinerin zusammen. Sie streift gerade ihre Handschuhe über. „Guten Morgen, Frau Doktor Reinhold!", grüßt Mueller. „Na, schon etwas gefunden?"

„Nun mal langsam, Herr Kriminalrat", stuft sie den Mann, mit dem sie schon seit Jahren zusammenarbeitet, im Dienstgrad nach oben. „Lass man gut sein, Frau Professor", kontert er. „Dann musst du mir noch zehn Euro monatlich drauflegen. Aber Spaß beiseite. Wie sieht's aus?"

„Ich will mir gerade die Leiche anschauen", sagt sie.

„Ich komme mit", entscheidet der Ermittler.

Er bleibt an der offenen Tür stehen und sieht, wie Evi Reinhold an die Tote herantritt. Zuerst besieht sie sich die Wunde genauer. „Nur ein Schnitt", sagt sie. „Aber sehr tief. Möglicherweise bis auf die Wirbelsäule. Und soweit ich das durch das Blut beurteilen kann, keine Probierschnitte. Doch da die Tatwaffe – wahrscheinlich ein großes Messer, Klingenlänge etwa dreizehn Zentimeter – nicht gefunden wurde, wie die Kriminaltechniker festgestellt haben, ist Selbstmord ja von vornherein kein Thema."

Dann nimmt die Rechtsmedizinerin die Hände näher unter die Lupe. An der rechten Hand findet sie zwei Schnitte. „Da", deutet sie auf die kleinen Wunden, „typische Abwehrverletzungen. Die Frau ist vom Messer nicht völlig überrascht worden."

Sie betrachtet die Totenflecken und achtet auf die Leichenstarre. Die Augenlider sind bereits vollständig betroffen, und auch der Kaumuskel sowie die kleineren Gelenke sind schon starr, wohingegen die großen Gelenke noch beweglich sind. Reinhold schaut auf die Uhr: „Es ist jetzt sieben Uhr. Der Tod muss so gegen drei Uhr eingetreten sein“, doziert sie. Das decke sich wohl auch mit der Aussage der Barchefin, die gegen drei Uhr Schreie gehört haben will.

„Schreie? Mehrere?“, stutzt Mueller. „Bei der Halswunde?“

„Nach dem Schnitt sicher nicht mehr“, schüttelt die Ärztin den Kopf. „Dann hätte die Frau höchstens noch röcheln können. Aber vorher, in Todesangst, unmittelbar vor der Tat. Oder jemand anderes hat geschrien. Aber das herauszufinden, ist ja dein Job.“

Dann wendet sie sich den Blutablaufspuren zu.

Der Kriminalist, der fürs Erste genug gehört hat, wendet sich ab und geht ins Büro. Dort wartet Kathrin Meltzer, die sich gerade eine neue Zigarette anzündet. Tiefe Ringe unter den Augen und fahrige Hände verraten Müdigkeit und Nervenanspannung. „Guten Morgen!“, versucht Mueller mit seiner mildesten Stimme die Situation ein wenig zu entspannen. Doch er hat kein Glück: „Gut? Gut? Was soll denn an *dem* Morgen gut sein?“

„Naja …“, kann der Erste Kriminalhauptkommissar, der von so viel offenem Unmut beinahe überrumpelt wird, nur entgegenhalten. „Ich bin auch nicht gerade frisch …“, sagt er. „… Nachtdienst.“ Aber das beeindruckt die Etablissement-Besitzerin sichtlich gar nicht. „Lassen Sie uns fertig werden“, sagt sie, nun allerdings eine Nuance friedlicher. „Wir wollen ja wohl beide schnell ins Bett.“

Mueller unterdrückt eine süffisante Bemerkung und kommt zur Sache. „Wer hat die Tote gefunden? Kennen Sie die Namen der Gäste, die zur Tatzeit hier waren? Und vor allem: Können Sie mir erklären, warum so viel Zeit vergangen ist, bis Sie uns angerufen haben? Zwischen dem Auffinden der Toten und dem Notruf haben doch mindestens eineinhalb Stunden gelegen.“

Die Frau mit der strohblonden Lockenpracht ist auf die letzte Frage vorbereitet. Sie hat sich eine Geschichte überlegt: „Herr Kommissar, Sie können sich doch bestimmt denken, was los ist, wenn so etwas passiert. Die Frauen sind wie ein aufgescheuchter Hühnerhof durcheinandergelaufen – fast panisch – das reinste Chaos. Ich musste sie erst mal beruhigen. Und dann wollte ich auch darauf achten, dass die Gäste nicht verschwinden. Was mir allerdings nicht besonders gut gelungen ist. Ich konnte mir doch denken, dass die Polizei sie befragen will. Wir haben zwar eine Kamera über dem Eingang, aber nur um zu sehen, wer geklingelt hat. Sie zeichnet nicht auf."

Der Hauptkommissar, in vielen Jahren im Umgang mit Menschen geschult, schaut Meltzer mit einem Blick an, der sie ahnen lässt, was er vom Wahrheitsgehalt dieser Geschichte hält. Aber er will jetzt nicht weiter darauf eingehen. Nur sein „Darüber sprechen wir noch!" signalisiert der Barchefin, dass sie aus der Sache noch nicht raus ist.

Meltzer schildert, wie sie die zwei Schreie hörte, wie „Coco" in der Tür stand und wie sie die Tote fand. Über Tanja Papenburg verliert sie kein Wort.

Die Rechtsanwältin kann sich nicht auf ihre Arbeit konzentrieren. Sie greift in ihre rechte Hosentasche und zieht das kleine goldene Schmuckstück heraus, das die tote Frau in der Hand gehalten hat. Sie nimmt sich Zeit, es etwas genauer zu betrachten. Der Rand ist mattgolden, der Skorpion, dessen schwanzartiges Hinterteil mit dem Stachel den Kopf berührt, hingegen glänzt. ‚Skorpion, Skorpion', denkt sie nach, Skorpion, Sternzeichen? Wie war das doch gleich? Skorpion – Ende Oktober bis Ende November? Man müsste wissen, wann Petrykha geboren wurde. Und im selben Augenblick wird Tanja Papenburg klar, dass sie eigentlich gar nichts weiß. Nichts über die Tote, nichts über die Gäste – nichtmal darüber, wie das Geschäft mit dem käuflichen Sex überhaupt abläuft.

‚Ich muss mich schlau machen', nimmt sie sich vor. Und das geht nur über Kathrin Meltzer, meint sie. ‚Ich muss mit der Frau nochmal sprechen.' Gleich heute Nachmittag. Wenn sich der Trubel im „Kalinka" etwas gelegt hat.

Gegen 17 Uhr steht der schwarze Golf III der Rechtsanwältin erneut auf dem Parkplatz hinter dem „Kalinka". Um diese Zeit ist das Etablissement leer. Die Fenster des Gastraums sind weit geöffnet. Eine ältere Frau wischt den Fußboden. Tanja Papenburg und Kathrin Meltzer sitzen sich zum zweiten Mal innerhalb weniger Stunden gegenüber. „Was wissen Sie über die Tote", fragt die Rechtsanwältin.

„Eigentlich nicht sehr viel", antwortet die Geschäftsführerin. „Sie ist 28 – nein, sie war 28 Jahre alt", korrigiert sich Meltzer. „Und sie kommt wohl aus der Ukraine. Ich habe gehört, aus Odessa am Schwarzen Meer."

„Und wie ist sie hierhergekommen?", will die Juristin wissen.

Schulterzucken.

„So geht das nicht. Wenn ich Ihnen helfen soll, müssen Sie ganz offen sein. Dass ich der Schweigepflicht unterliege, brauche ich Ihnen ja wohl nicht extra zu sagen."

„Na ja, offiziell sind die Frauen nur Gäste. Wie jeder andere Gast auch. Was sie hier tun, ob und wohin sie mit den Männern verschwinden, ist letztlich nicht meine Sache, lautet meine Geschäftsphilosophie." Viel wisse sie nicht darüber, auf welchem Wege die Frauen nach Deutschland kommen. Doch würden sie so alle zehn bis zwölf Wochen ausgewechselt. „Aber da unterhalten Sie sich besser mit den Frauen selbst."

Tanja Papenburg wiegt den Kopf hin und her. Sie ist immer noch unentschlossen. Möglicherweise geht es ja um organisierte Kriminalität. Worte wie „Russen-Mafia“ und „albanische Bruderschaft“ geistern ihr durch den Kopf. Alles eine Nummer zu groß – aber auch irgendwie spannend – drehen sich ihre Gedanken im Kreis.

„Gut, ich spreche mit den Frauen, ehe ich mich endgültig entscheide“, sagt sie Meltzer. „Wer war denn mit ihr besser bekannt?“, nickt sie mit dem Kopf in Richtung der „Pension“ hinterm Perlenvorhang.

„Hm, besser bekannt, ich weiß nicht. Aber mit Iryna, die hier nur ‚Coco‘ genannt wird, hat sie häufig zusammengehockt. Übrigens ist ‚Coco‘ die Frau, die Petrykha gefunden hat. Soviel ich weiß, kommt Iryna auch aus der Ukraine. Ich glaube sogar, dass sie zusammen hier angekommen sind.“

„Wo ist die Frau jetzt?“, will die Rechtsanwältin wissen.

„Wir schauen mal in Zimmer sechs nach. Dort wohnt sie.“

Hartmut Mueller sitzt in seinem kleinen Dienstzimmer am Ende des langen Flures, von dem die Räume der Kriminalisten seines Kommissariats abgehen. Der Erste Kriminalhauptkommissar schaut auf seinem Schreibtisch mit dem Wackelskelett und blättert in der Liste mit den Gästen, die am Abend zuvor im „Kalinka“ waren. „Dünn, extrem dünn“, murmelt der 49-Jährige vor sich hin. Sicher waren sich die Frauen nur bei zwei Stammgästen. Von ihnen kannten sie zumindest die Namen. Und die Fünfmännerrunde haben seine Beamten am frühen Morgen noch vernommen. Den Mann, den die Kripo schlafend an einem der Tische vorfand, hat er sogar noch selbst befragt.

Der Witwer geht zwei-, dreimal im Monat ins „Kalinka“. Zumeist, nachdem er auf dem Friedhof am Grab seiner Frau war und in einer Magdeburger Kneipe getrunken hat. Er sitze dann eine Zeit lang in seiner Lederecke, gönne sich noch das eine oder andere Glas Bier und schaue zum Tisch der Frauen hinüber. „Wenn ich Lust habe", liest Mueller die Aussage des 63-Jährigen, „bezahle ich eine von ihnen. Meistens die blonde Mary. Sie ist zwar nicht mehr taufrisch, aber sie hört am besten zu." Bei den „jungen Hüpfern" habe er immer das Gefühl, mit seinen Enkelinnen ins Bett zu steigen. „Und richtig Deutsch verstehen die doch auch nicht. Die verstehen doch nur ‚ficken' und so etwas."

So richtig mitgekriegt, was sich in der Nacht abgespielt hat, habe er nicht. „Ich hatte wohl am Abend mehr als sonst getrunken. Und so viel vertrage ich auch nicht mehr." Petrykha habe er nur vom Sehen gekannt. Aber der Mann mit der Glatze erinnert sich daran, dass sie längere Zeit mit einem „Armani"-Typ am Tisch gesessen hat. Die beiden hätten gestritten. Aber worum es ging, habe er nicht verstanden. „Sie haben, glaube ich, Russisch gesprochen." An die knallrote Krawatte des Freiers könne er sich erinnern, hatte Frederic Soost zu Protokoll gegeben. Wann die zwei nach hinten gegangen seien, wisse er nicht.

Mueller klappt die Aussage zu. Soost hat ein Alibi. Er hat den Gastraum nicht verlassen. Und als die Frau schrie, saß er in seiner Lederecke.

Kathrin Meltzer klopft an die Tür mit der goldenen „6". Von drinnen kommt ein kaum zu vernehmendes „Herein!" Das Zimmer ist genauso geschnitten wie das, in dem die Anwältin Stunden zuvor die blutüberströmte Leiche gesehen hatte. Und selbst die Einrichtungen ähneln sich. ‚Nur, dass auf dem Schminktisch mit dem runden Spiegel keine Plüschtiere stehen', geht es Papenburg durch den Kopf.

Iryna sieht erbärmlich aus. Die schwarze, verschmierte

Schminke in ihrem Gesicht zeugt davon, dass sie geweint hat. Auf dem Hocker, der als Nachtschrank dient, liegen zusammengeknüllte Papiertaschentücher. Sie ist noch so bekleidet, wie sie sich Stunden zuvor aufs Bett geworfen hat: Top und ein Lederrock, der nicht mal ganz ihre Pobacken verdeckt.

Die junge Frau sitzt mit angezogenen Beinen auf der blauen Decke, die goldbestickt mit dickwangigen Posaunen-Engeln ist. Ihre Arme hat sie um die Knie geschlungen.

„Ich bin Tanja", reicht Papenburg der Verängstigten ihre Hand. Vorsichtig, als würde sie die hingestreckten Finger zerbrechen können, erwidert Iryna den Gruß. „Ich würde mich gerne mit Ihnen unterhalten", sagt die Anwältin. „Wegen gestern Nacht."

„Polizia?", sieht sie an Papenburg vorbei ihre Chefin fragend an. „Nein, nein", beeilt sich diese zu erwidern. „Nein, Frau Papenburg ist Rechtsanwältin und will uns helfen." Dann wendet sie sich an die Juristin: „Ich lasse Sie dann mal allein. Ohne mich spricht es sich bestimmt leichter."

„Kaffee?", ruft es aus dem Nebenzimmer. „Aber immer", antwortet Hartmut Mueller. Für den Obduktionsbericht ist es noch zu früh, überlegt er. Im selben Moment steht seine Stellvertreterin mit einer dampfenden Tasse vor ihm. „Na, schon weiter?", fragt sie und deutet auf die noch recht dünne Akte. Doch mehr als ein undefinierbares Knurren erntet sie nicht. Sie stellt ihrem Chef das schwarze Getränk auf den Schreibtisch und geht kopfschüttelnd zurück in ihr Zimmer.

Mueller nimmt den Faden wieder auf. Da war diese Männerrunde. Ein Dachdeckermeister mit vier Mitarbeitern – der jüngste ein Lehrling – gerade achtzehn Jahre alt. Lustlos blättert er die Aussagen durch. Dann streicht er die Namen mit einem dicken roten Filzstift von einem Zettel, der neben der Akte liegt. Kein

Motiv. Alle haben ein Alibi. Sie haben sich erst einmal Mut angetrunken. Nach hinten war keiner von ihnen gegangen. Ja, sie hatten nicht einmal mit den Frauen gesprochen.

Tanja Papenburg sitzt auf dem mit Kunstfell überzogenen Hocker des Schminktischchens. Ein paar Brocken Russisch oder Ukrainisch müsste man können, um das Eis zu brechen, denkt die Frau, die in Niedersachsen geboren wurde und in Hannover zur Schule gegangen ist. Mit dem großen Latinum und Französisch kommt man hier nicht weiter. Sie kramt ihre Geographie-Kenntnisse hervor und sagt: „Odessa – eine schöne Stadt, der große Hafen und so …"

Iryna hebt ihren Kopf von den Knien und schaut die Anwältin an: „Du schon mal da?"

Papenburg schüttelt den Kopf. Sie könnte nun erklären, dass sie sich in Paris auskennt, in Rom und selbst etwas über Los Angeles und Miami erzählen könnte, aber die Länder des ehemaligen Ostblocks und speziell die Ex-Sowjetunion für sie ein Buch mit sieben Siegeln sind. „Nein, ich habe mal einen Bericht gesehen. Da war von der größten Hafenstadt der Ukraine die Rede und einem Fernsehturm, der dort gerade gebaut wird. Aber an mehr kann ich mich nicht erinnern", gibt sie zu.

„Odessa schön", sagt die junge Frau und schnäuzt sich die Nase. „Odessa viel Ausländer. Urlaub."

„Und Petrykha? Kam sie auch aus Odessa?"

Irynas Augen verschleiern sich wieder. Sie legt den Kopf erneut auf die Knie und antwortet kaum hörbar: „Wir Freundin. Beide Odessa."

Die Rechtsanwältin kramt in ihrer Jeanstasche. Dann legt sie das kleine goldene Tierkreiszeichen aufs Bett. „Kennen Sie das Schmuckstück? Gehörte das Petrykha?"

Iryna schaut auf den Skorpion und schüttelt den Kopf: „Njemas. Nicht Petrykha."

„Und in welchem Monat wurde sie geboren?", will Papenburg nun wissen.

„März, Schluss März", sagt die Ukrainerin.

Ende März, überschlägt Papenburg, Widder, nicht Skorpion. Ihr Verdacht, dass die Frau ihrem Mörder während eines kurzen, aber heftigen Kampfes das Tierkreiszeichen vom Hals gerissen haben könnte, scheint sich zu bestätigen.

Nun kommt die Rechtsanwältin auf einen aus ihrer Sicht schwierigen Punkt zu sprechen: „Sie wollen doch sicherlich auch, dass derjenige zur Rechenschaft gezogen wird, der das Petrykha angetan hat?"

Vom Bett kommt ein kaum wahrnehmbares „Tak".

Hartmut Mueller schlägt den hellroten Aktendeckel zu. ‚Nach Lustmord sieht die ganze Sache nicht aus. Aber was könnte dann das Motiv sein? Ging es um Geld? Aber bezahlt wird doch vorn am Tresen, und nur die Extras gehen ins Portemonnaie der Huren. Und dafür jemanden zu töten?' Andererseits wurde schon wegen viel weniger gemordet, weiß der erfahrene Kriminalist. ‚Hat die junge Frau vielleicht ein bisschen zu viel gewusst und war jemandem aus dem Rotlichtmilieu auf die Füße getreten? Möglich. Ich muss unbedingt mit den Frauen reden. Vielleicht hatte sie ja im ‚Kalinka' eine Freundin, die etwas sagen kann.' Aber der Erste Kriminalhauptkommissar weiß auch, dass sich die Auskunftsfreudigkeit der zumeist eingeschleusten Liebesdienerinnen gegenüber der Polizei sehr in Grenzen hält. ‚Na ja, die Papiere der Frauen haben wir zumindest', knipst er das Licht im Büro aus. Er ist mal wieder der Letzte, der den Flur bis zur Treppe geht und unten den Wachleuten hinter dem Glasfenster ein kurzes „Schönen Dienst noch!" zuruft.

Tanjas Papenburg schaut der Ukrainerin, die ihren Kopf ein wenig gehoben hat, in die großen braunen Augen. ‚Eine hübsche junge Frau', schweift sie ab, ‚wenn sie nicht so grell angestrichen wäre.' Doch sofort kommt sie wieder zur Sache.

„Wie haben Sie Petrykha gefunden?", fragt die Anwältin.

„War eine kleine Zeit in Zimmer. War mir nicht so gut. Wollte anziehen und wieder nach vorn. Da Schreie. Ich Angst. Dann geguckt. Zimmertür war auf. Petrykha tot. Blut, alles Blut. Ich in Bar …"

Ob sie etwas gesehen habe, als sie auf den Flur gelaufen ist, will Papenburg wissen. Doch Iryna schüttelt nur den Kopf und wiederholt tonlos: „Ich Angst …"

„Meinen Sie, dass der Mord etwas mit dem Job Petrykhas zu tun haben könnte?" Iryna, die inzwischen ihre „Igelstellung" aufgegeben und sich auf die Bettkante gesetzt hat, wiegt den Kopf unentschlossen hin und her. „Kann sein. Aber glaube nicht."

Die Rechtsanwältin bohrt weiter: „Wie ist das, wie kommt man von Odessa hierher, um anzuschaffen?"

Die Prostituierte mit der knallroten Strähne zwischen den strohblonden Haaren windet sich. Tanja Papenburg merkt, dass sie einen Punkt angesprochen hat, der eigentlich ein Tabu-Thema für ihr Gegenüber ist. Doch sie lässt nicht locker und fällt ganz unwillkürlich ins vertraute Du. „Du hast doch gesagt, dass du mir helfen willst, den Mörder zu finden. Oder?"

„Freundin und ich immer in selber Diskothek. Stadtteil Arkadia am Schwarzen Meer. ‚Itaka'-Diskothek ist wie griechischer Tempel. Tanzfläche wie Amphitheater. Da war Boris. Reicher Russe. Goldkette, Ringe. Der ist Chef." Boris habe sie und Petrykha ein paarmal eingeladen und ihnen gute Jobs verschafft, Begleitung reicher Amerikaner und Deutscher. Eines Tages habe er ihnen davon erzählt, dass man in Deutschland noch viel mehr Geld verdienen könnte. In mondänen Bars würden die Freier regelrecht Schlange stehen, um mit Schönheiten aus dem Osten ein paar angenehme Stunden zu verleben. Geld würde keine Rolle spielen. In einem Jahr würden sie als reiche Frauen nach Odessa zurückkehren, ihre Familien unterstützen und sich selbst eine Existenz aufbauen können.

„Wollte Boutique", sagt Iryna, und ihre traurigen Augen bekommen plötzlich Glanz. „Freundin wollte eigen Disko aufmachen oder sich einkaufen bei andere Disko."

„Und wie seid ihr nach Deutschland gekommen?"

„Hat alles Boris gemacht. Wir Touristen. Fahren mit Bus bis Berlin. Dann aufgeteilt. Dresden, Leipzig, Challe, Magdeburg … Aleks hat abgeholt aus Berlin."

„Was für ein Aleks?", unterbricht sie Tanja.

„Aleksej, Türsteher, unten. Alle nennen nur Aleks", zeigt Iryna Richtung Zimmertür.

„Weiß Aleksej mehr über das Geschäft mit den Frauen?", will die Anwältin wissen.

„Weiß nicht. Kein großer Fisch."

Wie gerufen taucht die Bordellbesitzerin im Türspalt auf. Noch ehe sie etwas sagen kann, fragt Papenburg: „Ist Aleks schon da?"

„Nein, der kommt erst, wenn das Geschäft losgeht, am späten Abend." Sie unterdrückt ihre Neugier und fragt nicht, warum Tanja Papenburg das wissen will.

Die Rechtsanwältin schaut kurz auf ihre Armbanduhr und sagt dann zu Kathrin Meltzer: „Lassen Sie uns ins Büro gehen. Ich glaube, ich bin hier erst einmal fertig", und an Iryna gewandt: „Ruh dich aus von dem Schock. Wir sprechen ein andermal miteinander." Und „Doswijdanie", fällt ihr als Abschiedsgruß ein. Doch damit liegt sie falsch.

„Do pabotschenja", korrigiert die Ukrainerin. „Doswijdanie russisch."

Papenburg und Meltzer sitzen im kleinen fensterlosen Büro zusammen. „Nun, was ist?", hat die Geschäftsführerin ihre Neugierde kaum mehr unter Kontrolle. „Übernehmen Sie die Sache?"

‚Eigentlich stecke ich ja schon bis über beide Ohren drin', geht es der Anwältin durch den Sinn. „Ja, ich mache es", sagt sie und wundert sich im selben Augenblick über ihre Worte. Eigentlich hatte sie mit ihrem Mann darüber sprechen wollen, ehe sie sich entscheidet. Doch vielleicht ist es ja sogar besser so, wenn er nichts erfährt. Ihr Mann arbeitet beim Rundfunk als Redakteur, und Papenburg hat zwei Befürchtungen: ‚Entweder will er mir die Sache ausreden, weil sie – und da hat er sicherlich nicht unrecht – zu heiß ist, oder er wittert eine Story und recherchiert selbst.'

Doch diese Überlegungen gehen Meltzer nichts an, schließt sie dieses Kapitel gedanklich ab. „Sprechen wir über mein Honorar", sagt sie stattdessen.

„Was haben Sie sich da vorgestellt?"

„Zweihundert Euro die Stunde und Fahrtkosten, und andere Auslagen natürlich extra."

„Abgemacht", sagt Meltzer sofort, als habe sie mit weitaus mehr gerechnet, und reicht der Anwältin die Hand über den bereits wieder übervollen Aschenbecher.

„Ich setze ein Schriftstück auf", sagt Papenburg. Und fügt noch an: „Ach, übrigens, Aleks, wo kommt er her?"

„Aus Russland, soweit ich weiß. Aber er lebt schon eine ganze Weile in Magdeburg. Er war wohl mal Soldat hier und ist nach der Wende in Deutschland untergetaucht."

„Sagen Sie ihm, dass ich ihn sprechen möchte. Ich komme dann in ein paar Stunden noch mal vorbei."

Tanja Papenburg fährt nach Magdeburg zurück, in die Kanzlei. Sie ist entschlossen, ein paar Tage Urlaub zu nehmen. Die Anwältin ist sich zwar sicher, dass es ihrem Chef nicht unbedingt die Freudentränen in die Augen treiben wird, wenn sie so kurzfristig ein paar freie Tage nimmt, aber bei „unaufschiebbaren persönlichen Dingen" ist Dr. Ferdinand Lingen, der wie sie selbst seine Wurzeln in Hannover hat, als großzügig bekannt.

Es ist schon nach neunzehn Uhr, aber im Parterre der Gründerzeitvilla brennt noch Licht. Die Schwarzhaarige öffnet die schwere Holztür und steht in der Eingangshalle, von der die mit juristischen Werken reich bestückte Bibliothek ebenso abgeht wie die Rezeption. Die gute Seele der Sozietät packt gerade ihre Tasche. „Keiner mehr da!", ruft Senta Gäbler der Eintretenden über den Computermonitor zu und fügt an: „So spät noch einen Mandanten?" Dabei blättert sie ungläubig im Terminkalender.

„Nein, nein", unterbricht Papenburg die Suche. „Ich muss nur kurzfristig ein paar Tage Urlaub nehmen. Etwas Privates", fügt sie sogleich hinzu, als sie den fragenden Blick Gäblers bemerkt. Dabei spürt sie, wie ihr eine warme Röte ins Gesicht steigt. ‚Die Unwahrheit zu sagen, werde ich wohl nie lernen', ärgert sie sich und dreht sich zu ihrem Postfach um, damit die Rechtsanwaltsfachangestellte die Verfärbung ihrer Wangen nicht sieht. „Ich lege Dr. Lingen noch ein paar Zeilen auf den Schreibtisch. Wenn es gar nicht geht, soll er mich morgen anrufen."

Gäbler, die sich bereits ihre Tasche über die Schulter geworfen hat, nickt nur. Von der Tür dreht sie sich noch einmal um, winkt: „Und tschüss ..."

Tanja Papenburg greift zum Telefon auf ihrem Schreibtisch. Sie wählt die Nummer in Wahlbrück. Nach dem fünften Rufton springt der Anrufbeantworter an. Maschinenpistolenschüsse, dann die Edgar-Wallace-Titelansage: „Hier spricht – Oliver Berndt. Wenn sie ein Anliegen haben, sprechen Sie jetzt."

‚Kindisch', ärgert sich die Anwältin, wie immer, wenn sie den AB abhört. Doch dann sagt sie: „Es wird später, Oli. Ich bin immer noch an der Mandantin von letzter Nacht dran. Muss ich dir ausführlich erzählen, wenn ich zurück bin. In den Kühlschrank brauchst du nicht zu gucken, der ist leer. Aber die ‚Landschänke' hat ja sicherlich noch auf. Also, bis dann."

Dann knipst sie das Licht aus und legt den Brief für den Chef der Kanzlei in dessen Fach. Schwer fällt die Eingangstür ins Schloss. Tanja Papenburg schließt zweimal herum.

Der bullige Mann hat einen Fensterplatz ergattert. Er schaut auf den Springbrunnen, der unter der Schneekapuze kaum noch zu erkennen ist. Es hat wieder leicht zu schneien begonnen. Die Menschen laufen dick eingepackt an der langen Glasfront vorüber. Aleks steckt sich eine „Kasbek" an und hält nach einer Frau Ausschau – nach Tanja Papenburg. Seine Chefin hatte ihn gerade noch zu Hause telefonisch erwischt und zu dem Treffen mit der Anwältin beordert. Wohl ist dem „Rausschmeißer" nicht. Anwalt, Polizei, Richter – das ist für ihn ein und dasselbe.

Hartmut Mueller findet keine Ruhe. Der Fall lässt ihn nicht los. ‚Jede Minute nach einem Verbrechen lässt die Spur kälter werden', geht ihm eine alte Ermittler-Weisheit, die man ihm schon vor mehr als drei Jahrzehnten auf der Polizeischule eingetrichtert hat, nicht aus dem Kopf. Seine Frau ist zu Besuch bei Tochter und Enkel. Er legt die Zeitung zur Seite, in der er nur den Gerichtsbericht gelesen hat. An der Aufklärung des Falls, der dort geschildert wird und der vor der Schwurgerichtskammer mit einem „Lebenslänglich"-Urteil seinen Abschluss gefunden hat, haben er und seine Leute entscheidenden Anteil gehabt.

So etwas wie Genugtuung macht sich im Ersten Kriminalhauptkommissar breit. Doch nur einen Augenblick, dann sieht er vor seinem geistigen Auge wieder die Tote mit der durchgeschnittenen Kehle auf dem Bett liegen.

Er greift zur Akte. Normalerweise nimmt er sich keine Arbeit mit nach Hause. Das hat ihm seine Frau strengstens untersagt, und er weiß selbst nicht, warum er sich in diesem Fall über die eheliche Absprache hinweggesetzt hat. Aber irgendwie sagt dem Mann, der so gar nichts von Bauchgefühlen hält und bei seinen Kollegen als Kriminalist gilt, für den nur „Fakten, Fakten, Fakten" zählen, eine innere Stimme, dass hinter dem Hurenmord mehr stecken könnte als eine Tat im Rotlichtmilieu.

Möglicherweise hat er ja schon den Anfang des Knäuels in der Hand, versucht er seine innere Unruhe zu erklären. Er liest noch einmal die Aussagen quer. Er sucht nach einem Stichwort: „Armani"-Typ, der Mann mit der knallroten Krawatte. Keiner der Zeugen kannte seinen Namen. Aber die Frauen waren sich sicher, dass er in der Mordnacht nicht das erste Mal im „Kalinka" war. Und dann immer bei Petrykha. Möglicherweise war dieser Mann, den sowohl der Türsteher Aleksej Borsin als auch einige der Prostituierten als „untersetzt und nicht sehr groß" beschrieben haben, mit der Ukrainerin auf deren Zimmer gewesen. Doch die Identität des Gastes konnte bisher nicht festgestellt werden.

Mueller nimmt sich vor, am nächsten Tag mit dem Kollegen zu sprechen, der am Computer Phantombilder anfertigt. Es wäre doch gelacht, wenn der „Kurze" kein Gesicht bekommen würde.

Er ist noch mit seinen Gedanken bei dem Unbekannten, als sein Diensthandy klingelt. Am anderen Ende der Leitung ist ein

Kollege von der Abteilung Kriminalwissenschaft und Kriminaltechnik des Landeskriminalamts.

„Hallo, Hartmut", meldet sich der Spurenauswerter, mit dem Mueller bereits seit vielen Jahren zusammenarbeitet. „Ich wollte nicht bis morgen warten, aber ich glaube, wir haben in Sachen Hurenmord etwas gefunden, was euch interessiert."

Der Ermittler fragt sofort und mit Spannung in der Stimme: „Und was?"

„Lang- oder Kurzfassung", lautet die Gegenfrage.

„Kurz", knurrt Mueller.

„Dachte ich's mir doch", spannt der LKA-Mann von der Abteilung II den Mordermittler noch ein bisschen auf die Folter. „Also, wir haben Spuren gefunden. Ein Fenster auf der Etage mit den Zimmern war nur angelehnt. Am direkt daneben liegenden Fallrohr der Dachrinne haben wir Fingerabdrücke gefunden. Wenn nicht gerade am Rohr gearbeitet wurde – und das sieht nicht so aus – ist dort möglicherweise jemand runtergeklettert. Dazu braucht man nicht einmal sehr sportlich zu sein. Und besonders hoch ist es auch nicht."

„Hm", entfährt es dem Ersten Kriminalhauptkommissar, und sofort denkt er an den Mann mit dem roten Schlips. Niemand hat ihn gehen sehen. Mueller will sich gerade bedanken, da schiebt der Anrufer nach: „Ach, und noch etwas. Auf derselben Etage ist ein kleiner Abstellraum mit Reinigungsgeräten. Die Tür stand ebenfalls einen Spalt offen und auf der Erde lag ein ‚Tempo'. Kann natürlich von der Putze sein. Aber von dort sind es nur ein paar Schritte bis zum Fenster. Wer weiß …?"

Das sieht Mueller genauso. „Danke für den Anruf. Das hilft uns bestimmt weiter."

Aleks sieht, wie Tanja Papenburg das Café betritt und sich den

Schnee vom Mantel schüttelt. Er steht auf, damit ihn die Anwältin im gut besuchten Rund sieht. „Puh, was für ein Mistwetter!", reicht ihm die Frau ihre Hand. „Was trinkt man denn hier so?"

„Tee", zeigt der Zweimetermann auf sein Glas.

„Ich nehme einen Grog", entscheidet Papenburg, als der Kellner fragend an den Tisch kommt.

„Aber Sie wollten sich doch mit mir bestimmt nicht übers Wetter unterhalten?", schaut sie Aleks an.

„Nein, mir geht es natürlich um das Verbrechen im ‚Kalinka'."

„Ich habe doch der Polizei schon alles gesagt, was ich weiß", wehrt der Russe sofort ab.

„Das glaube ich Ihnen sogar", versucht sich die Anwältin nicht einschüchtern zu lassen. „Ich habe aber erfahren, dass Sie Petrykha und deren Freundin Iryna von Berlin abgeholt haben, nachdem die zwei als Touristen eingereist waren. Ich möchte etwas darüber erfahren, wie das Geschäft mit den Frauen läuft."

Aleksej Borsins Miene versteinert. „Da gibt es nichts zu erzählen. Wer da den Mund aufreißt, hat nicht mehr lange etwas zu sagen", meint er kurz angebunden.

Das Gespräch droht bereits mit der ersten Frage zu Ende zu sein. Doch Papenburg lässt nicht locker: „Ich bin nicht von der Polizei oder der Staatsanwaltschaft, das wissen Sie doch. Ich habe Ihrer Chefin versprochen, dass ich helfen will, die Sache aufzuklären. Und Iryna habe ich es auch versprochen."

Aleks schaut bei diesem Namen von seinem Teeglas hoch: „Iryna?"

„Ja, Iryna", und die Frau spürt mit weiblicher Intuition sofort, dass dem Bordell-Wachmann die junge Frau nicht gleichgültig ist. „Iryna hat große Angst."

„Muss sie nicht haben", platzt es aus ihrem Gegenüber heraus. „So lange ich da bin", fügt er an.

Papenburg lässt es an dieser Stelle damit bewenden und kommt erneut auf den Fall zu sprechen: „Wie ist das nun mit den Frauen? Wie kommen sie nach Deutschland?“

Der „Kalinka“-Angestellte zuckt mit den Schultern: „Sie werden zu Hause angeworben. Ihnen wird der Himmel auf Erden versprochen. Manche nehmen schon Drogen oder werden abhängig gemacht.“ Es sei immer das gleiche Spiel. „Sie werden als Touristen eingeschleust. Sind sie erst einmal in Deutschland, müssen die meisten bei einem von der Schleuserbande ihre Pässe abgeben – sozusagen als Pfand. Denn die Frauen müssen die Kosten für ihren ‚Urlaub' in Deutschland abarbeiten, und ihnen wird versprochen, dass sie nach einer bestimmten Summe den Ausweis wieder auslösen können. Meistens aber kommt etwas dazwischen, so dass die Frauen für immer oder zumindest lange Zeit in der Gewalt der Schleuser bleiben.“

Ob Petrykha möglicherweise aussteigen und mit der deutschen Polizei zusammenarbeiten wollte, fragt Papenburg.

„Ich glaube nicht“, so der Russe. „Aber sie wollte unbedingt zurück in die Ukraine. Sie hat in den letzten Wochen immer wieder davon gesprochen, dass sie nach Hause will.“

„Hat sie einen Grund dafür genannt?“, bohrt die Anwältin nach. Aleks schüttelt den Kopf, und die Schwarzhaarige hat den Eindruck, dass das nicht die Wahrheit ist.

Doch ehe sie erneut fragen kann, steht der Türsteher auf. „Es ist besser, wenn Sie nicht weiter fragen. Es ist besser für Sie. Sie wissen gar nicht, worauf Sie sich da eingelassen haben. Das ist hier keine Scheidung, hier geht es um organisierte Kriminalität, hier geht es um …“ Aleks winkt ab und legt einen Zehn-Euro-Schein auf den Tisch. Er macht zwei Schritte Richtung Tür. Dann wendet er sich noch einmal um. „Ich muss nachdenken. Vielleicht sprechen wir uns nochmal.“

Der vierschrötige Türsteher vom „Kalinka“ lässt eine verstörte Frau mit zwei steilen Falten zwischen den Augen zurück. „Organisierte Kriminalität! Organisierte Kriminalität!“, hallen ihr immer noch die letzten Worte von Aleksej in den Ohren.

Der Mann im olivfarbenen Parka zieht die pelzgefütterte Kapuze noch tiefer ins Gesicht. Dann zündet er sich in der Hausecke, die ihm schon seit einer halben Stunde als Sichtschutz dient, die nächste Zigarette an. Er wartet auf eine junge Frau. Er weiß, dass sie gleich vom Einkauf im Vierundzwanzig-Stunden-Supermarkt kommen wird und dann den Weg durch den kleinen Park am Ortsausgang von Warkheide nimmt. Man hat ihm die Gewohnheiten der Ukrainerin beschrieben, und er hat sich danach einen todsicheren Plan ausgedacht.

Es ist kurz vor dreiundzwanzig Uhr, als der „Parka-Mann“ schnelle Schritte vernimmt. Er tritt die Kippe aus und zieht sich noch einen Schritt tiefer in die Nische zurück. Eine zierliche Frau im Kunstpelzmantel, der für die winterlichen Temperaturen viel zu kurz scheint, geht durch den gelblichen Lichtkreis einer Straßenlaterne. Der Mann vergleicht das Gesicht unter der bunten Wollmütze mit dem Bild, das er sich von einem Foto eingeprägt hat. Sie ist es.

Der Schmalgesichtige folgt ihr, als sie auf den Parkweg einbiegt. Er hat sich eine Stunde zuvor mit der Örtlichkeit vertraut gemacht und weiß, dass sich gut fünfzig Meter nach der kleinen Steinskulptur der am stärksten bewachsene Teil der Grünanlage befindet. Mit einigen Schritten kürzt er ab und steht, kurz bevor sein Opfer diese Stelle passiert, hinter einem der großen verschneiten Büsche. In der Hand hält er ein „Ontario Mark 3 Navy“ – ein Kampfmesser mit Rückensäge, das die US-Marine benutzt. Die geschwärzte, dreizehn Zentimeter lange Klinge reflektiert kein

Licht, als er hinter die junge Frau tritt, ihr blitzschnell den Mund zuhält und geübt den Stahl hart über ihren Hals zieht.

Ohne einen Laut von sich zu geben, sinkt die Frau mit der knallroten Strähne zwischen den strohblonden Haaren zu Boden. Aus der tiefen Halswunde pulsiert Blut.

Der Mörder beugt sich über sie und nickt zufrieden. Er blickt in die weit aufgerissenen Augen der Frau und weiß, dass es für sein Opfer keine Rettung mehr gibt. Er zieht die Sterbende ins Gebüsch. Dann geht er schnell, aber nicht überhastet, zum Parkausgang auf der anderen Seite. Was bleibt, ist eine blutige Schleifspur.

Am nächsten Morgen hat Hartmut Mueller den zweiten Mord innerhalb von achtundvierzig Stunden auf dem Tisch.

Er hebt das rot-weiße Absperrband vor dem Parkeingang hoch. Ein Schutzpolizist weist ihm den Weg zum Tatort.

Seine Stellvertreterin, die schon seit einer halben Stunde am kleinen Rondell mit den Büschen ermittelt, gibt ihm einen ersten Überblick. „Der Frau wurde die Kehle durchtrennt. Tiefer Schnitt mit einem scharfen Messer. Sieht ein bisschen aus wie letztens im ‚Kalinka'."

„Steht schon fest, wer die Tote ist?", fragt der Erste Kriminalhauptkommissar.

„Ja, nun kommt's", kündigt die Vizechefin des Mordkommissariats an. „Sie heißt Iryna, Ukrainerin und hat im selben Haus gearbeitet wie die andere Tote. Zufall?"

Mueller schüttelt den Kopf. „Da läuten alle Alarmglocken bei mir. Das ist kein Zufall."

Tanja Papenburg schiebt sich im angesagtesten Currywurst-Imbiss Magdeburgs gerade das letzte Stück Pommes in den Mund, als ihr Handy klingelt.

„Wissen Sie, was passiert ist?“ fragt die Stimme am anderen Ende der Leitung. Und ohne eine Antwort abzuwarten, sagt die Frau, die die Rechtsanwältin sofort als Kathrin Meltzer erkannt hat, „Iryna ist tot. Ermordet. Gestern Nacht im Ohrepark. Erstochen wie Petrykha.“

Tanja Papenburg verschlägt es die Sprache. „Gestern habe ich doch noch mit ihr …“, schluckt sie. Dann reißt sie sich zusammen. „Ich komme.“

Zwei tote Huren in nur zwei Tagen. Das ist selbst für den erfahrenen Ermittler der Polizeidirektion Nord nichts Alltägliches. Bei etwa zwanzig Morden pro Jahr, verteilt über alle drei Polizeibereiche Sachsen-Anhalts: bemerkenswert.

‚Das versaut dem Innenminister die Statistik‘, geht es Mueller durch den Kopf, und der 1,90-Meter-Mann mit den blonden Stoppelhaaren über dem kantigen Gesicht denkt an die in wenigen Monaten bevorstehende Jahrespressekonferenz zur Kriminalität im Lande. Diesen Gedanken jedoch schiebt er schnell wieder zur Seite. Es ist nicht sein Problem, Statistiken so zu interpretieren, dass aus der Betrachtung von Kriminalitätszahlen immer noch etwas Positives herausgeholt werden kann. Er muss Fälle lösen.

Auf dem Weg in sein Büro fährt er beim Hauptgebäude der Direktion vorbei. „Na, gibt's schon ein Gesicht?“, steckt er den Kopf durch die Tür der Abteilung Kriminaltechnik.

„Gerade fertiggeworden“, antwortet der Phantombildzeichner und dreht den Computermonitor in Richtung des Eintretenden. „Hm, ein Allerweltsgesicht“, entfährt es Mueller.

„Nicht ganz“, korrigiert ihn sein Kollege. „Sieh mal, das Grübchen am Kinn, das mehrere Zeugen aus dem ‚Kalinka‘ beschrieben haben. Damit kann man doch etwas anfangen, oder?“

Tanja Papenburg muss gar nicht erst nach Aleks fragen, nachdem sie zum dritten Mal innerhalb weniger Tage die Treppe zum „Anbahnungsraum“ in der ersten Etage vom „Kalinka“ emporgestiegen ist. Er sitzt neben Kathrin Meltzer, und die Anwältin kann es kaum glauben: Der harte Junge hat Tränen in den Augen. Und auch die Bar-Chefin hält nicht wie gewöhnlich eine Zigarette zwischen den Fingern, sondern ein Taschentuch.

„Die Polizei war vor ein paar Stunden schon wieder hier“, beginnt sie nach der gedrückten Begrüßung. „Viel haben die Beamten nicht gesagt. Nur, dass Iryna tot ist. Dann haben sie mir einen Durchsuchungsbeschluss unter die Nase gehalten und das Zimmer von Iryna auf den Kopf gestellt.“

Das bisschen mehr, was sie wisse, habe sie von Aleks gehört. „Er hat seine Quellen abgeschöpft, und die wussten, dass Iryna die Kehle durchgeschnitten worden ist. Und dass die ganze Sache so aussieht, als ob es ein und derselbe Täter war.“

Bei diesen Worten geht eine Art Zittern durch den Körper des bulligen Zwei-Meter-Manns. Er muss mehrmals schlucken, bevor er etwas sagen kann. „Eti swini …“, presst er vor Aufregung in russischer Sprache durch die Zähne und etwas leiser noch einmal: „Diese Schweine …“

„Wen meinst du?“, legt Papenburg ihre Hand auf die des Türstehers. Aleksej zieht sie jedoch schnell weg und winkt ab. „So viel hat sie doch gar nicht gewusst“, sagt er, und die beiden Frauen schauen sich fragend an.

„Aleks, ich will nicht behaupten, dass deine kleine Freundin – und das war sie doch? – noch leben könnte, wenn du mir oder der Polizei eher gesagt hättest, was du ahnst oder weißt. Aber wir können ja jetzt zusammen dafür sorgen, dass derjenige hinter Gitter kommt, der deiner Iryna das angetan hat. Und vielleicht finden wir dabei auch den Mörder Petrykhas.“

Aleks sieht die Anwältin lange schweigend an. Sie ahnt, dass er in einem Zwiespalt ist: Auf der einen Seite will er ihr helfen, um den Tod Irynas zu rächen, auf der anderen hat er Angst, dass es ihm genauso ergehen könnte wie den beiden Prostituierten. Er kennt die ungeschriebenen Gesetze der Mafia.

Hans-Joachim Loth schlägt am Mittag den „Volksboten“ auf. Der Medizinrechtler ist im „K2“ am Hasselbachplatz mit einem Mandanten verabredet. Er hat noch etwas Zeit und gerade eine Soljanka bestellt. Doch als sein Blick über die Sachsen-Anhalt-Seite der Regionalzeitung huscht, fällt ihm beinahe der Löffel aus der Hand. Unter der Überschrift „Wer kennt diesen Mann?“ findet der Rechtsanwalt mit dem charakteristischen Grübchen eine Zeichnung. Und ihm ist, als ob er in einen Spiegel blickt.

Der Untersetzte überfliegt die wenigen Zeilen. Doch es bleiben nur wenige Satzfetzen haften: „... im Zusammenhang mit einem Tötungsverbrechen ...“ – „... als Zeuge gesucht ...“ – „... auffälliges Grübchen am Kinn ...“

Loth legt einen Geldschein auf den Tisch, wirft sich seinen Wintermantel über und hat es eilig, auf die Straße zu kommen. Dort schlägt er den Kragen hoch und zieht den Kopf ein. Er hat das Gefühl, dass ihn alle Menschen anstarren. Er geht immer schneller. Zum Schluss, als er die Stufen der Kanzlei schon erreicht hat, rennt er beinahe. In seinem Zimmer im dritten Stock lässt er sich in den Ledersessel fallen. Panische Angst hat ihn ergriffen.

„Die beiden Frauen haben etwas gewusst, was sie nicht wissen durften“, bleibt Aleks vorerst vage. „Und das hat sie das Leben gekostet.“

Tanja Papenburg gibt der Etablissement-Chefin einen verstohlenen Wink, und Kathrin Meltzer versteht sofort. „Ich muss mich noch ums Geschäft kümmern", sagt sie und steht auf.

Nachdem die Blonde die Tür hinter sich geschlossen hat, beugt sich der Türsteher noch ein Stückchen näher über den Tisch zur Rechtsanwältin. „Es geht um eine ganz große Sache, die in der Altmark passiert ist. Vor etwa zehn Jahren ist ein Mann erschossen worden. Er war einigen Leuten im Weg, die Angst hatten, dass er auspackt. Politik, Wirtschaft – alles hing mit drin. Und einige der Strippenzieher haben heute noch einen ganz langen Arm."

Tanja Papenburg schüttelt ungläubig den Kopf. Die zwei Frauen – gerade seit einigen Monaten in Deutschland – sollen etwas über einen Mord gewusst haben, der bereits vor zehn Jahren begangen wurde?

„Was war das denn für eine Sache?", fragt sie.

„Sagt Ihnen der Fall ‚Erich Mirabell' nichts?", wundert sich der Russe.

Papenburg zieht die Stirn in Falten und denkt nach: „Mirabell, Mirabell? Da war doch etwas in einem Dorf bei Salzwedel. Ein Mord, der bis heute nicht aufgeklärt wurde. Viele Gerüchte, aber nichts Konkretes."

Kathrin Meltzer unterbricht den Gedankengang der Rechtsanwältin, als sie wieder ins Zimmer tritt. Sie wirft eine Zeitung auf den Tisch und sagt: „Seite zwei. Das ist der Mann, der in der Mordnacht hier war. Den suchen sie als Zeugen." Papenburg wirft nur einen kurzen Blick auf das Phantombild: „Das ist doch Hans-Joachim Loth – mein Kollege aus der Kanzlei!", entfährt es ihr. „Was hat der denn mit der Sache zu tun?", fügt sie mehr für sich selbst an, und ihr fällt die Begegnung mit dem Untersetzten am Morgen nach der Tat ein. Sie wendet sich an Aleks: „Ich muss los. Ich muss was klären. Außerdem will ich ins Zeitungsarchiv. Mal sehen, ob ich da mehr über den Fall ‚Mirabell' herausbekomme. Bis demnächst."

Tanja Papenburg, die ansonsten mehr den gemäßigten Schritt bevorzugt, stürmt die Steinstufen zur Gründerzeitvilla hoch. Die schwere Holztür schleudert beinahe gegen die Wand, mit so viel Schwung drückt sie die Anwältin auf. Im Vorbeilaufen ruft sie Senta Gäbler zu: „Ist Kollege Loth oben?"

Das „Ja" erreicht sie erst, nachdem sie schon auf der gewundenen Holztreppe ist.

Die Tür des Gesuchten in der dritten Etage steht offen. Papenburg tritt ein und zieht sie hinter sich zu.

Erstaunt schaut Loth sie an: „Wie kann ich Ihnen helfen, Frau Kollegin?" Und auf einmal kommt der Schwarzhaarigen die Situation mehr als fatal vor. Sie weiß nicht, wie sie beginnen soll. Peinliches Schweigen. Dann räuspert sich Papenburg: „Also – da ist, wie soll ich sagen – eine etwas pikante Angelegenheit."

Loth, der von der Unsicherheit seiner Kollegin angesteckt zu sein scheint, zieht die Augenbrauen hoch.

„Also, ich glaube, Sie brauchen einen guten Anwalt", rettet sich Papenburg in einen Scherz. „Ich habe heute Ihr Bild in der Zeitung gesehen."

Der Jaguar-Fahrer versucht die Sache mit einem verkniffenen Lächeln herunterzuspielen: „Ich auch. Ich habe schon bei der Polizei angerufen. In einer Stunde habe ich einen Termin bei der Mordkommission – als Zeuge, wohlgemerkt." Dann senkt er die Stimme: „Ich weiß zwar nicht, was Sie über die ganze Sache wissen, aber ich bitte Sie, dass Sie hier in der Kanzlei damit nicht hausieren gehen. Ich kann Ihnen jedoch in die Hand versprechen, dass ich mit dem Mordfall im ‚Kalinka' in Warkheide nichts zu tun habe."

Tanja Papenburg steht im Verlags- und Druckzentrum des „Volksboten“ im Zeitungsarchiv. Im vergitterten Geviert inmitten der Druckerei liegen die Zeitungsbände der vergangenen Jahrzehnte. Die Anwältin hat die Ausgabe vom 30. Oktober 2002 vor sich liegen. „Mord in Teichmark – 58-jähriger Multifunktionär erschossen“, springt ihr die Überschrift von Seite eins in die Augen.

Papenburg erfährt, dass das Opfer Erich Mirabell ein „bunter Hund“ war, ein „Hansdampf in allen Gassen“, der überall seine Hände im Spiel hatte. Der ehrenamtliche Vizepräsident des Landessportbundes war passionierter Jäger, Golfer und Pferdezüchter, ein Mann, der Gott und die Welt kannte, der einen lukrativen Handel mit Maschinenteilen aufgebaut hatte und viele Kunden in der ehemaligen Sowjetunion belieferte, jemand, der Geschäftsführer mehrerer Firmen war. Ein „ostdeutscher Vorzeigeunternehmer, der es geschafft hat“, wie ein großes deutsches Wirtschaftsmagazin bereits Anfang der neunziger Jahre getitelt hatte. Ein Unternehmer, der sich mit Politikern schmückte und Politiker sich mit ihm.

Papenburg blättert um und liest auf Seite drei mehr über den mysteriösen Fall.

Mirabell war von einem Verwandten tot aufgefunden worden. Umgebracht im Flur seines Hauses in Teichmark, einer Knapp-500-Einwohner-Gemeinde. Er war mit der eigenen Jagdwaffe – einer sogenannten Bockbüchsflinte mit einem Schrot- und einem Kugellauf – erschossen worden. Das Gesicht des Opfers sei keines mehr gewesen, schrieb der Polizeireporter.

Doch diese Einzelheiten interessieren die Anwältin nur am Rande. Sie gibt in den Computer des Archivs die Stichworte „Mirabell“ und „Mord“ ein. So erfährt sie, dass der Fall immer noch ungeklärt ist – seit mehr als zehn Jahren. Spekulationen und Fakten ranken sich um den Mord, kaum voneinander zu unterscheiden.

Doch alles scheint darauf hinauszulaufen, dass Mirabell zu viel wusste: über Geschäftemacher in Magdeburg und Umgebung, über Fördermittelbetrug und Kanäle, in denen die eine oder andere Million versickerte, über Korruption in ganz großem Stil.

Den Termin für eine Vernehmung bei der Staatsanwaltschaft hatte Mirabell schon in der Tasche. „Wenn ich auffliege, gibt es einen ganz großen Knall und dabei gehen einige mit hoch", diese Ankündigung, mit der er nicht hinterm Berg gehalten hatte, war wohl sein Todesurteil gewesen, ist sich Papenburg nach vier Stunden intensiver Recherche so gut wie sicher.

Und als sie erfährt, dass die Polizei nach einem ominösen Taxi-Gast mit Schirmmütze suchte, der sich am Tattag vor die Villa mit den Reitställen und der angrenzenden Koppel chauffieren ließ und dass dieser Mann, dessen Phantombild abgebildet ist, mit slawischem Akzent gesprochen hat, glaubt sie, einen möglichen Berührungspunkt zwischen dem Prominentenmord und den Morden an den ukrainischen Frauen gefunden zu haben.

Hans-Joachim Loth kann die Hände nicht still halten. Dem Medizinrechtler ist sein „Besuch" in den Räumen der Mordkommission sichtlich unangenehm.

Hartmut Mueller hat sein freundlichstes Gesicht aufgesetzt. „Sie wissen, warum Sie hier sind?", fragt der Kriminalist, nachdem der Rechtsanwalt den angebotenen Kaffee abgelehnt hat.

„Ja, natürlich, aber ich bitte sie, machen Sie's kurz. Ich kann zu der ganzen Sache sowieso nicht viel beitragen."

„Das wollen wir erst einmal sehen", bleibt der Chef der Mordkommission zuvorkommend. „Was haben Sie am 15. Januar im ‚Kalinka' gemacht?"

Loth sieht den Kriminalisten an, als ob er dessen Frage nicht verstanden hat: „Wie, was gemacht?"

„Na, sind Sie Stammgast in dem Etablissement? Waren Sie allein da? Am besten erzählen Sie der Reihe nach."

„Ich schaue hin und wieder mal dort vorbei", antwortet der Anwalt, und ihm ist anzumerken, dass ihm das Gespräch äußerst unangenehm ist. Mueller, der die Unsicherheit seines Gegenübers spürt, denkt: ‚Ja, da musst du jetzt durch.'

„Also, ich bin in unregelmäßigen Abständen im ‚Kalinka'", nimmt der Ledige den Faden wieder auf. „Zumeist mit Geschäftsfreunden. So hat sich – sagen wir mal – eine gewisse Beziehung zu einigen Frauen ergeben. Einige habe ich auch schon rechtlich beraten."

‚Und bezahlt haben die dann in Naturalien!', geht es Mueller durch den Kopf. Doch er unterdrückt eine entsprechende Bemerkung und fragt: „Auch Petrykha und Iryna?"

Petrykha sei so etwas wie seine „Stammbekannte" gewesen, berichtet Loth. Die andere, er glaube, sie nenne sich „Coco", kenne er zwar vom Sehen, aber zu tun habe er mit der strohblonden Ukrainerin nichts gehabt.

„Und was war nun vor vierzehn Tagen los? Wie kommt Ihr Taschentuch in den Abstellraum? Und warum haben Sie das Gebäude in solcher Eile über die Dachrinne verlassen?" Bei seiner letzten Frage klopft Mueller auf den Busch.

Er sei an jenem Abend mit einer anderen Dame auf dem Zimmer gewesen, erzählt der Anwalt. „Petrykha war nicht frei. Ich hatte mich gerade angezogen, da habe ich Schreie gehört. Ein paar Zimmer weiter. Ich bin auf den Gang rausgelaufen. Im selben Moment habe ich Schritte aus Richtung Bar kommen gehört. Eine blöde Situation. Ich wollte nicht gesehen werden, weil ich mir gleich gedacht habe, dass etwas Schlimmes passiert ist. So schreit keine Frau, sagen wir mal, beim, ähem … naja, Sie wissen schon." Er habe sich Fragen ersparen wollen. „Ich wollte mit der

Sache nichts zu tun haben. Deshalb habe ich in der Besenkammer abgewartet, bis wieder Ruhe eingetreten ist. Ich habe einen unauffälligen Weg aus dem Haus gesucht und hatte Glück: Schräg gegenüber von der Kammer stand das Fenster einen Spalt offen. Dahinter war gleich das Fallrohr. Ich bin die paar Meter daran runtergeklettert. In einer Nebenstraße stand mein Auto. Dann bin ich nach Hause gefahren."

Der Erste Hauptkommissar hat das Gefühl, dass der Anwalt die Wahrheit sagt. „Hätten Sie uns noch in der Nacht Rede und Antwort gestanden, hätten Sie uns Arbeit und sich selbst die Vorladung ersparen können."

„Kann ich mich auf Ihre Diskretion verlassen?", ist es Loth wichtig.

„Ich sehe keine Veranlassung, eine Pressemitteilung über unser Gespräch herauszugeben", antwortet Mueller ironisch. Und als sich der Jurist bereits zur Tür wendet, schiebt er in Columbo-Manier noch eine Frage nach. „Ach, übrigens, haben Sie nach dem Schrei auf dem Gang jemanden gesehen? Oder ist Ihnen dort etwas aufgefallen?"

Doch Loth zieht die Schultern hoch: „Nichts, gar nichts."

„Können Sie eigentlich Russisch?", ruft der Kriminalist dem Anwalt hinterher, der bereits zum zweiten Mal die Türklinke in der Hand hält.

„Ja, fließend", dreht er sich erneut um. „Ich habe mit meinen Eltern ein paar Jahre in der Sowjetunion gelebt. Mein Vater hat dort für ein Institut gearbeitet."

Loth schaut Mueller fragend an, und dieser meint: „Noch etwas. Sie haben gesagt, dass Petrykha nicht frei war. Haben Sie die Ukrainerin an besagtem Abend gar nicht gesehen?"

„Doch", antwortet der Gefragte. „Wir haben so vielleicht zwanzig Minuten zusammengesessen und etwas getrunken, bevor sie auf ihr Zimmer gegangen ist.“ Er sei sauer gewesen, dass sie ihm einen anderen vorziehe und sei wohl auch etwas laut geworden. „Ich habe geschnauzt: ‚Der zahlt dir wohl mehr?‘ Sie hat mir aber versichert, dass kein Freier auf sie wartet. Es war wohl ein Landsmann von ihr. Und sie hat angedeutet, dass sie womöglich ein gutes Geschäft machen könnte.“ Wörtlich habe sie von einer „Fahrkarte nach Hause und noch ein bisschen mehr“ gesprochen.

‚Hm‘, sagt Mueller in Gedanken. Dann greift er zum Telefon. „Sie haben doch sicher nichts dagegen, wenn wir Ihnen die Fingerabdrücke abnehmen?“ Und als Loth zustimmend nickt, sagt er dem Beamten am anderen Ende der Leitung: „Komm doch mal zu mir rein und nimm von einem Zeugen die Daktys.“

Tanja Papenburgs Handy klingelt. „Ja, bitte!“, meldet sich die Anwältin, die gerade auf ihren nächsten Mandanten wartet. „Aleks hier. Ich hab’ mir die Sache überlegt. Wollen wir uns heute Abend treffen? Ich habe da möglicherweise eine Spur, die uns weiterhelfen könnte.“

Die Anwältin sagt sofort zu. „Wann und wo?“

„Bei Ihnen in der Kanzlei? Um zwanzig Uhr?“

„Gut, bis dann.“

Fast zur gleichen Zeit legt Hartmut Mueller den Hörer auf. Was ihm der Fingerabdruck-Experte gerade mitgeteilt hat, hat ihn elektrisiert. Am Fallrohr vom „Kalinka“ wurden zwar wie erwartet die Abdrücke Loths gefunden, aber es waren nicht die einzigen. Einige der Spuren konnten dem Rechtsanwalt nicht zugeordnet werden. Und da das Rohr in den letzten Jahren von keinem Handwerker berührt wurde, muss noch ein anderer diesen Weg ins Bordell oder von dort weg benutzt haben.

Der Kriminalist sitzt wie auf Kohlen. Er weiß, dass die Kriminaltechniker des Landeskriminalamts gerade dabei sind, die Fingerabdrücke durch ihre Datei laufen zu lassen. Zwei bis drei Stunden werden wohl vergehen – wenn es gut läuft – ehe er ein Ergebnis auf dem Tisch haben wird, hat Mueller seine Erfahrungen gemacht.

Der Mann im schweren Ledersessel ist hochrot im Gesicht. Er atmet hechelnd. Mit einem leisen Knacken zerbricht ein Bleistift in seiner behaarten rechten Hand. Wütend feuert er die Teile auf den Perserteppich, der vor seinem Schreibtisch liegt. Dann drückt er eine Taste an der Wechselsprechanlage und schnauzt seine Vorzimmerdame an: „Hat sich Sabrinski schon gemeldet?"

„Nein, Herr Kramer, immer noch nicht", piepst es aus dem kleinen Lautsprecher.

Paul Kramer ist Immobilienhändler. Fast alle „Speckseiten" in der Landeshauptstadt, aber auch darüber hinaus, hingen oder hängen in seiner Räucherkammer: Grundstücke in bester Lage, Nobelvillen. Der untersetzte Zigarrenraucher ist gleich nach der Wende aus Niedersachsen an die Elbe gekommen: Die einen meinen, weil ihm der Boden im Nachbarland zu heiß unter den Füßen geworden war, andere schreiben die Umsiedlung seinem Riecher fürs Geldverdienen zu.

Der Chef der Paul Kramer Immobilien GmbH hat einflussreiche Bekannte. Immer wieder tauchen Gerüchte auf, dass er den einen oder anderen Insidertipp bekommt und dass er sich nach solchen Geschäftshilfen nicht lumpen lässt. Von der „Niedersachsen-Connection" ist die Rede. Vom „Eine-Hand-wäscht-die-andere"-System. Von Skatrunden mit Politikern und hohen Ministerialbeamten. Doch bisher musste sich der Grundstücksmogul keine Sorgen machen. Der Filz ist so dicht, der Dschungel so undurchdringlich, dass alle, die es bisher wagten, in dieses Wespennest zu stechen, früher oder später aufgaben. Manche der zu Neugierigen sahen sich sogar Verleumdungsklagen ausgesetzt.

„Herr Sabrinski wäre jetzt da", schreckt es Kramer aus seinen Gedanken auf.

„Soll reinkommen."

Hartmut Mueller trinkt die fünfte Tasse Kaffee. Auf seinem Notizblock bekämpfen sich Strichmännchen. Er schnippt mit dem Finger an das Wackelskelett auf seinem Schreibtisch und starrt aufs Telefon. Eben will er den Kollegen vom LKA mitteilen, dass er nicht mehr länger wartet, sie ihm das Fingerabdruckergebnis aber per Handy übermitteln können, als sein Diensttelefon klingelt.

„Hartmut, wir haben einen Treffer. Ein ganz dolles Ding", sprudelt es aus dem Hörer.

„Wer ist es?", will der Erste Kriminalhauptkommissar wissen.

„Einen Namen kann ich dir nicht nennen", so der Kriminaltechniker und als er am Schweigen Muellers merkt, dass der Mordermittler enttäuscht ist, fügt er schnell an: „Aber trotzdem. Wir haben die Daktys unter ‚Unbekannt' gefunden. Weißt Du, wo der Rinnenrutscher seine Finger schon im Spiel hatte? Beim Mord in Teichmark. Du weißt schon, 2002, der Mirabell. An einer Tür wurden Daumen und Zeigefinger der rechten Hand gefunden, die keinem Zugangsberechtigten zugeordnet werden konnte. Du glaubst es nicht. Der Daumen ist mit dem vom Fallrohr identisch."

„Prima Arbeit!", lobt Mueller. „Du hast einen gut bei mir", dann legt er auf. Er lehnt sich zurück und ahnt, dass der zweifache Hurenmord möglicherweise einen hochbrisanten Hintergrund hat.

Ein hochaufgeschossener Mann im grauen Anzug schließt die schwere Ledertür hinter sich und tritt an den Schreibtisch Kramers. Der Grundstücksmakler deutet auf den Stuhl vor dem schwarzen Eichenmöbel mit den gedrechselten Füßen. Und ehe der Gast noch etwas sagen kann, zischt er ihn schon an: „Bist du denn von allen guten Geistern verlassen? Da war schon beinahe Gras über die Sache gewachsen, und da scheuchst du mit deinem Dilettantismus die vor sich hindösende Polizei aus ihren gemütlichen Dienstzimmern. Wie verblödet kann man denn noch sein?"

Hans Sabrinski, ein kleiner Mittelständler, der es mit einem Obst- und Gemüsehandel zu einem kleinen Vermögen gebracht hat, will sich den Ton verbitten. Doch sein „Aber, aber …" geht im Grollen seines Gegenübers unter.

„Nichts mit: ‚Aber, aber …' Du weißt ganz genau, dass wir alle im selben Boot sitzen. Dass es aus ist mit dem schönen Leben, den teuren Autos, den Jachten im Mittelmeer, den Häusern auf den Kanaren, wenn die Sache von 2002 wieder hochkocht."

Tanja Papenburg drückt auf den Türöffner und geht dann die Treppe hinunter. Sie ist allein in der Kanzlei. Im Vorraum unter dem schweren Kronleuchter wartet Aleks. „Lass uns gleich in die Bibliothek gehen", schlägt die Anwältin vor und zieht die Ziehharmonika-Tür einen Spalt breit auseinander. Sie schenkt aus einer Thermoskanne Kaffee ein. Doch der Russe lehnt ab.

„Warum wolltest du mich treffen?", fragt die Schwarzhaarige.

„Ich glaube, dass ich weiß, warum die beiden Frauen umgebracht wurden", antwortet der Bordell-Türsteher. „Es muss mit der Zeit zusammenhängen, als Petrykha noch in der Ukraine war. Sie hat da etwas erfahren, was mit dem Mord an Mirabell zu tun haben könnte. Ein Kunde, ein Deutscher, der sich mit dem ‚Nemiroff'-Wodka in der ‚Itaka'-Diskothek von Odessa wohl ein bisschen übernommen hatte, hat allerhand ausgeplaudert."

Papenburg hört aufmerksam zu, als er weiter berichtet: „Er hat sich damit gebrüstet, dass er so etwas wie der Pate von Magdeburg ist. Er wisse von einem ganz großen Ding, an dem sich die Polizei bis heute die Zähne ausbeiße. Und keiner solle sich mit ihm anlegen. Einer, der das versucht habe, liege jetzt schön ruhig unter einem Stein mit seinem Namen drauf."

Hartmut Mueller nimmt sich vor, gleich am nächsten Tag mit dem Mitarbeiter zu sprechen, der vor zehn Jahren die Sonderkommission „Mirabell" geleitet hat. Damals hatte der Fall noch in den Händen einer anderen Behörde gelegen. Doch mit der Neugliederung der Polizei war ihm diese ungeklärte Sache auf die Füße gefallen.

Allerdings völlig unbeleckt ist der Chef der Mordkommission in Sachen Mirabell dann doch nicht. Weil der Altmärker Geschäftsmann seinen Arbeitsmittelpunkt in der Landeshauptstadt hatte, war er 2002 in den Teil der Ermittlungen einbezogen worden, der sich mit dem geschäftlichen Umfeld befasst hatte. ‚Nur gut, dass Hauptkommissar Wächter, der damals die Fäden in der Hand gehalten hat, heute zu meiner Truppe gehört', schließt Mueller die Tür hinter sich ab.

Paul Kramer beißt die Spitze seiner Zigarre ab und spuckt sie rechts neben sich in den Marmor-Papierkorb. Er zündet sich die vierzig Euro teure „Montecristo" umständlich an, und nach den ersten Zügen an dem beinahe Viertelmeter Tabak scheint er seine Ruhe wiedergewonnen zu haben. Eine gefährliche Ruhe, wie Sabrinski weiß.

„Welcher Hornochse ist denn auf die Idee gekommen, denselben Killer anzuheuern, der den Mirabell alle gemacht hat?", fragt der Immobilienhändler.

„Ich habe gedacht, weil die Firma aus Odessa die Sache damals so erfolgreich gedeichselt hat, könnten wir wieder auf sie zurückgreifen", unternimmt der Gefragte den Versuch einer Rechtfertigung.

Doch damit kommt er bei dem Mann, der jetzt von einer aromatischen Qualmwolke umgeben ist und die Füße auf den Schreibtisch gelegt hat, nicht weiter. „Wahrscheinlich muss ich mich um jeden Scheiß selbst kümmern. Morgen Abend, zwanzig Uhr, will ich, dass sich die Truppe trifft. Alle vier. Bei mir zu Hause. Ist das klar? Ich hoffe, dass es noch nicht zu spät ist und die Bullen noch keinen Wind bekommen haben."

Sabrinski nickt nur. Und als er sieht, dass sich Kramer einen französischen „Black-Pearl"-Cognac einschenkt, nimmt er das als Zeichen dafür, dass er entlassen ist. Er steht auf, deutet eine knappe Verbeugung an und zieht sich zurück.

Bereits an der Tür, ruft ihm der Mann mit der Halbglatze noch nach: „Aber pünktlich! Und kümmere dich um unseren Freund. Du wirst ja wohl wissen, wo er sich aufhält." Was Sabrinski nicht hört, ist das durch die Zähne gequetschte: „Pack!"

Tanja Papenburg rührt in ihrem Kaffee. Dann schaut sie Aleks an und fragt. „Meinst du wirklich, dass diese alte Sache der Schlüssel ist?"

Der Türsteher zieht die Schultern hoch: „Kann schon sein … Ich bin mir eigentlich fast sicher."

Ob es Namen gebe, will die Anwältin wissen.

„Das nicht, aber der Big Boss soll ein Immobilienmakler aus Magdeburg sein. Einer, der ganz groß im Geschäft ist. Und davon gibt es ja wohl nur eine Handvoll", antwortet Aleks.

„Ich verstehe aber immer noch nicht, was es mit diesem Mann auf sich hat?"

Details kenne er auch nicht, sagt der Russe, „aber letztlich geht es wohl um Fördermittelbetrug in ganz großem Stil. Um Millionenbeträge, die für Projekte geflossen sind, obwohl es gar keine Sicherheiten dafür gab."

„Ich werde mich mal in der Kanzlei schlaumachen. Mein Chef kennt Gott und die Welt. Vielleicht kann er mir mit dem einen oder anderen Namen auf die Sprünge helfen", meint die Schwarzhaarige.

Dann kommt ihr noch ein Gedanke: „Sag mal, Aleks, kennst du zufällig jemanden, der so ein kleines Schmuckstück um den Hals trägt, ein Kettchen mit einem runden Skorpion-Anhänger daran?"

Der Gefragte schaut Papenburg scharf an. „Wie kommst du auf Skorpion?"

Die Anwältin überlegt einen Augenblick. Doch dann denkt sie: ‚Aufrichtigkeit gegen Aufrichtigkeit', und antwortet: „Petrykha hat ein Stück Kette mit einem solchen goldenen Anhänger in ihrer Hand gehabt. Sie muss es ihrem Mörder im Todeskampf vom Hals gerissen haben." Sie holt aus ihrer Handtasche ein Kästchen und öffnet es. Auf dem schwarzen Samt liegt das kleine Schmuckstück.

„Ist dort etwas eingraviert?", will Aleksej wissen.

Die Anwältin nimmt das Medaillon mit Daumen und Zeigefinger heraus und hält es dicht vor die Augen. Jetzt erkennt sie, was ihr bei der ersten Betrachtung des Skorpions gar nicht aufgefallen war: Am hinteren Ende des Schwanzes, dort wo der Stachel sitzt, sind drei Mini-Buchstaben eingeprägt.

„Da steht: ‚S.d.s.'", teilt sie Aleks mit.

„S.d.s., S.d.s.", murmelt er vor sich hin, und seine ansonsten gesunde Gesichtsfarbe, wird eine Nuance blasser: „Smert do sradnikiw. Das ist ukrainisch und heißt so viel wie: Tod den Verrätern."

Als er den fragenden Blick der Frau wahrnimmt, fügt er an: „Das ist eine Gruppierung der ukrainischen Mafia, sozusagen ihr Vollstreckungsarm. Gegründet wurde S.d.s. eigentlich, um Abtrünnige aus den eigenen Reihen zu liquidieren. Aber inzwischen beschäftigt sich ‚Smert do sradnikiw' gegen gute Gage auch mit Auftragsmord – europaweit." Der Skorpion sei so etwas wie das Erkennungszeichen der Mörderbruderschaft.

„Das würde ja heißen, dass Petrykha und sehr wahrscheinlich auch Iryna Auftragsmorden zum Opfer gefallen sind."

Und als Aleks nickt, sagt sie: „Und der Mirabell auch."

„Gib mir einen Punkt, auf dem ich stehen kann, und ich werde dir die Welt aus den Angeln heben", zitiert die Anwältin Archimedes ein wenig pathetisch. „Jetzt habe ich diesen Punkt im Fall wohl gefunden."

Sie will schon aufstehen, als ihr Aleks seine Hand auf den Arm legt – mit so viel Zärtlichkeit, wie sie es dem Bulligen nie zugetraut hätte: „Aber sei vorsichtig. Wenn es Probleme gibt, ich und die hier sind immer für dich da." Bei diesen Worten schiebt er seine Jacke ein Stück zur Seite, und die Anwältin sieht ein Schulterholster und den Griff einer Pistole.

Lars Wächter blättert in einer Mord-Akte. Der Fall der sogenannten „Altmärker Kofferraumleiche". ‚Zwei Verdächtige, und wir können ihnen die Tat seit fast zwei Jahren nicht nachweisen', ist er unzufrieden. Doch ehe er sich im Dienstzimmer der Stendaler Außenstelle der Magdeburger Mordkommission in die hellroten Hefter mit den Fotos, Skizzen und eng beschriebenen Seiten vertiefen kann, klingelt sein Telefon.

„Hartmut hier", meldet sich der Anrufer.

„Ja", gibt der etwas wortkarge Hauptkommissar zurück.

„Du weißt ja, dass wir hier die Nutten-Morde haben. Es sieht so aus, als würde es da Anknüpfungspunkte zu deinem Spezi Mirabell geben." Dann berichtet Mueller kurz vom Treffer der Fingerabdruckspezialisten.

„Und was kann ich tun?", fragt Wächter, der sich schnell wieder mit seinen eigenen Ermittlungsunterlagen beschäftigen möchte.

„Maile mir doch bitte mal eine kurze Zusammenfassung der Ermittlungsergebnisse. Du hast doch die Akten da und als Soko-Leiter von damals den besten Überblick."

Was ihn denn speziell interessiere, fragt Wächter seinen Chef. „Du weißt doch selbst, wenn es jemals in einem Fall eine sogenannte Mauer des Schweigens gab, dann bei diesem Mord. Das war doch ein bodenloser Sumpf. Die einen haben nichts gesagt, weil sie mit drinsteckten, die anderen aus Angst. An die Morddrohungen, die einige potenzielle Zeugen bekommen haben, brauche ich dich wohl nicht zu erinnern?"

Mueller brummt zustimmend: „Also, ich erwarte deinen Bericht – kurz und knapp. Mich interessieren besonders mögliche Tatmotive und Namen."

„Bis wann?"

„Gestern!"

„Und tschüss …"

Wächter klappte mit einem Seufzer seine Mord-Akte zu und schiebt sie zur Seite. Dann beginnt er auf der Computertastatur zu tippen.

Am nächsten Morgen fühlt sich Tanja Papenburg, das erste Mal seit Tagen, wieder auf dem Posten. Das Kratzen im Hals ist weg, die Nase frei, die pochenden Kopfschmerzen sind verflogen. „Guten Morgen, ist Dr. Lingen schon da?", fragt sie Senta Gäbler. Die Rechtsanwaltsfachangestellte grüßt zurück und deutet mit dem Kopf Richtung Tür neben dem Empfang: „Aber in zehn Minuten kriegt er Besuch."

Die Anwältin klopft an und tritt ein. Der Kanzlei-Chef schaut über den Rand seiner Lesebrille und geht seiner Mitarbeiterin entgegen. „Na, die dringenden Privatangelegenheiten erledigt?", fragt er mit einem Unterton, der Papenburgs Befürchtungen bestätigt, dass Dr. Lingen nicht sonderlich erfreut von ihrem außerplanmäßigen Ausfall ist. Doch gehört es nicht zu seinen Gepflogenheiten, im Privatleben seiner Angestellten herumzuschnüffeln.

„Womit kann ich Ihnen helfen?"

„Ich bin da am Rande einer Scheidungssache auf eine verzwickte Sache gestoßen", sagt Papenburg, und sie fühlt bei dieser Viertelwahrheit wieder Wärme in ihre Wangen steigen. „Die war vor zehn Jahren ein ganz schöner Skandal. Ich interessiere mich ganz privat dafür." Und jetzt erst bemerkt sie, dass sie in Rätseln spricht. „Also, es geht um die Sache Mirabell", fügt sie deshalb schnell an.

„Und was wollen Sie konkret wissen?", fragt Dr. Lingen, der sich bemüht, seine Verwunderung nicht zu zeigen.

„Das Umfeld des getöteten Geschäftsmanns soll doch völlig verfilzt gewesen sein. Mirabells Kontakte innerhalb der Wirtschaft und in die Politik hinein waren seinerzeit geradezu legendär – um nicht zu sagen, berüchtigt. Immer wieder tauchte der Name des Unternehmers im Zusammenhang mit Korruptionsvorwürfen auf. Kennen Sie Namen?"

Der Chef der Sozietät tritt ans Fenster. Dann dreht er sich zu seiner Mitarbeiterin um. „Ach, da gab es viele Gerüchte. Je nach Interessenlage wurde dem einen oder dem anderen nachgesagt, dass er zum inneren Zirkel Mirabells gehört haben soll. Einer verschworenen Gemeinschaft des Gebens und Nehmens. Einem Grauzonen-Club, dem die Polizei aber nie etwas Ungesetzliches nachweisen konnte." Am häufigsten sei der Name Paul Kramer genannt worden. „Ein Magdeburger Unternehmer, der bis heute ganz dick im Immobiliengeschäft mitmischt. Sie müssen mal darauf achten, fast an jeder Straßenecke, wo es um das ganz große Geld geht, sind doch die Aufsteller der PKI GmbH zu sehen."

Tanja Papenburg nickt und nimmt sich vor, in diese Richtung weiter zu recherchieren.

In diesem Augenblick klopft es resolut an der Tür. Senta Gäbler öffnet auf das „Herein!" und kündigt an: „Der Mandant wäre jetzt da."

Dr. Lingen schaut die Familienanwältin fragend an: „War's das? Wenn mir noch etwas einfallen sollte, komme ich auf Sie zu. Übrigens: Wann ist denn wieder mit Ihnen zu rechnen?"

„Am Montag bin ich wieder da." Papenburg bedankt sich und geht in ihr Zimmer. Sie sucht im elektronischen Telefonbuch nach der Nummer der PKI GmbH.

Die Computerstimme kündigt an: „Sie haben Post!" Hartmut Mueller öffnet in seinem Postfach die Mail mit dem Absender seines Altmark-Mitarbeiters. Der Erste Kriminalhauptkommissar beginnt zu lesen.

Dabei fällt ihm ein gescannter „Volksbote"-Artikel von Ende 2000 ins Auge: „Baufirma erstattet Anzeige gegen Großstadion GmbH". Geschäftsführer der Gesellschaft war damals Multifunktionär Erich Mirabell. Im Zusammenhang mit der Sanierung des alten Magdeburger Sportstadions, aller Nebengebäude und der angeschlossenen Großschwimmhalle sowie des Areals des Reitsportvereins einschließlich der großen Halle und der parkähnlichen Außenanlagen mit Nobelhotel wurden in der Presse Vorwürfe des Subventionsbetrugs laut. Die GmbH hatte vom

Arbeitsamt, vom Landessportministerium und von „Lotto-Toto" Sachsen-Anhalt mehr als sechs Millionen Mark erhalten. Davon sollte auch eine Baufirma aus Hannover bezahlt werden. Doch diese wartete vergeblich auf ihr Geld, die Baufirma ging Pleite und der Firmenchef zeigte Mirabell an. Bis heute ist nicht klar, wo ein Großteil der Fördermittel versickert ist.

Das Arbeitsamt hatte nach Bekanntwerden der Ungereimtheiten – zum Beispiel sollen die für eine Förderung nötigen Eigenmittel nur Luftschlösser gewesen sein – seine bereits zugesagte halbe Million zurückgezogen. Der Grund: Die Großstadion GmbH sei nicht gemeinnützig und die Förderung somit rechtswidrig.

In Signalrot hatte der Stendaler Kriminalist hervorgehoben: „Mirabell war nur das Aushängeschild. Dahinter standen ganz andere Namen. Immer wieder tauchte der von Paul Kramer auf. Wir haben ihn nach dem Mord an Mirabell mehrfach als Zeugen vernommen. Aber der alte Fuchs hat sich nicht an die Karre pinkeln lassen. Im Gegenteil: Seine Anwälte haben uns mit Dienstaufsichtsbeschwerden überzogen."

„PKI GmbH, Vorzimmer des Geschäftsführers, Sie sprechen mit Frau Wusik", piepst es aus dem Telefon. Die Anwältin stellt sich vor: „Papenburg, Tanja Papenburg, Kanzlei Dr. Lingen und Partner. Ist Ihr Chef zu sprechen?"

„Herr Kramer?", lautet die Gegenfrage der Sekretärin.

„Ja, Herr Kramer."

„Da muss ich nachschauen, einen Augenblick bitte. Worum geht es denn?"

„Eine Privatsache."

Ein leises Knacken in der Leitung verrät Papenburg, dass die Vorzimmerdame zum Chef umgeschaltet hat.

Kurz darauf knurrt jemand in den Hörer: „Was gibt es denn

Privates zwischen uns. Ihr Name sagt mir überhaupt nichts, Schätzchen."

„Ich würde gerne mit Ihnen sprechen", lässt sich die Schwarzhaarige von der gewollt brüskierenden Art des Mannes nicht einschüchtern. „Ich möchte aber am Telefon nicht näher darauf eingehen. Nur so viel: Ich bin durch Zufall auf eine Sache gestoßen, die schon einige Zeit zurückliegt. Und man hat mir gesagt, dass Sie mir als Insider vielleicht weiterhelfen können bei meinen Recherchen."

Schweigen am anderen Ende der Leitung, das Papenburg als Ausdruck von Verwunderung interpretiert. Dann die Antwort: „Was halten Sie von einem Sektfrühstück. Ganz *privat* – das war ja wohl das, was Sie meiner Sekretärin gesagt haben – in meiner bescheidenen Villa."

Tanja Papenburg schluckt ihren Ekel herunter und kontert: „Das mit dem Sektfrühstück können Sie steckenlassen. Und bei Ihnen zu Hause auch nicht. Wie wäre es denn, wenn wir uns in einem Lokal treffen würden?"

„Gut, dann eben dort. Im ‚Soraya' vielleicht?"

„Und wann?"

„Sonnabend, 12.30 Uhr?"

„Einverstanden."

Paul Kramer bellt kurz darauf durch die Wechselsprechanlage: „Wusel, hat die Dame, die eben anrief, noch irgendetwas gesagt, was mir auf die Sprünge helfen könnte?"

„Nein, nichts", lautet die Antwort.

Der Geschäftsmann lehnt sich in seinem Sessel zurück und denkt scharf nach. In ihm steigt eine Art Ahnung auf: „Was weiß die Frau?"

Hans Sabrinski parkt sein Auto in einer Nebenstraße. Dabei vermeidet er es, den SLK unter einer der wenigen glimmenden Laternen abzustellen. Bevor er die Tür seines Cabrios öffnet, schaut er sich um. Kein Mensch auf der Straße, ist er zufrieden. Der Mann steigt aus, biegt in die nächste Querstraße ein und sucht dort nach der 13. ‚Hier könnte man ohne Probleme einen Kriegsfilm drehen', geht es der ihm durch den Kopf, als er über umgekippte Mülltonnen steigt und die schäbigen Fassaden – einige noch mit Einschüssen aus dem Zweiten Weltkrieg – betrachtet.

An dem alten Arbeiterviertel Magdeburgs sind mehr als zwanzig Jahre deutsche Einheit an vielen Ecken vorbeigegangen. Wer hier noch wohnt, gehört zu den Verlierern. Die meisten Fenster sind mit Brettern vernagelt. Die Wohnungen stehen leer. Und nach Einbruch der Dunkelheit sind die Straßen so gut wie verwaist.

Und genau diese Umgebung hat der Mann gesucht, den Sabrinski an diesem späten Winterabend treffen will.

Die verwitterten, einst rostroten Außenrollläden vor den Fenstern im dritten Stock sind heruntergelassen. Das alte Mietshaus ist bis auf diese eine Wohnung unbewohnt. Und auch von den drei Räumen auf der rechten Seite des heruntergekommenen Hausflurs hat nur ein Zimmer so etwas wie eine Einrichtung: Ein durchgelegenes Sofa, eine Anrichte, in der die Glasscheiben fehlen und deren einer Fuß durch Bücher ersetzt wurde, ein Stuhl, ein Hocker mit Spirituskocher und ein Tisch mit aufgenageltem Wachstuch. Darauf einige leere Wodkaflaschen, ein überquellender Aschenbecher und ein angeschlagener Teller mit Essensresten.

Auf dem schmuddeligen Sofa liegt ein Mann mit Fünf-Tage-Bart. Er trägt einen olivgrünen Parka und hat sich in zwei Wolldecken eingewickelt. Denn eine Heizquelle gibt es in dem Unterschlupf nicht.

Der ansonsten Haarlose wartet. Er war telefonisch darüber informiert worden, dass ihn jemand aus dem Kreis seiner Auftraggeber aufsuchen wird. So richtig passt ihm die ganze Sache jedoch nicht. Denn eigentlich wollte Artem Sidorenko schon längst wieder in der Ukraine sein. Doch ein unglücklicher Schritt, ein Stolperer auf eisglatter Straße unweit des Ohreparks, ein Knacksen im linken Fußgelenk. Dann rasende Schmerzen. Dass Gelenk schwoll dermaßen an, dass jeder Humpler zur Tortur wurde. Sidorenko war nichts anderes übriggeblieben als die Telefonnummer anzurufen, die er sich für Notfälle eingeprägt hatte. Der Mann am anderen Ende der Leitung hatte ihm die Adresse des Abrisshauses unweit des kleinen Stadtbahnhofs gegeben.

Dort haust der Ukrainer seit einigen Tagen, aber die Schmerzen werden nicht geringer. Im Gegenteil.

Sabrinski ist nicht wohl bei der Sache. Was Kramer mit dem Wort „kümmern" gemeint hat, ist ihm erst klar geworden, als er auf dem Weg vom Büro des PKI-Chefs zum Auto war. Der Schmächtige hatte sich in die roten Schalensitze seines schwarzen Mercedes fallen lassen und gegrübelt. Dann hatte er das Handschuhfach geöffnet und einen kleinen sechsschüssigen Revolver in die Manteltasche gesteckt.

‚Ich habe es doch wirklich nur gut gemeint, als ich mich das zweite Mal an S.d.s. gewandt habe', steigt in dem Hageren Selbstmitleid hoch. ‚Warum gerade ich als Kontaktperson herhalten muss, wenn irgendetwas schief gehen sollte und der Ukrainer Probleme bekommt? Der Kramer hält sich mal wieder fein raus aus der Sache. Ich bin einfach zu gutmütig.'

Trotz der späten Stunde hat Hartmut Mueller noch drei Mitarbeiter seines Kommissariats gebeten zu bleiben. Seit knapp zwei Stunden geht es um den Fall ‚Mirabell'.

Der Erste Kriminalhauptkommissar hat dem harten Kern seiner Truppe die Mail von Lars Wächter vorgelesen und den Kollegen seinen Verdacht mitgeteilt, dass die Hurenmorde etwas mit der Tötung des Geschäftsmanns in Teichmark, da ein Fingerabdruck am Tatort in der Altmark mit einem in Warkheide identisch ist, zu tun haben könnten.

Ungläubige Augen hatten ihn angeschaut. Und er muss sich selbst eingestehen, dass er für seinen Verdacht – abgesehen von den Daktys – kaum gute Argumente ins Feld führen kann.

Seine Stellvertreterin wird deutlich: „Ich brauche dich ja wohl nicht daran zu erinnern, was wir an aktuellen Fällen auf den Schreibtischen haben. Und dann knabbern einige von uns noch an anderen ungeklärten Fällen aus Zeiten, als es die Behörden in Halberstadt und Stendal noch gab. Wie stellst du dir denn bei unserer Personalsituation die Ermittlungen vor?"

Zustimmendes Nicken im Rund.

Mueller weiß selbst, dass seine Kollegen Recht haben. Aber er hat sich in die Sache verbissen, und er sieht eine Chance – besser als je zuvor – die Nuss zu knacken.

„Gut", sagt er, „dann bleibt's eben an mir hängen. Ich werde noch mal mit Stendal telefonieren. Solange Lars nichts Aktuelles auf dem Tisch hat, muss er mit einsteigen. Und wenn ich zusätzliche Hilfe brauche, kommen wir noch mal zusammen."

Artem Sidorenko steht stöhnend auf und humpelt zum Tisch. Er kippt sich ein halbes Wasserglas voll Wodka ein. ‚Der Auftrag stand von Anfang an unter keinem guten Stern', kämpfen seine Gedanken gegen den pochenden Schmerz im Fuß an. Natürlich hat der S.d.s.-Mann längst bemerkt, dass er seinen Anhänger verloren hat. Hoffentlich irgendwo auf der Straße, macht er sich selbst Mut. Doch innerlich ahnt er, dass der goldene Skorpion für ihn zum Sargnagel werden könnte.

Wieder und wieder hat er versucht, sich an die Situation im „Kalinka" zu erinnern.

Petrykha hatte ihm zum vereinbarten Zeitpunkt das Fenster in der ersten Etage geöffnet. Und er kletterte die wenigen Meter bis zum Sims an der Dachrinne hoch. Er kam unter dem Vorwand, die Sache mit Geld aus der Welt zu schaffen, aber seine Auftraggeber hatten keinen Zweifel daran gelassen, was er tatsächlich zu tun hatte. Nach dem Mord zog er die Tote aus, um eine falsche Fährte zu legen.

‚Durna diwtschina, dummes Mädchen', schüttelt Sidorenko den Kopf. ‚Hättest du bloß den Mund gehalten und nicht versucht, den Big Boss zu erpressen. Dann würdest du noch leben.'

Sabrinski versucht, die Holztür des Abrisshauses aufzudrücken. Doch das gelingt dem Schmächtigen nicht. Er tastet die Gebäudefront mit seinen Augen ab und bemerkt zwischen dem Haus und der Nachbarruine einen schmalen Durchgang, gerade so breit, dass ein Mann hindurchpasst.

Er zwängt sich zwischen den beiden Giebelfronten hindurch und steht in einem verwilderten Hof, der von einer gut zwei Meter hohen Mauer umgeben ist.

Der Laufbursche Kramers bahnt sich einen Weg durch den Müll, der an dieser Stelle noch dichter liegt als vorn auf der Straße. Selbst das Skelett eines alten Moskwitschs hat hier sein rostiges Grab gefunden.

Sabrinski sucht nach dem Hintereingang des Hauses – und findet ihn. Doch auch diese Tür ist zugesperrt.

Der Mann im hellen Schaffellmantel will schon aufgeben, als

sein Blick auf eine Reihe schmaler Kellerfenster fällt. Er nimmt einen halben Ziegelstein, der an der Hauswand liegt und schlägt damit das mittlere Fenster ein. Das Klirren des splitternden Glases erscheint ihm überlaut.

Der Auftragsmörder hat gerade den letzten Tropfen Schnaps aus dem Wasserglas hinuntergestürzt, als er ein verdächtiges Geräusch hört. So, als würde Glas splittern.

Der Ukrainer hält den Atem an, um nicht durch sein eigenes Schnaufen etwas zu überhören. Doch von der Straße her ist nur das Schreien einer Katze zu hören. Der Glatzkopf greift unter die Wolldecken und zieht eine Makarow PB darunter hervor. Mit der Schalldämpferpistole in der Hand stellt er sich an die verriegelte Wohnungstür und lauscht in den Flur. Doch es ist kein Laut zu hören. Er will schon wieder ins Wohnzimmer zurückkehren, als eine Holzstufe knarrt.

Sidorenkos schmerzverzerrtes Gesicht wird zur starren Maske, als wäre seine Miene von einer zur anderen Zehntelsekunde eingefroren. Der Adrenalinstoß lässt ihn seine Schmerzen vergessen. Er ist wieder der eiskalte Auftragskiller.

Sabrinski zuckt zusammen. Das Knarren der brüchigen Holzstufe in der zweiten Etage kommt ihm wie ein Kanonenschuss vor. Er bleibt wie zur Salzsäule erstarrt mitten in der Bewegung stehen. Kleine Schweißperlen sammeln sich auf seiner Stirn. Er fingert den Cobra-Colt aus seiner Manteltasche. Seine Hand zittert, als er den Fuß vorsichtig auf die nächste Stufe setzt. Doch ehe er den zweiten Fuß nachziehen kann, bleibt er, witternd wie ein Tier, erneut stehen. Er hat den leichten Spiritusgeruch wahrgenommen. Und der scheint aus einer Wohnung über ihm zu kommen.

„Kümmern Sie sich um den Mann!“ – „Kümmern Sie

sich …!" – „Kümmern …!", rotiert es dem Schmächtigen durch den Kopf. ‚Der hat gut lachen', denkt Sabrinski an seinen Chef. ‚Der sitzt im Warmen und lässt andere die Drecksarbeit machen. Aber damit ist jetzt Schluss', nimmt sich der Ängstliche vor. ‚Nur noch dieser Auftrag, dann kann sich Kramer einen anderen Putzlappen suchen', spricht sich Sabrinski selbst Mut zu.

Der Killer sieht, wie sich die Klinke des Kastenschlosses langsam nach unten bewegt. Begleitet von einem leisen Geräusch, als werde eine rostige Feder gespannt. Dann schnappt die Klinke wieder nach oben.

Sabrinski hat nicht erwartet, dass er eine offene Tür vorfindet. Er zieht einen kleinen Haken aus der Manteltasche und steckt ihn in das einfache Schloss. Beim zweiten Versuch macht es „Klack", als die Verriegelung zurückspringt. Der Mann Kramers drückt erneut auf die Klinke.

Sidorenko hört, wie die Tür langsam aufgeschoben wird. Er steht im toten Winkel, so dass ihn ein ungebetener Gast nicht sehen kann. Er hört Schritte im Flur. ‚Dilettant', verzerrt sich sein Gesicht zu einem Grinsen.

Der Eindringling steht an der Stubentür und versucht, sich im Halbdunkel des Raumes zu orientieren. Doch dazu kommt er nicht mehr. Es macht kaum hörbar: „Plopp!" Die rechte Hand mit dem Revolver sinkt langsam nach unten. Dann dreht sich Sabrinski halb um die eigene Achse. Wie in Zeitlupe fällt der Mann im Lammfellmantel auf die Knie. Über seine Augen senkt sich ein Schleier. Das Letzte, dass ihm wie dickflüssiges Blei durch den Kopf wabert ist: „Scheiße …" Dann stürzt er nach vorn aufs Gesicht.

Sidorenko ist Profi. Er erreicht mit drei Schritten den Leblosen. Noch zweimal macht es aus nächster Nähe: „Plopp!", „Plopp!" Dann steckt der Ukrainer die „Lautlose" in die Gesäßtasche seiner Jeans. Um den Kopf des Toten bildet sich eine Blutlache.

Hartmut Mueller sitzt im Vorzimmer des PKI-Chefs. „Herr Kramer ist mit einem Kunden essen", hatte die Vorzimmerdame gesäuselt und den blonden 1,90-Meter-Mann mit unverhohlenem Interesse gemustert. „Aber wenn Sie wollen, können Sie warten", hatte Beate Wusik angeboten, nachdem sich Mueller ausgewiesen hatte.

Der Kriminalist hatte zugestimmt: „Wenn's nicht zu lange dauert."

Jetzt sitzt er vor seiner dritten Tasse Kaffee und ist mit der Sekretärin ins Plaudern gekommen. Ja, ja, der Chef habe immer viel zu tun. Und sie habe dadurch auch keine geregelte Arbeitszeit, seufzt sie. „Aber das ist wohl heutzutage so. Die einen haben keinen Job, die anderen wissen vor Arbeit nicht, wo ihnen der Kopf steht."

Andererseits sei ihre Tätigkeit auch so etwas wie ein Glücksfall: „Herr Kramer bezahlt nicht schlecht. Und was ich hier schon alles an Persönlichkeiten gesehen hab'. Das ist schon toll." Als sie den interessierten Blick Muellers sieht, wird sie doch etwas zurückhaltender: „Eigentlich dürfte ich ja gar nicht aus dem Nähkästchen plaudern." Und fügt gleich mit einem Augenaufschlag an: „Aber Sie sind ja zur Verschwiegenheit verpflichtet, Herr Inspektor …"

„Erster Hauptkommissar", korrigiert der Ermittler. „Inspektor gibt's bei uns nur beim Zoll. Aber Spaß beiseite, warum ist denn der Job hier so interessant? Büro ist doch Büro – oder?"

„Nein, nein, Herr Insp…, äh, Hauptkommissar, wer sich hier alles die Türklinke in die Hand gibt. Gerade gestern saß wieder die wöchentliche Kartenrunde zusammen. Und wenn ich Ihnen verrate, dass zu den Duz-Freunden des Chefs auch Minister, Staatssekretäre und hohe Justizmitarbeiter gehören, sage ich ja wohl kaum etwas Neues."

Dann wird das Gesicht der Rothaarigen ernst. „Gestern war die Stimmung allerdings ziemlich gedrückt – hatte ich den Eindruck. Ich glaube zum Kartenspielen sind die Herren kaum gekommen."

„Ach, was", ist Mueller interessiert. „Worum ging es denn?", schaut er die Sekretärin mit seinem freundlichsten Lächeln an.

„Das weiß ich doch nicht. Ich lausche nicht an Türen", ist Wusik pikiert.

„Das nehme ich auch gar nicht an", bemüht sich der Polizist, die Stimmung wieder zu entspannen. „Aber man schnappt ja manchmal das eine oder andere auf."

„Naja, als ich der Runde den Cognac hineingebracht habe, hat Herr Kramer gerade ziemlich laut und mit hochrotem Kopf geschimpft: ‚Ich habe immer gesagt, dass wir uns mit den Ukrainern nicht einlassen sollen. Aber ihr seid ja alle schlauer gewesen …'" Sie habe gedacht, dass es da um irgendwelche Immobiliengeschäfte geht. „Die PKI hat eine Menge Kunden im ehemaligen Ostblock."

Der Mörder dreht den Mann im Schaffellmantel mit dem Fuß auf den Rücken. Dann greift er in die Innentasche des Mantels. Er nimmt die Brieftasche seines Opfers heraus: Ausweis, Kreditkarten, ausgestellt auf den Namen Hans Sabrinski. „Aha, der Kontaktmann", murmelt er, „das habe ich mir doch beinahe gedacht."

Er sucht weiter und findet in einer Innentasche ein kleines Stück Papier. Eine Art Quittung. Ausgestellt durch die Paul Kramer Immobilien GmbH. „Dieses Schwein!", quetscht der Ukrainer durch die Zähne. Denn ihm wird schlagartig klar, dass Kramer hinter der Sache steckt. Dass man ihm, dem Sicherheitsrisiko, das Licht ausblasen wollte.

Sidorenko spuckt auf den Leichnam. Dann lässt er sich aufs Sofa fallen und denkt nach.

Die Tür zum Sekretariat der PKI-Gesellschaft öffnet sich, und Kramer poltert in den Raum. Die Frage „Na, Wusel, gibt's was?“ bleibt ihm im Hals stecken, als er Mueller sieht. Er kennt den Kriminalisten. Der PKI-Chef war im Zusammenhang mit dem Mord an Erich Mirabell mehrfach von Mueller und dessen Leuten als Zeuge verhört worden.

„Ah, Herr Kommissar, was verschafft mir die unerwartete Ehre?“, gibt er sich konziliant.

„Ich hätte da die eine oder andere Frage“, antwortet Mueller.

„Na, dann immer rein in die gute Stube“, deutet Kramer auf die gepolsterte Bürotür. „Oder soll ich vorher besser meinen Anwalt anrufen?“ Und ohne die Antwort abzuwarten: „Cognac?“

Der Mordermittler antwortet mit dem durch viele Krimis bekannt gewordenen Satz: „Nein, danke, nicht im Dienst.“

„Es geht doch wohl nicht um die alte Sache?“, lässt sich der Immobilien-Papst in einen der schweren Ledersessel fallen und macht gleichzeitig eine Handbewegung auf den zweiten.

„Indirekt schon“, setzt sich Mueller dem Untersetzten gegenüber. „Sagen Ihnen die Namen Petrykha oder Iryna etwas? Oder das Etablissement ‚Kalinka‘ in Warkheide?“, fragt Mueller.

Kramer zieht die Stirn in Falten und schaut nachdenklich auf den schweren Marmortisch vor sich. „Nein, tut mir leid, diese Namen sagen mir gar nichts. Ach, stopp, das ‚Kalinka‘ kenne ich vom Hörensagen. Ein Puff, richtig? Aber nicht meine Preisklasse. Wenn ich Bedarf habe oder eine Herrengesellschaft gebe, dann bestelle ich mir die Frauen nach Haus. Aus Berlin. Da kriegt man Qualität und nicht solchen abgehalfterten Ostblockschrott", schlägt er sich auf die Oberschenkel. als hätte er einen tollen Witz gerissen. „Aber warum fragen Sie?"

Mueller, der das großkotzige Gehabe des Geschäftsmanns schon von den Ermittlungen im Fall ‚Mirabell' kennt, bleibt gelassen, obwohl er das Gefühl hat, dass ihm gleich die Galle hochsteigt. „Die beiden Frauen waren Ukrainerinnen und haben im ‚Kalinka' gearbeitet. Sie sind tot. Ermordet."

„Und was soll ich damit zu tun haben?"

„Sie haben doch blendende Kontakte in den Osten. Besonders in die Ukraine. Und ich habe mir gedacht, dass Sie da so das eine oder andere im Buschfunk gehört haben könnten."

Doch Kramer schüttelt nur den Kopf: „Nein, Herr Kommissar. In solchen Kreisen verkehre ich nicht. Meine Kontakte sind höchst professionell. Ich habe nur mit den besten Wirtschafts- und Finanzkreisen zu tun. Zugegeben, der eine oder andere Politiker ist auch darunter. Solche kleinen Nutten, denen man die Kehle durchgeschnitten hat, die sind nicht mein Niveau."

„Wie kommen Sie auf ‚Kehle durchgeschnitten'?", hakt der FK2-Chef sofort ein.

„Ach, das habe ich wohl in der Zeitung gelesen", fühlt sich Kramer ertappt.

„Ja, ja, das kann sein", sagt Mueller. Er weiß ganz genau, dass die Tötungsart von der Pressestelle der Polizeibehörde nicht herausgegeben wurde. „Das ist Täterwissen", hatte der Kriminalist auf Nachfragen seiner Kollegen von der Öffentlichkeitsarbeit abgeblockt. „Das geht nicht an die Schreiberlinge. Steht das erst einmal in der Zeitung, kann uns später jeder halbwegs clevere Anwalt einen Strick draus drehen und die Anklage platzen lassen."

„Kann ich sonst noch etwas für Sie tun?", fragt Kramer. „Termine – Sie verstehen."

„Nein, für heute habe ich keine weiteren Fragen", steht Mueller auf. „Aber ich komme bestimmt noch einmal auf Sie zu", verabschiedet er sich.

„Tun Sie das. Tun Sie das. Immer zu Diensten", deutet der Firmenchef eine leichte Verbeugung an.

Als der Kriminalist die Tür hinter sich zugezogen hat, verwandelt sich sein eben noch zur Schau gestelltes Lächeln in ein verzerrtes Grinsen.

Für Artem Sidorenko liegt die Sache klar auf der Hand: Der Mann, der auf dem halbverrotteten Dielenboden liegt, wurde von Kramer geschickt, um ihn zu liquidieren. Verächtlich blickt er auf den Körper. „Amatorski", sagt er leise. Er ist beinahe ein bisschen beleidigt, dass man ihm solch einen Dilettanten auf den Hals gehetzt hat. Er steckt die Brieftasche seines Opfers ein und zieht sich den warmen Mantel des Toten an. Dann humpelt er ins Nebenzimmer und zieht einen kleinen abgewetzten Teppich hinter sich her. Den breitet er vor dem Toten aus und hebt die Leiche darauf. Dann rollt er sie darin ein. Er klemmt sich das Ende mit den Füßen unter den rechten Arm und schleift ihn bis zur Wohnungstür. Obwohl er weiß, dass sich niemand in dem Abrisshaus aufhält, geht er auf Nummer sicher. Er öffnet die Tür einen Spalt und lauscht in den dunklen Hausflur. Kein Geräusch. Sidorenko hört nur sein eigenes Atmen.

Dann schiebt er die Tür soweit auf, dass er sich mit seiner blutigen Fracht hindurchzwängen kann. Er steigt die Treppe hinunter. Der Kopf seines Opfers schlägt auf jede Stufe. Ein dumpfer Laut, ein zweiter, ein dritter …

An der Tür zum Hof kickt er mit seinem Fuß den Holzbalken unter der Klinke zur Seite und öffnet sie.

Es hat wieder zu schneien angefangen. Dicke Wolken haben

sich vor den Vollmond geschoben. „Garna ritsch, gut so“, ist er zufrieden und bahnt sich einen Weg durch den Müll.

Vor dem alten Moskwitsch bleibt er stehen. Er bugsiert die Teppichleiche ins Innere des Autos. Dann deckt er einige größere Stücke Teerpappe über den Körper und legt eine verrostete Autotür darauf. Zufrieden betrachtet Sidorenko sein Werk. Er ist sich sicher, dass der Tote nicht so schnell gefunden wird.

Trotzdem steht sein Entschluss fest: In dem Abrisshaus kann er nicht länger bleiben. Kramer wird auf die Vollzugsmeldung warten. Und wenn Sabrinski nichts von sich hören lässt, wird er sicher nach ihm suchen lassen. ‚Dann hetzt er bestimmt eine ganze Meute auf mich und nicht nur solchen einfältigen Trottel‘, ist sich der Ukrainer sicher.

Tanja Papenburg schaut auf ihre Armbanduhr. Es ist 13.17 Uhr. Sie hat Kramer absichtlich warten lassen – um klarzustellen, dass sie nicht nach seiner Pfeife tanzen wird. Bevor sie durch die Drehtür geht, blickt sie sich noch einmal um. Seitdem sie die Kanzlei verließ, hat sie das Gefühl, dass ihr jemand folgt. Sie versucht, den immer dichter werdenden Schneefall mit den Augen zu durchdringen. Aber sie sieht nur Menschen, die mit hochgeschlagenen Kragen oder unter Regenschirmen durch das Gestöber hasten. Sie hebt die Schultern und denkt: ‚Als Detektivin bist du wirklich nicht geboren. Jetzt siehst du schon Gespenster.‘

Den Mann mit der Fell-Schapka, deren Ohrenklappen herunterhängen, der sie hinter einer Litfaßsäule auf der anderen Straßenseite nicht aus den Augen lässt, hat sie nicht entdeckt.

Die Anwältin steht vor dem stilvollen Restaurant unweit der Kanzlei. Sie stutzt. Auf einem Schild an der großen Tür mit dem in Gold eingelassenen Schriftzug „Soraya“ liest sie: „Geschlossene Gesellschaft". Sie will sich schon abwenden, als die Tür geöffnet wird. ‚Nicht meine Preisklasse', stellt sie sofort fest, als ein befrackter Kellner auf sie zugeeilt kommt und sie näselnd anspricht: „Haben gnädige Frau reserviert?" Dabei hat sie das Gefühl, dass der Weißhaarige die von ihr bevorzugte sportliche Eleganz nicht für sonderlich passend hält. Selbst am Mittag nicht.

„Nein, gnädige Frau hat nicht reserviert. Ich werde erwartet. Von Herrn Kramer."

Und als hätte sie dem Mann einen Hundert-Euro-Schein zugesteckt, verzieht sich dessen Gesicht zu einem breiten Lächeln: „Herr Direktor Kramer, ähem, ja, ein Stammkunde, bester Geschmack, auf seine Getränke- und Speisenwahl können Sie sich verlassen, gnädige Frau."

Tanja Papenburg kann sich ein Grinsen nicht verkneifen, als ihr der Kellner geflissentlich durch das leere Restaurant voraneilt und sie an einen Zweiertisch hinter einer großen Topfpalme geleitet. „Herr Direktor Kramer, ich bringe Ihnen Ihren Gast", verbeugt er sich und schiebt der Anwältin den Stuhl zu.

Kramer hat eine seiner teuren Zigarren im Mund und reicht der Schwarzhaarigen seine behaarte Pranke über den eingedeckten Tisch. Mit der anderen legt er den kubanischen Tabak auf dem Aschenbecher ab.

„Eigentlich ist hier Rauchverbot, aber für spezielle Gäste … Schließlich habe ich nur für uns zwei Hübschen den ganzen Laden für ein paar Stunden gemietet", brüstet er sich. „Was wollen Sie trinken? Schampus oder lieber einen Cocktail?"

„Einen schwarzen Tee, nur einen Darjeeling", antwortet Papenburg und versucht schon wieder ihren Ekel herunterzuschlucken.

„Womit kann ich Ihnen denn helfen?" will der Immobilienmogul wissen, als der Kellner den Tee und einen Cognac abgestellt hat und die Anwältin meint, so etwas wie ein heimtückisches

Blitzen in den Augen ihres Gegenübers zu sehen. ‚Pass auf, Tanja!', warnt sie sich selbst. ‚Unterschätze den Mann nicht!'

„Ich vertrete eine Mandantin im Zusammenhang mit den Mord im ‚Kalinka'", sagt sie. „Und da habe ich ein paar Fragen."

„Nur zu, Mädel", bläst Kramer blaue Qualmringe über den Tisch. Und er fügt kopfschüttelnd an: „Da sind Sie binnen kürzester Zeit schon der Zweite, der darüber etwas wissen will. Gerade hat mich der Chefermittler genervt. Allerdings ist mir Ihre Gesellschaft weitaus sympathischer."

Papenburg geht auf das Süßholz nicht ein und fragt sachlich: „Man sagt Ihnen gute Kontakte in den ehemaligen Ostblock nach. Kannten Sie die Frauen, die ermordet wurden?"

„Ich finde es immer sehr erquicklich, wenn Menschen nicht um den heißen Brei herumreden. Das spart viel Zeit. Aber da kann ich Ihnen leider nicht weiterhelfen. Wie ich dem Hauptkommissar schon gesagt habe: Dieses Etablissement in Warkheide ist wohl eher etwas für den schnellen Schuss – ohne Ambiente. Nichts für meine Einkommensgruppe."

„Sagen Ihnen die ukrainischen Worte ‚Smert do sradnikiw' etwas, oder die Abkürzung S.d.s.?"

In Kramers Gesicht geht eine blitzschnelle Verwandlung vor sich. Das feiste Grinsen friert ein. Doch genauso schnell wie ihn die Frage unter der Gürtellinie getroffen zu haben scheint, reißt er sich zusammen und gibt sich nachdenklich: „‚Smert …' – wie war das doch gleich?"

„‚Smert do sradnikiw' – ‚Tod den Verrätern', eine Art ukrainische Mafia. Berüchtigt für Auftragsmorde."

„Kindchen, Kindchen, verrennen Sie sich da nicht? Wer soll denn solchen Aufwand betreiben, für zwei Nutten eigens einen Profikiller zu engagieren?", schüttelt der Geschäftsmann den Kopf.

„Vielleicht jemand, der glaubte, dass die Frauen zu viel wissen. Vielleicht über eine Sache, die immer noch nicht aufgeklärt ist und die sich vor zehn Jahren in Kreisen – wie sagten Sie doch gleich – Ihrer Einkommensgruppe zugetragen hat?"

„Sie meinen doch nicht den Fall ‚Mirabell'?", fragt Kramer zurück. „Da gibt es doch nur einen Haufen Spekulationen und unbewiesener Vermutungen. Und Jahr für Jahr spinnt die Presse ein bisschen mehr dazu. Erst war es der Sohn, mit dem Mirabell in Unfrieden gelebt haben soll. Dann seine Frau, aus Eifersucht, weil er sich durch fremde Betten gebumst hat. Dann soll es ein bekannter Sportfunktionär gewesen sein, mit dem Mirabell befreundet war, weil Mirabell angeblich zu viel über dessen Geschäfte wusste. Und schließlich die Verschwörungstheorie, dass ein Killer bezahlt wurde, weil Mirabell auspacken wollte … Alles Scheiße. Wenn Sie meine Meinung hören wollen: Erich hat einen Einbrecher überrascht. Es kam zum Handgemenge, und Erich hat zu seiner Jagdflinte gegriffen, die an der Wand lehnte. Der Kampf ging weiter, und dabei haben sich zwei Schüsse gelöst, die ihm das Licht ausgeblasen haben. Schluss. Aus. Ende."

„Aber Sie waren doch eng befreundet. Und in der Ankündigung Mirabells, dass er bei der Staatsanwaltschaft auspacken will, hat er doch auch Ihren Namen genannt."

„Kindchen, Kindchen. Sie müssen nicht alles glauben, was hinter vorgehaltener Hand getuschelt wird. Das ist doch alles üble Nachrede, von Konkurrenten in die Welt gesetzt, die einen erfolgreichen Geschäftsmann wie mich fertigmachen wollen."

Tanja Papenburg geht in die Offensive: „Diese Geschichte glaube ich Ihnen einfach nicht. Und wenn Sie es vielleicht jetzt auch noch nicht wahrhaben wollen: Ich werde das auch beweisen." Nachdem sie die Worte gelassen ausgesprochen hat, wundert sie sich selbst über ihren Mut.

„Dann haben wir wohl nichts mehr miteinander zu bereden",

steht Kramer nach dieser unverhohlenen Drohung der Anwältin so abrupt auf, dass er den Tisch ein Stück anhebt und das Geschirr scheppert.

„Bemühen Sie sich nicht, ich finde den Weg schon allein nach draußen", sagt sie spitz zu dem Geschäftsmann, als der grauhaarige Ober ihr wieselflink in den Mantel hilft. Dann dreht sie sich um und geht zum Ausgang des Gastraumes.

Im kleinen Foyer mit dem großen Spiegel betrachtet sie ihr Gesicht. Es ist hochrot vor innerer Anspannung. Sie hat das Gefühl, dass ihr gleich die Knie weich werden. ‚Ich muss mich setzen', denkt sie, und ihr Blick fällt auf das kleine Schild mit der Aufschrift „WC D". Sie geht mit unsicheren Schritten bis zur Tür und schleppt sich dann bis zum Waschbecken. Ihr Hals brennt plötzlich, und ihr Magen scheint sich umstülpen zu wollen.

‚Wasser', denkt sie, aber sie schafft es mit ihren zitternden Händen kaum, den Hahn aufzudrehen. Der schwarzgeflieste Raum dreht sich um sie. Sie versucht, das Karussell anzuhalten und stemmt sich gegen das Waschbecken. Doch der Strudel ist stärker. Er reißt sie mit. Tanja Papenburg wird schwarz vor Augen. Als sie auf dem Boden aufschlägt, ist sie schon nicht mehr Herrin ihrer Sinne.

Der Tschapka-Mann steht immer noch auf der anderen Straßenseite und lässt das Restaurant keine Sekunde aus den Augen. Hin und wieder schaut er auf seine Vostok-Uhr und murmelt einige unverständliche Worte. Er macht sich Sorgen um die Rechtsanwältin. Denn es ist kein anderer als Aleks, der sich unbemerkt an die Fersen der Frau geheftet hat, um sie nötigenfalls zu beschützen. Anders als Papenburg weiß er genau, was hinter den drei Buchstaben steckt, dass sie für denjenigen Tod bedeuten, der den Weg der Geheimorganisation kreuzt.

Der Ober nickt Kramer zu. „Es ist wohl soweit, Damen-WC“, sagt er kaum hörbar. Der Geschäftsmann legt zwei Fünfhundert-Euro-Scheine unter seinen Cognac-Schwenker und geht in Richtung Toiletten. Wie ein Schatten folgt ihm der Mann im Frack, der das Geld in der Hand unter dem weißen Kellnertuch trägt. Als Kramer das WC betritt, bleibt er davor stehen.

Der Millionär geht vor der Frau, die an der Waschbeckenreihe liegt in die Knie. „Was hast du nun davon, Kindchen? Man sollte seine Nase nicht in die Sachen anderer Leute stecken.“ Doch im selben Augenblick, als er das vor sich hinmurmelt, wird dem sonst so abgebrühten Mann klar, dass er die Sache wohl nicht bis zu Ende durchdacht hat. Einen Auftragsmord zu bestellen, einen Verräter auszuschalten, der ihm gefährlich werden kann, ist das eine, eine wehrlose Frau umzubringen, etwas ganz anderes. Kramer spürt plötzlich ein hartes Pochen in den Schläfen. So etwas wie Panik steigt in ihm auf. Er lässt kaltes Wasser über seinen Puls laufen. Was tut er, wenn die Frau, deren Tee der Grauhaarige mit Temazepam, K.-o.-Tropfen, „verfeinert“ hatte, aufwacht? Hätte man sich vorher vielleicht noch gütlich einigen können – vielleicht durch ein Bündel Geld oder eine Anstellung als Rechtsberaterin mit doppeltem Gehalt? War diese Chance nun vertan?

Kramer öffnet die Tür einen Spalt. „Sagen Sie meinem Fahrer, er soll den Wagen vor den Hintereingang fahren und dann hierherkommen.“

Aleks sieht, wie ein Kellner vom Haupteingang des „Soraya“ auf die direkt davor parkende S-Klasse zugeht und ans Fahrerfenster klopft. Was der Mann sagt, kann er nicht verstehen, aber irgendwie verrät ihm sein Gefühl, dass da etwas nicht stimmt. Nachdem der Fahrer den Motor gestartet hat und langsam in eine kleine

Nebenstraße, direkt an der Seitenfront des ehemaligen Stadtschlosses, eingebogen ist, schlägt er seinen Kragen hoch und geht auf die andere Straßenseite.

Der Grauhaarige öffnet die Hintertür und lässt den Fahrer eintreten. Mit einer Kopfbewegung nach rechts weist er ihm den Weg zur Tür mit dem goldenen „D". Er drückt die Klinke herunter. „Wir müssen die Frau hier rausschaffen", empfängt ihn Kramer. „Sie den linken, ich den rechten Arm. Steht das Auto vorm Hinterausgang?"

Der Firmenangestellte nickt, und gemeinsam schleppen sie die bewusstlose Tanja Papenburg bis vor die Tür. Dann legt der Fahrer die Anwältin auf die Rückbank. Kramer setzt sich daneben, um sofort eingreifen zu können, wenn die Frau zu früh aufwachen sollte. Er durchsucht ihre Handtasche. Er findet Geldbörse, Handy und Schminkutensilien. Sie enthält allerdings nichts, was dem Immobilienmakler Aufschluss darüber geben könnte, inwieweit die Anwältin etwas weiß, das ihm gefährlich werden könnte. Doch letztlich hatte er das auch nicht erwartet. So dumm, belastendes Material mit sich herumzuschleppen, ist doch keiner, ist er sich sicher.

„Wohin?", dreht sich der Mann am Steuer zu seinem Chef um. „Zum alten Bunker an der B 81, Richtung Halberstadt. Sie wissen schon, das Waldgelände, das dieses Jahr noch für den exklusiven Villenbau erschlossen werden soll."

Aleks muss zur Seite springen, um nicht von der schwarzen Limousine, die aus der schmalen Sackgasse herausgeschossen kommt, angefahren zu werden. Der Türsteher vom „Kalinka" erkennt einen Mann auf der Rückbank. ‚Kramer!', schießt es ihm durch den Kopf. Nun kann er sich einiges zusammenreimen.

„Glupaja djewotschka, einfältiges Mädchen", schimpft er vor sich hin.

Er sucht nach einer Tür, die ins Restaurant führt. Als er sie findet, ist sie verschlossen. Er trommelt gegen das Holz. Doch niemand öffnet.

Artem Sidorenko humpelt zur Hauptstraße. Seit seinem ersten Besuch vor zehn Jahren kennt er sich ein wenig aus in der „Otto-Stadt". Er weiß, dass ein Landsmann in einem Ort unweit von Magdeburg eine kleine Pension führt. Dorthin will er sich durchschlagen, um seinen Fuß zu kurieren. Er ist sich sicher, dass Nazar Petrow ihm weiterhelfen wird. Schließlich haben sie in der Sowjetarmee im selben Haufen gedient.

Als Tanja Papenburg zu sich kommt, spürt sie zuerst den faden Geschmack im Mund. Sie glaubt, sich gleich übergeben zu müssen. Sie kämpft dagegen an. Dann nimmt sie den hämmernden Schmerz in ihrem Kopf wahr. Sie reißt die Augen weit auf, aber die Dunkelheit um sie herum bleibt. Angst presst ihr das Herz ab. Sie will schreien. Doch aus ihrem Mund kommt nur ein krächzendes Würgen.

Tränen machen ihre Wangen feucht. ‚Ist das das Ende?', schießt es ihr durch den Sinn. Mit vierzig? Nein! Nein! „Nein!", versucht sie dagegen anzuschreien. „Neiiin!"

Vorsichtig bewegt die Anwältin ihre Glieder. Sie stellt fest, dass ihre Arme auf dem Rücken gefesselt sind. Auch an den Fußgelenken spürt sie etwas Seilähnliches. Sie bemerkt, dass die Dunkelheit von einer Art Sack herrührt, den ihr die Entführer über den Kopf gestülpt haben. Papenburg stellt fest, dass sie auf etwas Weichem liegt, einem Bett oder einer Liege.

Die Hobbydetektivin versucht, die Panik wegzuschieben, die

ihr die Luft zu nehmen scheint. ‚Konzentriere dich, Tanja! Jammern nützt nichts. Dazu ist später noch genügend Zeit. Wo glaubst du, dass du bist?‘ Sie strengt all ihre Sinne an und hört nun das eintönige Tropfen von Wasser. Irgendwo, nicht weit von ihrem Lager, klatscht es auf den Boden. Sie nimmt den muffig-modrigen Geruch wahr. Sie fröstelt. Vielleicht ein Keller?

Aleks blickt sich um: Kein Mensch in der kleinen Sackgasse hinter dem „Soraya“. Vorn auf der Hauptstraße hasten die Menschen vorüber. Niemand hat einen Blick für den Tschapka-Mann. Der Russe nimmt einen kurzen Anlauf und kracht dann mit der rechten Schulter gegen die Hintertür. Das Schloss bricht aus der Verankerung, und der demolierte Eingang knallt gegen die gegenüberliegende Wand.

Aleks blickt in das kreidebleiche Gesicht eines Kellners. Wie in Zeitlupe rutschen dem Mann die Gläser vom Tablett. Mit drei schnellen Schritten steht der Bordell-Portier vor dem Mann im Frack und drückt ihn gegen die Tür des leeren Gastraums.

„Wo ist die Frau, die eben noch hier war?“, quetscht er mit hartem Akzent durch die Zähne. „Hat sie in dem Auto gesessen, das gerade weggefahren ist?“

Der Kellner sieht so aus, als ob er gleich ohnmächtig wird. Aleks schüttelt ihn an den Schultern, so dass der Kopf des Grauhaarigen hin- und hergeworfen wird.

Der Russe gibt ihm links und rechts eine Ohrfeige: „Sag es, oder soll ich deutlicher werden?“

„Die Frau war im Wagen. Sie lag auf der Rückbank.“

„Lag?“, fragt Aleks. „Was ist passiert?“.

Stockend und mit zitternder Stimme berichtet der Komplize Kramers, was sich vor kurzem im Restaurant zugetragen hat.

„Wo sind sie hingefahren?“, fragt Aleks mit einem gefährlichen

Funkeln in den Augen. Er hat den Kellner so weit zu sich herangezogen, dass dieser seinen heißen Knoblauch-Atem im Gesicht spürt.

„Ich weiß es nicht", jammert der Gefragte.

„Denk nach, Alter!", herrscht ihn der Russe an. „Denk gut nach!"

„Glauben Sie denn im Ernst, dass solch eine Größe wie Herr Kramer einem kleinen Kellner wie mir erzählt, was er vorhat?", versucht sich der Mann herauszuwinden.

„Doch, schon", grinst Aleks und zieht dem vor Angst Schwitzenden zwei lila Euroscheine aus der Tasche der Frack-Weste. Dann verabreicht er dem Kellner zwei weitere Ohrfeigen. Als „Denkhilfe". Und die wirken.

„Ich stand noch an der Hintertür. Da war im Wagen von einem Bunker die Rede. An irgendeiner Bundesstraße …"

„An welcher?"

„Ich glaube, an der B 81."

Aleks greift dem dürren Männchen auf der Brust ins Frackhemd und hebt ihn mit einer Hand so weit hoch, dass die Füße des Nobel-Kellners die Bodenhaftung verlieren. Dann setzt er ihn behutsam auf die Erde und öffnet seinen Wintermantel und die Jacke darunter gerade so viel, dass der Grauhaarige den Pistolengriff erkennen kann.

„Schon mal was von der Russen-Mafia gehört? Dagegen ist euer Zirkus hier Kinderkacke. Denk daran, wenn Du Lust verspürst, Kramer anzurufen und zu erzählen, dass Du Besuch hattest. Also schön die Schnauze halten, dann hast Du auch etwas von Deinen Scheinchen."

Er lehnt den Kreidebleichen an die Wand. Der Mann, der völlig mit den Nerven fertig ist, rutscht nach unten.

„Übrigens – schon gemerkt? Eure Hintertür ist kaputt. Die

müsste mal repariert werden", sagt Aleks, als er durch den zersplitterten Eingang steigt.

Kramer weiß nicht, was er tun soll. Er hat das Gefühl, dass ihm der Boden unter den Füßen wegrutscht. Sein Imperium, das er über viele Jahre hinweg auf Korruption, Betrug und Erpressung aufgebaut hat – ja, selbst vor einem Auftragsmord ist er nicht zurückgeschreckt – gerät ins Trudeln. Die graue Eminenz des Immobiliengeschäfts gießt sich nun schon den dritten Cognac ein. Doch dann überlegt er es sich anders und schiebt den Kristallschwenker mit dem „Rémy Martin Louis XIII Black Pearl" – die Flasche zu 6.300 Euro – mit einer entschiedenen Geste von sich weg. ‚Du musst einen klaren Kopf behalten', versucht er sich zusammenzureißen. Beim bevorstehenden Treffen mit der kleinen „Interessengemeinschaft" muss jeder einen klaren Kopf behalten.

Der Geschäftsmann blickt auf das Zifferblatt der Kieninger-Standuhr, die monoton tickend in einer Ecke des Kaminzimmers steht. Zehn Minuten vor acht. Sie müssten gleich kommen: Der Mann von der Bezirksregierung, der für den gesamten Bereich des nördlichen Sachsen-Anhalts zuständig ist, der an den richtigen Hebeln sitzt, wenn es um Fördermittel geht; der Manager eines größeren mittelständischen Unternehmens, den mit Kramer schon aus der Niedersachsenzeit eine enge wirtschaftliche Beziehung verbindet und der dem Immobilienmakler in kriminellen Geschäften kaum nachsteht; die Investitionsbankerin, die bei der Vergabe von Fördermitteln ein entscheidendes Wort mitzureden hat, und nicht zuletzt der Kripo-Mann von der Halberstädter Polizeiinspektion – so etwas wie der Garant dafür, dass die „Interessengemeinschaft Kramer" immer bestens informiert ist, wenn wieder mal Bewegung ins Mordermittlungsverfahren kommt oder die Staatsanwaltschaft in Sachen Fördermittelbetrug ermittelt.

Artem Sidorenko hat sich nicht getäuscht. Sein ehemaliger Armeekamerad hat ihn für ein paar Tage aufgenommen. Aber nicht gerade überschwänglich, überlegt der Auftragskiller, als er sich seinen angeschwollenen Knöcheln mit einem Eis-Akku kühlt. „Meine Frau ist für ein paar Tage bei ihren Eltern auf Rügen", hatte Nazar Petrow gesagt. „So lange kannst du eines der Zimmer haben. Du hast Glück, es ist gerade Saure-Gurken-Zeit, und ich habe keine Gäste."

Als Sidorenko ihm einen Einhundert-Euro-Schein rüberschieben wollte, schüttelte er nur mit dem Kopf: „Nur aus alter Waffenfreundschaft. Ich will gar nicht wissen, was du in Deutschland machst."

Petrow ahnt, dass es keine touristische Reise ist, die den Ukrainer nach Sachsen-Anhalt geführt hat. Die Welt ist klein, und der Buschfunk unter den Landsleuten klappt ausgezeichnet. Er kennt die Gerüchte, die besagen, dass sein Landsmann nicht koscher ist. Schon vor einigen Jahren war hinter vorgehaltener Hand darüber getuschelt worden, dass ein Ukrainer etwas mit einem Mord an einem Geschäftsmann zu tun haben soll. Doch genau kann er sich nicht mehr daran erinnern, worum es damals ging. Doch Petrow sieht verschwommen eine Phantomzeichnung vor seinem inneren Auge, die in der Zeitung abgedruckt worden war. Ein Mann mit Mütze, schmales Gesicht, tief liegende Augen, slawische Backenknochen, Oberlippenbart. Bis auf den Bart könnte es auf seinen alten Kameraden aus Sowjetzeiten zutreffen.

Doch den Gedanken, möglicherweise einem Verbrecher Unterschlupf zu gewähren, schiebt er schnell von sich: „Was ich nicht weiß, macht mich nicht heiß."

Aleks überlegt: Ein Bunker an der B81. Nun kommt ihm sein Armeedienst im ehemaligen Bezirk Magdeburg zugute. An der Bundesstraße, die in den Harz führt, gibt es mehrere, weiß er. Besonders in den Wäldern unweit von Halberstadt betrieb die Armee zu DDR-Zeiten eine große Zahl von unterirdischen Unterständen. Oft genug hatte er während diverser Übungen in den ungemütlichen Betonverstecken gehaust.

Der Bordell-Türsteher steigt in sein Auto, das er unweit vom Golf Papenburgs abgestellt hatte. Er biegt auf die vierspurige Magistrale, die im Süden aus Magdeburg hinaus- und in den Harz hineinführt.

Die Frau, deren Alter unter der dicken lila Wollmütze und dem viel zu großen Wintermantel nur schlecht zu schätzen ist, hat sich in eine Ecke der verglasten Wartefläche auf Bahnsteig 5 des Magdeburger Hauptbahnhofs zurückgezogen. Hin und wieder greift sie in eine Plastiktüte, holt einen Tetra-Pak heraus und nimmt einen tiefen Schluck. Sie ist eine Obdachlose, eine Pennerin, die Platte macht oder, wie es im Amtsdeutsch heißt, eine Nichtsesshafte. Draußen ist es eisig. Nach dem tagelangen Schneefall haben sich die dicken Wolken verzogen. Der sternenklare Himmel lässt die Temperatur auf fünfzehn Grad unter null fallen.

Die Frau mit den zwei verschiedenfarbigen Fäustlingen ist gerade ein wenig eingenickt, als sie durch ein derbes Schütteln an der Schulter aufschreckt. Zwei Uniformierte stehen vor ihr: „Das ist hier aber kein Schlafsaal. Das haben wir dir schon am Nachmittag gesagt. Und die Adresse vom Wohnheim haben wir dir doch auch gegeben. Ich spreche dir hiermit einen Platzverweis aus!“, sagt der Bundespolizist.

Die so Zurechtgewiesene fügt sich in ihr Schicksal. Zoff mit den Bullen – das ist nichts Neues für sie. Sie rafft ihre Siebensachen zusammen und geht, begleitet von den Beamten, durch die Bahnhofsunterführung zum Hinterausgang am Busbahnhof. Dort bleibt sie unschlüssig stehen.

Als sie schon überlegt, ob sie sich auf eine überdachte Bank am Busbahnhof gleich um die Ecke setzen soll, spricht sie ein Mann an. Sie erkennt sofort, dass sie einen „Bruder“ vor sich hat. Der Stadtstreicher bietet ihr eine Zigarette an.

Die Haustürglocke schellt. Kramer blickt auf den viergeteilten Monitor, der alle Seiten seines Hauses zeigt. Vor dem Eingang stehen die von ihm Erwarteten. Nur Sabrinski fehlt. Er drückt auf den Türöffner und lässt das Quartett in den Vorgarten.

Angelica Celmar, die Bankerin, seit Jahren zuständig für die Vergabe von Fördermitteln bei der Elbe-Kommunalbank, Ministerialdirigent Karl-Edgar Strutz von der Bezirksregierung, Unternehmer Peter Hänze und Kriminaloberrat Jo Schwartz steigen die wenigen Stufen bis zur kameraüberwachten Eichentür empor. Kramer reicht jedem mit einem Kopfnicken die Hand: „Geht durch – ins Kaminzimmer. Ihr wisst ja, wo das ist.“

Die vier honorigen Herrschaften lassen sich in die schweren braunen Ledersessel vorm Kamin fallen. Ihre Gesichter zeugen davon, dass sie sich bewusst sind, wie ernst die Lage ist. Der Hausherr rollt einen kleinen Servierwagen neben den gläsernen Couchtisch mit den Löwentatzen aus Messing. „Ihr müsst euch schon selbst bedienen“, sagt er. „Ich habe meinem Personal freigegeben. Muss ja nicht jeder mitkriegen, dass wir uns treffen.“

Celmar unterbricht ihn scharf: „Ich verstehe sowieso nicht, warum du uns herbeordert hast. Ich finde das unmöglich. Solche Treffen bringen doch gar nichts. Wir sollten die alten Sachen ruhen und uns nicht verrückt machen lassen von irgendwelchen Gerüchten.“

Und ehe Kramer antworten kann, schaltet sich der Kriminalist ein: „Genau, das meine ich auch. Es muss doch nicht sein, dass jemand unsere engen Geschäftsbeziehungen spitz kriegt. Zumal wieder Bewegung in den Fall ‚Mirabell' gekommen ist. Der Mueller, einer unserer fähigsten Köpfe, macht Welle und hat sich die alten Akten vorlegen lassen."

„Weiß ich doch!", bellt der Immobilien-Kaiser dazwischen. „Der Schnüffler war bei mir im Büro und wollte mir auf den Zahn fühlen. Aber ich habe ihn abblitzen lassen."

„Unterschätze den Mann nicht", warnt Schwartz. „Mit den beiden Nutten-Morden glaubt er möglicherweise den Anfang eines Fadens in die Hand bekommen zu haben, der ihn zehn Jahre zurückführen könnte. Und ich kann nicht jede Woche zweimal bei der Mordkommission anrufen, um kollegial nachzufragen, ob es etwas Neues gibt. Soviel Interesse fällt auf. Ich bin doch nicht der direkte Vorgesetzte von Mueller, dass ich mir jedes Mal den neuesten Ermittlungsstand vorlegen lassen kann."

„Wozu brauchen wir dich dann überhaupt?", fragt sein Sitznachbar von der Bezirksregierung.

Als der Kriminalbeamte gerade entrüstet antworten will, fährt Kramer dazwischen: „So, jetzt ist erstmal Ruhe. Es bringt doch rein gar nichts, wenn wir uns hier gegenseitig fertigmachen. Das spielt doch den anderen nur in die Hand. Aber solange wir zusammenhalten, haben die doch keine Chance."

Der Unternehmer guckt zur Standuhr: Halb neun. Wo bloß der Sabrinski bleibt? Der sollte doch Vollzug melden.

„Hast wohl ooch keene Bleibe?", fragt der Obdachlose die Frau mit den unterschiedlichen Handschuhen.

Sie nickt: „Aber anmachen lasse ich mich von dir deshalb noch lange nicht."

Der Mann mit den langen, fettigen, schwarzen Haaren, die er mit einem roten Schnips-Gummi zu einem Pferdeschwanz gebunden hat und der trotz der Minusgrade keine Mütze trägt, grinst. „Nee, nee, so schön biste nu ooch widder nich. Ach so, ich bin der Rainer, 'n echter Elbröwer." Und als ihn die Fröstelnde fragend ansieht: „Na eben 'n Machteburjer, keen Maaagdeburger – wie die Wessis sagen. Jeborn in Buckau. Inne Karl-Schmidt-Straße. Saacht dir nischt, wa?"

Die Frau schüttelt den Kopf. „Ich bin nicht von hier. Ich bin bloß auf der Durchreise."

„Wohin?"

„Von da nach da", deutet die Gefragte mit dem Kopf nach hinten und nach vorn.

„Laberst wohl nich jerne", will Rainer wissen.

Schulterzucken.

„Wo willste denn pennen? Janz schön kalt heute, wa?"

„Weiß nicht. Im Bahnhof jedenfalls nicht. Da musste ich raus."

„Ja, ja, deine Freunde und Helfer. Aber wenn de willst, kannste mit in mein Hotel kommen."

Die Obdachlose sieht den Mann an, als würde sie an dessen Verstand zweifeln: „Ach ja, da habe ich ja Glück gehabt, ein Hotelbesitzer, vielleicht sogar Millionär", kichert sie leicht angesäuselt.

„Quatsch mit Soße. Da is 'ne Abrissbude. Janz inne Nähe, wo ich früher mal jewohnt habe – in Buckau. Da hat man 'n Dach übern Kopp und mit'n Schlafsack jeht's janz jut."

‚Ehe ich mir hier am Bahnhof den Hintern abfriere', denkt die Wohnungslose, ‚ist das wohl kein schlechter Vorschlag. Geld, um weiterfahren zu können, habe ich sowieso nicht. Und vielleicht kann ich da ja Platte machen, bis ich ein paar Euro zusammengeschnorrt habe, um ins Ruhrgebiet zu kommen.'

„Gut, in Ordnung. Aber mach dir keine falschen Hoffnungen", zieht sie ein Springermesser aus der Manteltasche.

Tanja Papenburg richtet sich auf. ‚Ich muss versuchen, hier herauszukommen', schöpft sie wieder ein wenig Mut. Die Gefesselte schiebt vorsichtig die Beine über den Rand ihrer Liegestatt und tastet mit den Füßen nach dem Boden. Sie strengt sich an, um aufzustehen, muss aber schnell feststellen, dass das gefesselt und blind alles andere als einfach ist. Erst beim vierten Anlauf gelingt es ihr. Sie versucht sich akustisch zu orientieren. Doch das Einzige, was sie hört, ist das Tropfen von Wasser.

Papenburg nimmt ihren Mut zusammen und hüpft in kurzen Sprüngen durch den unbekannten Raum. Nach dem neunten Hüpfer spürt sie einen Widerstand. Sie dreht sich um und tastet mit den gefesselten Händen danach. Es ist eine feuchte, unverputzte Wand. Sie lehnt sich mit dem Rücken dagegen und tastet sich daran entlang. Nach einigen Metern berührt sie kaltes Metall. Eine Tür.

Es ist kurz vor Mitternacht, als beim Diensthabenden vom Polizeirevier Jerichower Land das Telefon klingelt. „Lage- und Führungszentrum", meldet sich der Polizeiobermeister. „Mein Name ist Oliver Berndt – aus Wahlbrück. Ich bin beunruhigt, weil ich nicht weiß, wo meine Frau, Tanja Papenburg, ist."

‚Da bist du wohl nicht der Einzige, der seine Frau sucht', denkt der Beamte, verkneift sich aber einen süffisanten Kommentar. „Seit wann ist Ihre Frau denn abgängig?", fragt er hingegen.

„Eigentlich erst seit heute. Aber ich habe bei ihrer Kanzlei angerufen. Dort ist sie schon ein paar Tage nicht gewesen. Sie habe sich wegen einer dringenden Familienangelegenheit freigenommen, hat ihr Chef gesagt. Doch von einer solchen Sache weiß ich nichts. Und wenn es bei ihr mal später geworden ist, hat sie mir bisher immer eine Nachricht zukommen lassen."

„Und Handy …?"

„Natürlich habe ich das als Erstes versucht. Da meldet sich aber nur die Mailbox."

„Ist Ihre Frau schon mal unerwartet über Nacht weggeblieben?"

„Natürlich nicht. Wir führen eine gute Ehe. Verlässlichkeit ist – und da sind wir uns beide einig – ausgesprochen wichtig." Doch dann fällt ihm ein: „Halt, vor ein paar Tagen ist sie nachts weg. Sie hatte mir einen Zettel hinterlassen. Sie musste wohl unerwartet und dringend zu einem Mandanten. Ein bisschen komisch war das schon. Und dann hatte ich noch eine Nachricht auf dem AB, dass sie immer noch mit dem Fall dieser Mandantin beschäftigt ist. Aber um wen es sich da handelt, weiß ich nicht. Mit den Namen ihrer Mandantschaft geht sie sowieso sehr zurückhaltend um. Verständlicherweise."

‚Wird wohl ein schöner Mandant gewesen sein', schmunzelt der Polizist. Doch er fragt: „Ist Ihre Frau irgendwie krank – körperlich oder seelisch?"

„Nein, sie ist kerngesund."

„Ich mache Ihnen einen Vorschlag: Sie warten die Nacht noch ab. Vielleicht rufen Sie mal bei gemeinsamen Freunden und Bekannten an. Eventuell hat sich Ihre Frau kurzfristig entschlossen, dort zu übernachten." Und dann fügt der Obermeister noch an: „Wenn sie bis morgen noch nicht zurück ist, können Sie ja bei uns im Revier vorbeikommen. Aber ich sage Ihnen jetzt schon: Ihre Frau ist volljährig, der Verdacht auf eine Straftat liegt nicht vor, und sie ist gesundheitlich nicht beeinträchtigt und somit nicht hilflos. Sie hat das Recht, ihren Aufenthaltsort selbst zu bestimmen. Das mag Ihnen kein Trost sein, aber in solchen Fällen sind uns vom Gesetz her die Hände gebunden."

„Schöne Hilfe! Wenn man euch schon mal braucht, dann gibt's bestimmt einen Paragraphen, der dafür steht, dass ihr euren Hintern nicht aus dem warmen Büro raustragen müsst", knurrt Oliver Berndt und unterbricht das Gespräch.

‚Was für komische Vögel heute Nacht wieder unterwegs sind', gähnt der Schutzpolizist und schenkt sich Kaffee aus der Thermoskanne nach. Dann schreibt er eine kurze Notiz über das Gespräch und versieht die fünf Sätze am Ende mit der gespeicherten Telefonnummer des Anrufers.

Das Dorf an der Harzstraße liegt schon einige Minuten hinter Aleks, die Kreisstadt noch eine Viertelstunde vor ihm. Der Türsteher biegt von der geräumten B 81 auf einer auslaufenden Asphaltspur in eine Schneise des Fichtenwaldes. Nach knapp einhundert Metern auf dem schneebedeckten Weg stellt er sein Auto ab und steigt aus. Er geht zurück zur Straße, überquert sie und biegt auf der anderen Seite in den Wald, dorthin, wo er den Bunker vermutet. Mit einer starken Taschenlampe leuchtet er das Umfeld ab. Und er entdeckt Reifenspuren.

Der Russe bindet sich die Ohrenklappen seiner Fellmütze unter dem Kinn fest und zieht seine Pistole „M" unter der Jacke hervor. Aufmerksam überprüft er die achtschüssige Makarow und lässt dann metallisch klickend eine Patrone in den Lauf schnappen.

Das Fünfgestirn hat sich in der Villa Kramers lautstark in Hitze geredet. Die Stimmen der Männer poltern durcheinander, darüber liegt der hysterische Diskant der Bankdirektorin. Nur der Hausherr hält sich ungewohnt zurück. Er sieht von einem zum anderen, und seine Gedanken sind nicht sonderlich schmeichelhaft: ‚Wie ein aufgescheuchter Hühnerhaufen. Was hat mich nur geritten, mit solchen Ignoranten Geschäfte zu machen? Als die Milliönchen nur so flossen und alle ihre Schäflein ins Trockne bringen konnten, herrschte eitel Sonnenschein. Doch kaum wird der Boden heiß, brennen den Herrschaften die Sicherungen durch. Aber die Drecksarbeit blieb ja schon immer an mir kleben.'

„Ich habe genug! Morde lasse ich mir nicht anhängen. Ich steige aus", wird Kramer aus seinen Gedanken aufgeschreckt. Nun reicht es dem Kopf der kleinen Gruppe. Er springt auf und zerrt den Beamten vom Regierungspräsidium am Revers vom Sessel hoch. „Jetzt hör mal ganz genau zu, Strutz, du hast bis jetzt – wie jeder von uns – die Kuh ganz schön gemolken. Wer A sagt, muss auch B sagen. Wenn du daran denkst, auszusteigen und deine Haut zu retten, dann möchte ich dich doch nur ganz dezent an unseren leider viel zu früh verstorbenen Geschäftspartner und gemeinsamen Freund Erich Mirabell erinnern."

Er gibt Strutz einen kleinen Stoß gegen die Brust, so dass der Ministerialdirigent rücklings auf den Ledersessel plumpst. Dann stellt er sich mit verschränkten Armen vor seine Mitstreiter hin und sagt leise, aber mit hochrotem Gesicht, das seine innere Anspannung verrät: „Das gilt übrigens für jeden Einzelnen von euch. Wir waren uns doch vor zehn Jahren alle einig, dass der Erich weg muss."

Er wendet sich an seinen Niedersachsen-Spezi: „Peter, du hast ja als letzter mit Erich gesprochen. Du hast ihn doch in unserem Auftrag regelrecht bekniet, nicht bei der Staatsanwaltschaft auszupacken. Wir hätten die ganze Sache ohne großes Aufsehen hinbiegen können. Unsere Kontakte ins Justizministerium und zur Staatsanwaltschaft waren doch damals exzellent. Aber Erich war nicht zu helfen – das hast du uns noch am selben Abend berichtet. Du hast gesagt, dass er überzeugt davon sei, dass die Anklagebehörde genug Material gegen ihn gesammelt hat. Als Kronzeuge in einem Verfahren von bisher in Sachsen-Anhalt nicht gekannten Ausmaßen hatte er sich ja wohl eine gute Chance ausgerechnet, einigermaßen glimpflich aus der Sache rauszukommen. Hast du damals vielleicht gesagt: ‚Ach der Erich, der beißt doch nicht, der will bloß spielen? Wir warten erst mal ab, wie sich die Sache entwickelt?'"

Hänze zieht nervös an seiner filterlosen Zigarette und nickt kaum wahrnehmbar.

„Und hast du bisher nicht auch ganz schön von unserem Club profitiert", sticht Kramers Zeigefinger nun gegen Jo Schwartz. „Wenn wir dir damals nicht eine Mitarbeit angeboten hätten, könntest du dir schon lange Hartz IV abholen. Deine Spielschulden hatten eine Höhe erreicht, die du selbst mit deinem guten Gehalt nicht mehr begleichen konntest. Wären deine Spielsucht und deine kleinen Nebenverdienste innerhalb der Behörde ruchbar geworden – dann adé, du schönes Beamtentum. Durch uns konntest du deinen Lebensstil weiterführen. Ist es da zu viel verlangt, dass du dich in den Kreisen deiner ‚Kunden' mal herumhörst, ob es da jemanden gibt, der sich um Mirabell kümmern kann, nachdem er uns hochgehen lassen wollte? Und bricht dir ein Zacken aus der Krone, wenn du für uns hin und wieder mal herumhorchst, was in Sachen ‚Mirabell' oder anderen Dingen, die unsere Geschäfte betreffen, am Kochen ist?"

Der Kriminalist schaut betroffen auf den teuren Perser. Weiß er doch ganz genau, dass Kramer Recht hat.

„Und nun zu dir", dreht sich der Großunternehmer zur Chefin der Elbe-Kommunalbank um. „Durch deine geneigten Unterschriften unter den diversen Fördermittelbescheiden unserer Strohmänner, nicht zuletzt beim Millionenobjekt ‚Schwimm-,

Reit- und Sporthallenkomplex‘ konntest du ja wohl genügend Koks bunkern – und den nicht nur für den Heizofen. Du musst dir doch inzwischen schon das Gehirn weggedröhnt haben“, verzieht Kramer sein Gesicht voller Ekel. „Und warst du nicht die Erste, die auf die Ein-für-allemal-Lösung bei Mirabell gedrungen hat, als unsere Überredungskünste und Angebote bei Erich nichts gefruchtet haben? Was ja auch verständlich ist, bei der langen Latte von Dingern, die du mit uns gedreht hast.“

„Das gilt natürlich auch für dich, Herr Ministerialdirigent“, wendet sich der Wortführer noch einmal an den Wirtschaftsexperten der Bezirksregierung. „Deine getürkten Förderbescheide haben es doch erst möglich gemacht, dass wir uns – alle wie wir hier sitzen – eine goldene Nase verdienen konnten. Und um noch mal auf Erich zu kommen: Du hast mich doch regelrecht angefleht, das Problem aus dem Weg zu räumen. Du hast gejammert, dass dir sonst nur der Strick bleibt. Gut, dafür ist jetzt immer noch Zeit. Aber mach schnell, dann habe ich eine Sorge weniger!“, schleudert er dem Mann giftig entgegen, der blass im Sessel zusammengesunken ist.

Die beiden Obdachlosen stehen vor dem Abrisshaus im alten Arbeiterviertel Magdeburgs. „Hier is mein Hotel“, macht der Mann eine einladende Handbewegung. Seine Begleiterin zuckt nur mit den Schultern und will auf die Türklinke drücken.

„Nu ma sachte“, hält sie der Stadtstreicher zurück. „Nich jleich mit die Türe ins Haus fallen.“ Und er muss selbst über den ungewollten Witz schmunzeln. „Wir jehn hinten rum, übern Hof.“

Das Pärchen zwängt sich durch den schmalen Durchgang zwischen den Giebelseiten des „Hotels“ und des Nachbarhauses hindurch. Als sie auf dem Hof stehen, stutzt der Mann. Sein geübter Blick erkennt sofort, dass sie nach dem letzten Schneefall nicht die

Ersten sind, die sich hier aufhalten. Besonders um das Autowrack in der Mitte des vermüllten Areals gibt es eine Menge Fußspuren. Vom Dach des alten Moskwitschs ist Schnee auf den Boden gefallen und liegt zu kleinen Haufen aufgetürmt rund um das räderlose Fahrzeug herum.

„Was ist denn los?", will die müde Frau mit den unterschiedlichen Handschuhen wissen, als der Mann mit dem Pferdeschwanz stehenbleibt und sie seinen prüfenden Blick sieht.

„Warte mal. Ich habe das Jefühl, hier stimmt was nich. Hier hat sich wer rumjetrieben und an meinem Wagen zu schaffen jemacht", versucht er einen Scherz. „Bleib ma hier stehn. Ich will ma gucken, was Sache is."

Aleks versucht sich zu orientieren. In diesem Waldgebiet müssen die Bunker sein. Allerdings ist es schon mehr als zwanzig Jahre her, als er hier das letzte Mal Krieg gespielt hat und gemeinsam mit deutschen und polnischen Genossen bei einem Manöver den kapitalistischen Aggressor aus seinen Unterschlüpfen gejagt hat. Sieg auf der ganzen Linie. „Hurra", murmelt der Leutnant a. D. vor sich hin. Gleichzeitig muss er registrieren, dass sich innerhalb von zwei Jahrzehnten auch in einem Wald eine Menge verändern kann.

Um keine auffälligen Spuren zu hinterlassen, stapft der Türsteher vom „Kalinka" einige Meter vom Waldweg entfernt durch den zum Teil kniehohen Schnee. Und das ist auch gut so, wie er wenige Minuten später feststellen muss.

Die Personen der kleinen Gruppe im Haus Kramers sitzen da wie begossene Pudel. Als Erster fasst sich Hänze: „Du hast ja Recht, Paul. Wir waren schließlich alle dafür, dass du die Ukrainer engagierst. Wer weiß, wo wir jetzt wären, wenn sie die Sache nicht erledigt hätten."

Der niedersächsische Bauunternehmer ist der Einzige, dem Kramer halbwegs vertraut und den er zum Teil in seine Pläne eingeweiht hatte. Er weiß, dass der Auftrag des Immobilien-Händlers gelautet hatte, als letzten Versuch Mirabell „mit härteren Bandagen" umzustimmen. Sollte das nicht gelingen, hatte Kramer dem Mann aus dem Osten freie Hand gelassen, wie er das Problem aus der Welt schafft.

Später, nach der Beisetzung Mirabells auf dem kleinen Dorffriedhof seiner Heimatgemeinde, hatte Kramer nach ein paar Schnäpsen Einzelheiten verraten, die ihm sein Kontaktmann bei der Polizei gesteckt hatte – eine Mischung aus Ermittlungsergebnissen und Schlussfolgerungen, wie es gewesen sein könnte.

Der Auftragsmörder war demnach über den Wintergarten ins Haus eingedrungen und hatte dort auf sein Opfer gewartet. Der Ukrainer sollte, wenn nötig, Mirabell auf lautlose Art mit dem Messer beseitigen. Doch es war anders gekommen. Der Geschäftsmann hatte sich, als er sein Haus betrat, von dem Fremden, der ihm plötzlich gegenüberstand, nicht beeindrucken lassen. Und ehe dieser ihm noch die Nachricht mit dem Ultimatum übergeben konnte, hatte der Jäger Mirabell zu seiner Bockbüchsflinte mit dem Schrot- und dem Kugellauf gegriffen, die an der Wand lehnte. Es war zum Handgemenge gekommen. Der Ukrainer hatte seinem Gegenüber die Waffe entrissen und zweimal abgedrückt. Mirabell war mit bis zur Unkenntlichkeit zerschmetterten Schädel tot im Flur zusammengebrochen. Der Täter hatte ihm die Autoschlüssel abgenommen, das Gewehr in den Kofferraum des Mercedes-Geländewagens geworfen, den Mirabell im Hof des Hauses geparkt hatte und war losgefahren. Nach einem kurzen Zwischenstopp an der Elbe, bei dem er die Waffe wohl in den Fluss geworfen hatte, war er bis zum Ortsrand Magdeburgs gefahren. Von dort hatte er ein Taxi zum Bahnhof genommen und war mit dem Zug weitergereist.

Zuerst hört Aleks ein leises Brummen, das immer lauter wird. Dann huschen Lichter von Scheinwerfern zwischen den Stämmen des Fichtenwaldes hindurch, brechen sich im Buschwerk.

Der Russe sucht Schutz hinter einer schneebeladenen Hecke. ‚Zu dieser Zeit, in dieser unwirtlichen Gegend ein Auto?', geht es ihm durch den Kopf. Das kann nur ein Liebespaar sein, das für sein Schäferstündchen die Abgeschiedenheit sucht oder jemand, der zum Bunker unterwegs ist. Der Ex-Soldat ist sich inzwischen sicher, dass Tanja Papenburg in einem der Betonunterstände festgehalten wird.

Der Allrad-Geländewagen knirscht nur einige Meter an seinem Versteck vorbei. Die Räder sinken dabei fast bis zur Hälfte in den Schnee ein, der im Scheinwerferlicht glitzert. Aleks ist froh, dass er sich entschlossen hat, sein Auto auf der anderen Waldseite abzustellen und bei seiner Suche nach Tanja Abstand zum fast zugewehten Waldweg zu halten.

Die roten Schlussleuchten des Fahrzeugs sind in der Dunkelheit verschwunden, und die Spur ist ein hervorragender Wegweiser für den Mann, der seine Taschenlampe wieder eingeschaltet hat.

Dem Obdachlosen fallen dunkle Flecken im Schnee auf. Er beugt sich direkt vor dem Autoskelett nach unten, um die verdächtigen Tropfen näher zu untersuchen. Dann schaufelt sich der Pferdeschwanz-Mann ein wenig Schnee auf die Handfläche und betrachtet ihn näher. Blut, stellt er fest, und er ahnt bereits, was er unter dem Müll im Inneren des alten Moskwitschs entdecken wird.

Er schaut zu seiner Begleiterin hinüber, die ungeduldig und mit kalten Füßen stampfend auf der Stelle tritt. Einen kurzen Augenblick überlegt er, ob er der Sache wirklich auf den Grund gehen oder lieber zum „Hotelzimmer" im zweiten Stock emporsteigen soll. Doch er entschließt sich gegen die vier Wände. Der

Stadtstreicher weiß, dass er schon genug Spuren hinterlassen hat, und Ärger mit der Polizei ist genau das, was er nicht braucht.

Er nimmt all seinen Mut zusammen, hebt die Autotür aus dem Wageninneren und zerrt die alte Teerpappe heraus. Er sieht die Teppichrolle, packt sie an einem Ende und wuchtet sie aus dem Schrottauto.

„Was ist denn nun", ruft die Frau, „wann gehen wir denn hoch. Und was machst du da überhaupt?"

„Haste jute Nerven?", fragt der Obdachlose und deutet auf die abgewetzte Teppichrolle.

„Hm, geht so."

„Na dann nimm man erst noch 'n Schluck aus deine Pappe und denne pack mit an."

Die Frau holt den Tetra-Pak aus ihrem Beutel und trinkt den Rest des billigen Rotweinverschnitts. Dann wirft sie das Behältnis in eine der Müllecken und tritt an das Bündel heran.

„So, du nimmst die Ecke, ich die andere", gibt ihr Begleiter die Richtung vor.

„Eins, zwei, los!" Drei Umdrehungen, ein Schreckensschrei. Die Frau mit den verschiedenfarbigen Fäustlingen starrt auf die Leiche. Sie wendet sich ab: „Mach das weg! Mach das weg!", herrscht sie den Mann mit dem Pferdeschwanz an. Doch der hat sich bereits hingehockt und schaut sich den Toten näher an.

„Mensch, hat der eene verplättet jekricht. Der hat ja jar keen Jesicht mehr."

„Ich will das nicht hören", giftet seine Begleiterin, die immer noch mit dem Rücken zur Szene steht. „Was machen wir denn nun?"

„Wenn ich alleene wär', würde ich erstma nachgucken, ob der was Brauchbares ins Portemonnaie hat, aber ich will dir ja nich mit rinziehn. Da müssmer wohl die Bullen holen."

An Aleks Borsin kriecht langsam die Kälte hoch. Trotz der Handschuhe werden ihm die Finger klamm. ‚Du bist ganz schön aus der Übung', muss sich der Russe innerlich eingestehen und hört kurz darauf wieder ein leises Brummen. Diesmal von vorn. Und wie er glaubt, an einer Stelle.

Noch vorsichtiger als zuvor bewegt er sich auf das Motorgeräusch zu. Er hat sich nicht getäuscht. Vor einem schneebedeckten Hügel, umschlossen von einem rostigen Stacheldrahtzaun, befestigt an zerbröselnden Betonpfeilern, deren Moniereisen bereits freiliegen, steht der Allrad-Jeep, der noch wenige Minuten zuvor an ihm vorbeigefahren ist.

Der Russe glaubt, eine Gestalt hinterm Lenkrad zu erkennen. Er überlegt, wie er sich ungesehen an den Bunker – denn nichts anderes verbirgt sich unter dem Schneehügel – heranpirschen kann. Er bewegt sich, verdeckt von Bäumen, an der rechten Längsseite des Gevierts entlang. Wenig später steht er an der schmaleren Hinterfront, die sich genau gegenüber dem Auto befindet, das mit laufendem Motor parkt.

Sein Blick tastet den Drahtverhau ab. Nichts Verdächtiges zu sehen.

Geduckt tritt er aus dem schützenden Wald heraus und steht nach ein paar schnellen Schritten an der Stachelsperre. Aleks hat Glück. Zwei, drei Meter rechts von ihm sind zwei der Betonpfosten dermaßen verwittert, dass sie zur Seite gerutscht sind und den Zaun bis auf einen knappen Meter über der Erde mitgerissen haben.

Vorsichtig tritt er auf den stachelbewehrten Zaun und steht kurz darauf an der Hinterseite des schneeüberzogenen Betonunterstands. Er zieht seine Pistole aus dem Holster und sucht nach einer Einstiegsmöglichkeit. Doch er findet keinen Zugang. Dann bleibt wohl nur die Vorderseite, sagt er sich. Noch immer hört er das monotone Brummen des Diesels.

Langsam beugt er sich an der rechten Ecke des Schutzgebäudes nach vorn, um die Längsseite abzusuchen. Im selben Moment spürt er einen dumpfen Schmerz über der Nasenwurzel, der ihn wie ein Messerstich ins Gehirn trifft. Schemenhaft sieht er eine Gestalt vor sich. Er spürt seine Arme nicht mehr. Die Makarow fällt in den Schnee. Ein zweiter Hieb mit der Stahlrute trifft ihn im Gesicht. Blut schießt aus seiner Nase. Doch das nimmt der überraschte Russe schon nicht mehr wahr. Die Beine rutschen ihm weg. Er fällt rücklings in den Schnee.

Der Stadtstreicher fragt seine Begleiterin: „'n Handy hast wohl nich zufällig instecken?"

Doch zu seiner Überraschung wühlt die Frau in einem ihrer Plastikbeutel und hält kurz darauf ein Uralttelefon – noch mit Gummiantenne – in der Hand. „Habe ich im Müll gefunden. Geht aber noch", sagt sie. Sie reicht dem Pferdeschwanz-Mann das Funktelefon, und der wählt die 110.

Hartmut Mueller ärgert sich. Ein Rechtsmediziner, der alles kann: Obduzieren, DNA-Analyse, toxikologische Untersuchungen und der sogar Experte für Schusswaffen ist. „So etwas gibt es nur im Film", knurrt er.

„Warum siehst du dir die Krimi-Serie dann überhaupt an?", will seine Frau wissen.

„Wenn der Mühe nicht die Hauptrolle spielen würde, könnte ich auf den Mist auch wirklich verzichten", schimpft er.

Der Abspann läuft, und der Erste Kriminalhauptkommissar hat schon die Fernbedienung in der Hand, um den Fernseher auszuschalten, als sein Diensthandy klingelt.

Seine Stellvertreterin ist in der Leitung. „Ich weiß, du hast heute keinen Dienst, aber ich wollte dich trotzdem aktuell darüber informieren, dass wir einen Toten in Magdeburg haben", sagt Ines Keller.

„Aber nicht schon wieder eine Nutte?" hört die Beamtin ihren Chef fragen.

„Nein, zwei Obdachlose haben in Buckau einen Mann gefunden – erschossen. Sieht ganz nach einer professionellen Hinrichtung aus. Der Tote lag auf dem Hof eines Abrisshauses in einem Autowrack."

„Professionelle Hinrichtung, so, so", wiederholt der Kriminalist mehr für sich selbst. Und sofort muss er wieder an den Fall ‚Mirabell' denken, um den seit den Prostituiertenmorden seine Gedanken kreisen.

„Ich ziehe mich an. Ich komme vorbei. Ist ja bloß um die Ecke. Bis gleich", verabschiedet er sich, ohne eine Antwort abzuwarten. Mueller weiß, dass es seine „Vize" nicht besonders schätzt, wenn sie Bereitschaft hat und ihr Chef trotzdem am Tatort auftaucht. „Das hat so etwas von Kontrolliert-Werden", hatte sie ihm einmal unverblümt gesagt. „Oder traust du mir nicht zu, dass ich die Tatortarbeit leite?"

„Wie soll es denn nun weitergehen?", will Hänze wissen, der sich als Erster von der harschen Standpauke erholt hat. „Du hast doch bestimmt einen Plan, Paul, oder?"

Kramer drückt sich in den Sessel und blickt von einem zum andern. Mit aufreizender Ruhe zündet er sich dann eine „Kuba" an und pafft die ersten Ringe über den Tisch.

„Die Sache ist wirklich ernst", sagt er. „Und es ist auch tatsächlich einiges schiefgelaufen. Ich will euch mit der ganzen Vorgeschichte nicht langweilen. Nur so viel: Die zwei Frauen mussten ruhiggestellt werden. Sie hatten Wind von der Mirabell-Sache gekriegt. Wie viel sie genau wussten, wird immer ihr Geheimnis bleiben. Aber wohl doch so viel, dass sie glaubten, mit ihrem Wissen Geld machen zu können. Ich hatte Sabrinski freie Hand gelassen, wie er sich mit der Erpresserin und ihrer Freundin einigt. Mein Fehler. Leider hat er nichts Besseres gewusst, als wieder die Truppe anzuheuern, die sich vor zehn Jahren schon mit Erich beschäftigt hatte. Der S.d.s.-Mann hat zwar die Sache gut gelöst. Allerdings ist ihm dabei ein Missgeschick passiert. Er hat sich verletzt und Kontakt mit uns aufgenommen – ein Risiko. Aber ich habe Sabrinski in die Spur gesetzt, um einen Schlussstrich unter die unbefriedigende Geschichte zu setzen. Damit wir alle wieder in Ruhe arbeiten können."

Die Sache mit Tanja Papenburg erwähnt er mit keiner Silbe.

Kramer schaut erneut zur Uhr. Wo bloß der Sabrinski bleibt? Muss man denn hier alles alleine machen?

Die Rechtsanwältin hört Metall auf Metall knirschen. Der Schreck fährt ihr in die Glieder. Mit ein paar schnellen Sprüngen versucht die Gefesselte die Pritsche zu erreichen. Sie stöhnt auf, weil sie schmerzhaft mit dem rechten Schienbein gegen das Metallgestell mit der Matratze stößt. Als sie geradeso liegt, öffnet sich die Eisentür, vor der sie Sekunden zuvor noch gestanden hat. Ein Bündel wird hereingeworfen und landet mit einem dumpfen Geräusch auf dem harten Boden. Dann wird die Tür wieder geschlossen. Papenburg hört, wie das Schloss der alten Luftschutztür wieder einrastet.

Ängstlich lauscht die Frau in die Dunkelheit. Sie wagt kaum zu atmen. Sie ist unschlüssig, was sie tun soll. Da erinnert sie sich an eine Filmszene mit Peter Ustinov, der in seiner Rolle als sowjetischer Diplomat während der Wendezeit in der DDR auf die Frage eines Botschaftsmitarbeiters geantwortet hatte: „Wenn man nicht weiß, was man tun soll, tut man am besten gar nichts."

Hartmut Mueller hat eine Straße entfernt vom Fundort der Leiche angehalten. Es ist eine alte Marotte von ihm, die letzten Meter bis zum Ort des Geschehens zu Fuß zu gehen. „Ich erschnuppere das Verbrechen", hatte er einmal mit einem Augenzwinkern auf die entsprechende Frage eines jungen Kollegen geantwortet.

Und wirklich, der Kriminalist saugt mit all seinen Sinnen das Umfeld auf. Seine Augen huschen über die heruntergekommenen Fassaden. Ihnen entgeht der schmale Lichtstreif am Fenster eines unbewohnt scheinenden Hauses ebenso wenig wie der Schatten einer Gestalt in einem Hauseingang. Seine Nasenflügel blähen sich, und er schmeckt Qualm. Ein Aroma von verbrannter Braunkohle liegt über der Straße, ein Odeur, das ihn an alte DDR-Zeiten erinnert.

Und plötzlich hat er ein Déjà-vu: Sein erster großer Fall, bei dem er sich seine Sporen verdient hatte, nur ein paar Straßen weiter. Als junger Kriminalist der Magdeburger Bezirkspolizeibehörde, gerade frisch von der Ascherslebener Offiziersschule des Ministeriums des Innern gekommen, gehörte er zu der Truppe, die einen Raubmord aufgeklärt hatte.

Wie war das doch gleich im Sommer 1981? Die Bilder werden schärfer ...

Zwei Jugendliche waren ins Volkspolizeikreisamt Magdeburg gekommen – ziemlich aufgeregt – und wollten eine „dringende Aussage" machen. Sie berichteten, dass in einer Parterre-Wohnung in der Gnadauer Straße 1 ein Toter liegt – ein Mitarbeiter der Deutschen Reichsbahn.

Der Diensthabende vom VPKA hatte eine Funkstreife zu dem einzelnstehenden Altbau geschickt. Und die Schutzpolizisten hatten die Angaben der jungen Männer bestätigt.

Somit wurde die Sache ein Fall für die ständige Morduntersuchungskommission des Bezirkes, also auch für Leutnant Hartmut Mueller.

Recht schnell stand fest, dass nur ein Achtzehnjähriger der Täter sein kann. Der Einbrecher, der sich auf den Diebstahl von Zigaretten spezialisiert hatte, und der Eisenbahner waren sich während eines Trinkgelages in der Altbauwohnung des späteren Opfers in die Haare geraten, so die Aussagen der jugendlichen Zeugen. Der Täter hatte zwei Bierflaschen auf dem Kopf des Wohnungsinhabers zerschmettert, die Wohnung durchwühlt und alles, was ihm als halbwegs brauchbar erschien, mitgehen lassen.

‚Tod durch Hirnlähmung durch langsam zunehmenden Hirndruck infolge eines Blutergusses zwischen Schädeldach und harter Hirnhaut', sieht der Kriminalist die Zeilen aus dem rechtsmedizinischen Gutachtens vor seinem inneren Auge vorbeiziehen und ist erstaunt darüber, dass er sich rund dreißig Jahre später noch wörtlich an die Todesursache erinnern kann.

Mueller war es dann auch, der gemeinsam mit einem erfahrenen Kriminalisten und einigen Schutzpolizisten den Mörder zwei Tage nach der Tat in der Wohnung seiner Mutter aus dem Bett geholt und festgenommen hatte. Bei der Hausdurchsuchung wurde diverses Diebesgut gefunden, und der junge Mann hatte sowohl mehrere Einbrüche in Gaststätten und Kaufhäusern der Bezirksstadt als auch im größten Kino Magdeburgs eingeräumt.

Da war das mit dem Mord schon schwieriger. ‚Immer wieder habe ich ihm die Aussagen der Tatzeugen vorhalten müssen', geht es Mueller durch den Kopf. Doch letztlich war der Mörder unter der Last der Beweise zusammengebrochen.

Der Kriminalist kann sich noch gut an das stolze Gefühl erinnern, als der Täter seine Unterschrift unter das Aussageprotokoll setzte. Das Gericht hatte den Mörder ein paar Monate später zu einer lebenslangen Haftstrafe verurteilt.

Mueller fällt auf, dass er in Gedanken stehengeblieben ist. Sein Blick fällt auf ein schwarzes Mercedes-Cabrio. ‚Das gehört nicht hierher', ist seine erste Reaktion. Er berührt die Kühlerhaube: kalt. ‚Kein Wunder, bei den Temperaturen', denkt der Erste Kriminalhauptkommissar und kann darum nicht daraus schließen, wann das Auto hier geparkt wurde. Allerdings fällt ihm sofort auf, dass das Fahrzeug völlig schneefrei ist. Also wurde der SLK erst nach dem letzten Flockenwirbel hier abgestellt. Er reißt eine Seite aus seinem kleinen schwarzen Notizbuch und schreibt das Kennzeichen auf.

Mueller biegt um die Hausecke und steht vor dem rot-weißen Plastikband mit der Aufschrift „Polizeiabsperrung". Ein Schutzpolizist diskutiert mit einem Fotoreporter, der näher an den Fundort heranmöchte, um Aufnahmen zu machen.

„Na, wieder den Polizeifunk abgehört?", spricht Mueller den Mann mit der Nikon an. Die Antwort: „Niemals. Ist doch verboten, Herr Kommissar", hört er, als er sich bereits unter dem Band durchbückt.

„Kollege, macht doch mal für dieses Kfz-Kennzeichen eine Halterabfrage", reicht er dem Uniformierten den Zettel. „Wenn ihr etwas Greifbares habt, ich bin am Fundort."

‚Wo bloß der Sabrinski bleibt?', denkt Kramer erneut. Im selben Augenblick hört er das schnarrende Vibrieren eines Handys. Instinktiv greift er in seine Sakko-Tasche. Doch es ist das Mobiltelefon seines Nachbarn. Jo Schwartz zieht entschuldigend die Schultern hoch und schaut auf das Display seines Gerätes.

„Was Besonderes?", fragt Kramer.

„Ein Toter. In Magdeburg."

Der Immobilienmakler wird hellhörig. „Wo in Magdeburg?"

„In Buckau. In einem Abrisshaus."

Über Kramers Nasenwurzel bilden sich zwei steile Falten.

Langsam drückt er sich aus dem Sessel hoch. „Weiß man schon Näheres?"

„Ein Mann. Ohne Papiere. Mehrere Schüsse im Kopf, heißt es in der WE-Meldung. Sieht aus wie eine Hinrichtung."

„Ein Penner?"

„Steht hier nicht. Aber warum interessiert dich das überhaupt?", fragt der Ermittler, dem die Unruhe Kramers auffällt.

„Kümmere dich!", raunzt ihn der Unternehmer an.

Schwartz schält sich aus dem Leder und geht nach draußen. Er wählt die Nummer der Mordkommission.

Tanja Papenburg hört ein leises Stöhnen. Es kommt aus der Ecke ihres Verlieses, in der das „Bündel" liegen muss. „Hallo, ist da jemand?", fragt sie in die Dunkelheit hinein. „Hallo?"

Doch außer den Schmerzenslauten bekommt sie keine Antwort.

Die Anwältin fasst sich ein Herz und tastet sich erneut in der Finsternis vor. Inzwischen kommt sie mit ihren gefesselten Beinen ganz gut zurecht und steht Sekunden später vor dem vermeintlich Unbekannten, der ihr Schicksal teilt.

Sie kniet sich an der Stelle nieder, wo sie den Kopf des Stöhnenden vermutet: „Hallo, was ist passiert? Sind Sie verletzt?"

Das „Tanja, bist du das?" ist kaum zu verstehen.

Verwundert entfährt ihr: „Ja, und wer sind Sie?"

„Aleks – dein Beschützer", vernimmt sie zwischen zwei langen Seufzern und einem bitteren Lachen. „Ich bin solch ein Held, dass ich mich überrumpeln ließ und nun auch hier unten liege. Geschnürt wie eine Golubez, eine russische Kohlroulade."

„Was ist denn passiert?", will die gleichermaßen überraschte wie auch ein wenig beruhigte Frau wissen, die nun in ihrem dunklen Gefängnis nicht mehr allein ist. „Bist du verletzt?"

„Mir ist speiübel, und mir brummt der Schädel“, sagt der „Kalinka“-Türsteher. Dann erzählt er mit wenigen Sätzen, was sich im „Soraya“ abgespielt hat und wie er auf ihre Spur gestoßen ist.

Hartmut Mueller geht auf seine Stellvertreterin zu. „Na, hast du es wieder mal nicht zu Hause ausgehalten“, wird er von ihr ungnädig empfangen. „Du bist wohl auch einer von denen, die meinen, dass sich die Welt aufhört zu drehen, wenn sie mal ein paar Stunden nicht auf der Arbeit sind.“

Der Chef der Mordkommission verkneift sich eine Bemerkung, um nicht noch Feuer ins Öl zu kippen. Er konzentriert sich vielmehr auf das Fachliche: „Habt ihr schon erste Erkenntnisse?“

„Der Tote hatte keine Papiere bei sich. Aber so wie er angezogen ist, gehört er nicht zu den Pennern, die in Abrisshäusern Platte machen. Er wurde im Hof abgelegt – in einem alten Moskwitsch. Der Täter hatte allerhand Müll über die Leiche geworfen. Und wenn das Pärchen, dort, nicht eine trockene Bleibe für heute Nacht gesucht hätte, wären wohl noch Tage vergangen, bis man den Toten gefunden hätte.“

Zwei schwarzgekleidete Männer kommen mit einem sogenannten Zinksarg, der eigentlich aus Plastik ist, auf den Hof. „Können wir den Toten mitnehmen?“, fragt einer der Bestatter.

„Nein, einen Augenblick noch“, sagt Mueller und geht zum Autowrack, vor dem der Tote liegt. Er schaut sich den Mann an. „Wissen wir schon, wer es ist?“

„Nein, wir haben aber schon die Daktys genommen. Die werden gerade mit dem Automatisierten Fingerabdruckidentifizierungssystem abgeglichen.“

Im selben Augenblick tritt ein Polizeiobermeister an die Kripo-Leute heran. „Ich habe hier die Halterabfrage“, überreicht er Mueller einen handgeschriebenen Zettel. Der Erste Kriminalhauptkommissar liest vor: „Hans Sabrinski, geboren 31. Oktober 1969 in Hamburg, wohnhaft Schwarzkittelweg 105a, Magdeburg.“

„Das dürfte unser Opfer sein“, sagt Mueller, als er den fragenden Blick seiner Kollegin sieht. Und er kann sich die Bemerkung nicht verkneifen: „Habt ihr den schwarzen SLK eine Straße weiter nicht gesehen? Ganz abgesehen davon, dass hier fast alle Häuser leerstehen, wer fährt denn in dieser Gegend einen Mercedes?“

Die Tür wird aufgerissen, und Schwartz prallt beinahe mit Angelica Celmar zusammen, die gerade das Kaminzimmer verlassen will. „Was ist denn passiert?“, fragt Kramer.

„Weißt du, wer der Tote ist?“, macht der Polizist eine Kunstpause.

„Sag schon!“

„Der Sabrinski.“

Der Schmerz im Fuß hat etwas nachgelassen, und der Ukrainer bekommt langsam den Kopf frei. Je weniger ihn das Stechen im Gelenk peinigt, desto wütender wird Artem Sidorenko. Rachegedanken kochen in ihm hoch. Dass ihn sein Auftraggeber einfach auslöschen wollte, ist für den „Skorpion“, der längst aufgehört hat, seine Opfer zu zählen, eigenartigerweise ein Gedanke, der nicht in seinen Kopf hineinwill. Diesen hinterhältigen Anschlag kann er nicht auf sich sitzen lassen, auch wenn er Gefahr laufen sollte, von der Polizei gefasst zu werden.

Sidorenko humpelt über den Hof zum Wohnhaus des Pensionsinhabers. Er will sich mit ihm bereden und herausbekommen, inwieweit er sich auf die Hilfe seines alten Waffenkameraden stützen kann.

Er klopft ans Fenster. Es wird geöffnet: „Ich habe dir doch gesagt, du sollst hier nicht herumschleichen und dass du auf dem

Zimmer bleiben sollst. Ich will nicht in Teufels Küche kommen", ranzt ihn sein Freund an.

„Lass mich rein", fordert Sidorenko, „ich will dir ein Angebot machen."

Der Mann im Flecktarn schüttelt zwar den Kopf, geht aber dennoch zur Tür und öffnet sie. „Was gibt es denn?", bleibt er ungehalten im Eingang stehen. Doch als er das gefährliche Flackern in den Augen seines Gegenübers sieht, senkt er seine Stimme. „In Gottes Namen, komm rein", gibt er den Weg frei.

Der ungebetene Gast fläzt sich in einen der Sessel und legt seinen verletzten Fuß aufs Sofa. „Nun pass mal auf. Es gibt da ein kleines Problem. Ich habe etwas Dringendes zu erledigen. Aber du siehst ja selbst, mit dem Herumlaufen sieht es bei mir im Augenblick nicht besonders gut aus. Du hast doch einen Kleintransporter", zeigt er mit der Hand in Richtung des im Hof geparkten Autos. „Ich brauche einen Chauffeur, der sich ein bisschen auskennt und der die Schnauze halten kann."

„Aber, ich …", will der so Angesprochene einwenden, doch er wird schon im Ansatz unterbrochen. „Kein Aber! Du sollst es auch nicht umsonst machen. So dicke hast du es ja wohl auch nicht", zieht er ein paar zusammengerollte und mit einem Gummi zusammengehaltene Scheine aus seiner Hosentasche.

Hartmut Mueller lässt seine Kollegin stehen, die in diesem Augenblick ein Gesicht macht, als würde sie die Welt nicht mehr verstehen. ‚Das mit der Hinrichtung könnte hinkommen', geht es ihm gerade durch den Kopf, da reißt ihn eine ihm bekannte Stimme aus seinen Grübeleien: „Na, auch kein Zuhause? Deine Vize hat mir doch gesagt, dass du frei hast", sagt Evi Reinhold.

„Hm, was man so frei nennt", nuschelt Mueller, der keine Lust hat, die Reibereien mit seiner Stellvertreterin vor der Rechtsmedizinerin auszuwalzen. „Wie sieht es aus?“, gibt er dem Gespräch eine fachliche Richtung.

„Drei Schüsse. Einer von vorn in die Brust. Wahrscheinlich neun Millimeter. Aus was für einer Waffe geschossen wurde, müssen die Kollegen vom Landeskriminalamt feststellen. Auf jeden Fall sieht es nach einem Herzschuss aus.“

„Sofort tot?“

„Wird das Herz getroffen und werden die Herzhöhlen eröffnet, endet der Herzschlag abrupt, und durch die Einschussöffnung strömt das Blut aus dem Herzen. Der Blutdruck sinkt schnell ab. Das wiederum führt im Gehirn zum Blutmangel. Das Herz versucht, durch schnelleres Schlagen den Druckverlust zu kompensieren, was aber bei größeren Verletzungen – und davon gehe ich im vorliegenden Fall aus – keinen Erfolg hat. Durch den schnell absinkenden Blutdruck wird der Verletzte relativ schnell ohnmächtig. Eine Gegenwehr ist nicht mehr möglich“, doziert die Ärztin.

„Und warum dann noch zwei Schüsse?“

„Möglicherweise, weil das Opfer im Liegen noch geröchelt hat, denn Hirnstamm und Atmung waren noch intakt. Oder der tödlich Verletzte bekam durch den Sauerstoffmangel im Gehirn Krämpfe, und der Täter dachte, er hat nicht richtig getroffen. Um den Mann zu töten, waren sie jedenfalls nicht nötig. Möglich ist auch, dass die beiden Kopfschüsse – aus nächster Nähe, aber nicht aufgesetzt – Ausdruck eines sogenannten Übertötens waren, vielleicht aufgrund großen Hasses, oder der Mann war Profi und wollte 120-prozentige Sicherheit haben, dass sein Opfer auch wirklich tot ist. So viel für jetzt.“

„Danke dir. Ich will nur noch kurz mit dem Pärchen sprechen, das die Leiche gefunden hat, dann mache ich mich auch wieder vom Acker“, verabschiedet sich der Kriminalist von der Rechtsmedizinerin.

„Der Sabrinski", wiederholt Kramer die Worte von Jo Schwartz. „Habe ich es mir doch fast gedacht." Und als er die gleichermaßen fragenden wie aufgeschreckten Blicke der Kamin-Runde wahrnimmt, fügt er an: „Ich hatte ihn losgeschickt, eine bestimmte Sache zu bereinigen. Unser Mann aus der Ukraine hatte sich wohl bei der Umsetzung seines Auftrags verletzt und ist so zum Risiko geworden. Wenn die Polizei Wind von ihm bekommt, sieht es schlecht für uns aus. Für uns alle." Den Satz „Aber ich hätte mir eigentlich denken können, dass der Sabrinski nicht in der Lage ist, die Geschichte geradezurücken" behält er allerdings für sich.

„Und was bedeutet der ganze Scheiß jetzt für uns?", lallt Karl-Edgar Strutz, der Kramers gutem Cognac in der letzten halben Stunde mehr zugesprochen hat als ihm bekommt, mit schwerer Zunge. Die anderen blicken den Immobilienunternehmer an, als erwarteten sie von ihm die Verkündung des Evangeliums.

„Das heißt, dass ich mir schon ein paar ordentliche Leute besorgt habe, die sich um das Problem kümmern. Die haben übrigens schon einen anderen Auftrag prima erledigt. Aber damit will ich euch nicht weiter belasten. Ihr seid mir ja sowieso keine Hilfe."

Dann steht Kramer auf und deutet zur Tür. „Haltet die Füße still. Und – keine Panik. Wir machen genauso weiter wie bisher. Ich werde euch auf dem Laufenden halten. Vielleicht sollte der eine oder andere von euch mal ein paar Wochen Urlaub machen – raus aus der Schusslinie. Aber letztlich muss das jeder selbst wissen."

Die mit diesen Worten Entlassenen gehen zur Tür. „Ach, Peter", ruft er seinem Spezi Hänze nach. „Bleib doch noch ein paar Minuten hier. Ich habe etwas mit dir zu bereden."

Hartmut Mueller geht auf die Obdachlosen zu, die es sich trotz der Kälte auf dem Steintritt des Hintereingangs bequem gemacht haben.

„Wird ja ooch Zeit, dass ma eener kommt“, empfängt ihn der Pferdeschwanz-Mann. „Wir wolln ins Bette. Hier draußen friert man sich ja den Hintern ab.“

Der Kriminalist bleibt freundlich: „Es geht auch ganz schnell. Wie war das denn nun mit der Auffindesituation.“

Und der Gefragte erzählt dem Ersten Kriminalhauptkommissar, was sie im Haus wollten und wie sie auf den Toten gestoßen sind. „Und, is ’ne Belohnung drinne?“, macht er zum Schluss die bekannte Bewegung zwischen Daumen und Zeigefinger.

„Sieht nicht so aus“, antwortet Mueller.

„Haste denn wenichstens ’n Stäbchen?“

„Leider Nichtraucher.“ Doch dann wendet er sich an den Schutzpolizisten, der ihm gerade das Ergebnis der Halterabfrage gebracht hatte. „Kollege, haben Sie etwas Rauchbares dabei?“

Dieser nickt und bietet ihm eine Zigarette an. Mueller nimmt ihm freundlich lächelnd die ganze Schachtel aus der Hand: „Für einen guten Zweck.“ Und gibt sie dem Zeugen. „Ihre Personalien haben wir ja sicher?“

Nazar Petrow blickt auf die Euro-Rolle und überschlägt im Geiste, wie viel Geld vor ihm auf dem Tisch liegt. Ein paar tausend werden es schon sein. Besonders geht seine Land-Pension nicht, aber man hat eben sein Auskommen, denkt er nach. Doch immer noch besser als in der Ukraine, ist er sich sicher.

S.d.s.-Mann Sidorenko spürt, dass sein alter Armee-Kumpel innerlich hin- und hergerissen ist. „Das Geld ist das Eine“, dringt er weiter in Petrow. „Das Andere ist: Du hast doch Familie. Der geht es gut, oder?“

Und Petrow versteht sofort, was die Frage bedeutet. Widerwillig nickt er: „Der geht es gut, und das soll auch so bleiben.“

„Nu dobrje, gut, gut“, nickt Sidorenko. „Dann sind wir ein

Team. Aber heute trinken wir erst einmal einen Wodka zusammen. Du hast doch einen guten ‚Nemiroff' im Kühlschrank?"

Die Männer vom Bestattungsunternehmen tragen den Toten vom Hof. Mueller sucht nach seiner Kollegin. Er entdeckt sie hinter dem alten Moskwitsch. „Warst du schon oben?", fragt sie ihren Chef, als sie ihn auf sich zukommen sieht.

„Nein, ich habe nur ein paar Worte mit dem Pärchen gewechselt. Außerdem: Das ist doch hier *dein* Tatort", lenkt er ein und sieht seiner Stellvertreterin dabei so treuherzig in die Augen, dass sie sich eines Lächelns nicht erwehren kann.

„Ich wollte eigentlich sauer sein", gibt sie zu, „aber sich zu streiten, wer hier den Hut auf hat, das wäre doch wirklich zu blöd, oder?"

Der Erste Hauptkommissar schmunzelt: „Also Frieden?"

„Frieden."

„Dann kann ich mich ja beruhigt wieder vor die Glotze setzen. Aber noch eine Frage: Sabrinski? Der Name des Opfers kommt mir irgendwie bekannt vor. Sagt dir Sabrinski nichts?"

„Doch. Ich sage nur Mirabell."

„Na klar!", klatscht sich Mueller mit der flachen Hand gegen die Stirn. „Sabrinski, das war doch auch einer aus der Gruppe um den Mirabell. Er soll ja so etwas wie der Putzlappen von Kramer gewesen sein." Dann legt er seine Stirn in Falten. „Das kann doch alles kein Zufall sein. Erst die beiden Nutten. Dann der Sabrinski. Und überall taucht der Name Mirabell auf."

Er wendet sich gerade zum Gehen, als ihm seine Kollegin nachruft: „Übrigens hat vorhin jemand von der Polizeiinspektion Halberstadt angerufen. Er wollte Einzelheiten über den Mord wissen."

Mueller dreht sich wieder um: „Von der Polizeiinspektion?

Was haben die denn mit der Sache zu tun? Wer hat denn angerufen?"

„Ein Jo Schwartz, Kriminaloberrat, der Leiter der Abteilung Wirtschaftskriminalität ."

Der Mordermittler überlegt: ‚Den Namen habe ich doch im Zusammenhang mit dem Fall Mirabell schon mal gehört'. Und er nimmt sich vor, noch einmal den ehemaligen Chef der Sonderkommission in der Altmark anzurufen.

„Was gibt es?", fragt Hänze.

„Es geht um eine junge Frau – eine Rechtsanwältin, die ihre Nase ein bisschen zu tief in unsere Angelegenheiten gesteckt hat", antwortet Kramer. „Sie hat – warum auch immer – die Sache mit Erich wieder ausgegraben. Ich habe da wohl überreagiert, und jetzt habe ich die Tusse an der Backe. Ich habe ihr was in den Tee machen lassen. Jetzt liegt sie in einem alten Bunker in einem Waldstück an der B 81."

„Tot?"

„Nein. Aber besser wär's."

Hänze ist kein Feiner. Wenn es etwas in die eigene Tasche zu wirtschaften gilt, ist er immer dabei. Aber eine Frau umzubringen, das geht selbst für ihn ein Schritt zu weit. „Was hast du vor?", will er wissen.

„Darum rede ich ja mit dir!", poltert Kramer, dem nun endgültig die Nerven blankzuliegen scheinen, los. „Gib mir doch einen Rat, was ich mit ihr machen soll."

„Mach dir die Hände nicht noch schmutziger", warnt Hänze. „Und reite uns nicht noch tiefer rein. Die Sache läuft langsam aus dem Ruder."

„Ein toller Rat. Aber gut. Dann lasse ich sie eben da unten verrotten – und den Mann gleich mit."

„Was für einen Mann?“

„Ach, da hat einer am Bunker spioniert. Aber meine Leute haben ihn entdeckt und ihm eins drübergegeben. Das war kein verspäteter Pilzsammler. Es war sicher kein Zufall, dass der aufgetaucht ist. Der hatte eine Makarow bei sich.“

„Überstürze nichts“, rät Hänze. „Überschlafe die ganze Sache. Was du mit dem Mann machst, ist mir egal, aber die Frau ... Wir haben doch alle Möglichkeiten, da etwas zu drehen. Vielleicht schaffen wir sie einfach aus Deutschland raus. Nach Osten.“

Kramer gibt einen grunzenden Laut von sich, den sein Gesprächspartner eher als Zustimmung auslegt. „Na dann“, steht der Hausherr auf. „Wir telefonieren.“

Tanja Papenburg wird langsam immer klarer, dass sie in großer Lebensgefahr schwebt. Und auch Aleks wundert sich, dass er noch atmet. ‚Normalerweise machen die S.d.s.-Leute doch nicht so langes Federlesen‘, denkt er, hütet sich aber, seine düsteren Gedanken laut zu äußern, um die vor Angst zitternde Frau neben sich nicht noch mehr zu erschrecken. Also waren die Insassen des Jeeps wohl gar keine Leute des ukrainischen Killerkommandos, ist er sich jetzt sicher.

„Worüber denkst du nach?“, holt ihn die bebende Stimme der Rechtsanwältin in die Gegenwart zurück. „Hast du schon einen Plan, wie wir hier rauskommen?“

‚Soll ich lügen?‘, fragt er sich. Und er entschließt sich, nicht direkt auf die Frage einzugehen. „Wenn die uns töten wollten, hätten sie das längst getan“, gibt er sich optimistisch. „Es sieht also gar nicht so hoffnungslos aus. Wir sollten einfach versuchen, herauszufinden, ob wir hier irgendwie rauskommen.“

Aleks versucht sich aufzurichten, doch als er sitzt, dreht sich alles um ihn. Er hat das Gefühl, dass sich sein Magen langsam, aber stetig nach oben bewegt. Speichel sammelt sich in seinem Mund, und Sekunden später treibt ihm der Brechreiz einen Schwall säuerlichen Mageninhalts aus den Gesichtsöffnungen. Mit einem leisen Stöhnen lässt er sich wieder nach hinten fallen. „Mist, die Schläge waren wohl doch härter, als ich zuerst angenommen hatte. Ich muss mich erst ein wenig ausruhen. Und du solltest dich auch ein bisschen hinlegen und Kraft schöpfen."

Tanja Papenburg nickt, doch im selben Moment fällt ihr ein, dass sie der Russe nicht sehen kann. „Vielleicht ist das das Beste", sagt sie deshalb. Doch ihre Stimme verrät, dass sie nicht davon überzeugt ist. Sie hüpft zu ihrer Liegestatt, dreht sich mit dem Rücken zur Pritsche und greift mit den auf ihrem Rücken gefesselten Händen die Wolldecke. Dann begibt sie sich auf demselben Wege in die Ecke in Türnähe zurück, dorthin, wo der Verletzte liegt. So gut es unter diesen Umständen geht, zieht sie die Decke über den Körper des Mannes. Dann legt sie sich auf das Feldbett. Ihre Augen sind weit aufgerissen, als ob sie so die Dunkelheit durchdringen und einen Ausweg erkennen kann.

Doch nach wenigen Minuten machen sich die körperlichen Strapazen und die psychischen Anstrengungen der letzten Stunden bemerkbar. Sie will noch etwas sagen, aber ihre Augen fallen schon zu, und ihre Gliedmaßen werden warm. Sie wehrt sich nicht gegen den Schlaf, der mehr und mehr Besitz von ihr ergreift. Das „Tanja, schläfst du schon?" nimmt sie kaum noch wahr.

Oliver Berndt hat eine weitere Nacht verbracht, ohne zu wissen, wo sich seine Frau aufhält. Es waren unruhige Stunden gewesen. Er hatte sich von einer Seite auf die andere gewälzt, und wie immer, wenn er unter Anspannung steht, hatten ihm seine „Zappelbeine" den Schlaf geraubt. Sie kribbelten, schmerzten und zuckten. Er hatte sich, wie in solchen Fällen bewährt, ein Fußbad gemacht und den großen Flachbildfernseher unten im Wohnzimmer eingeschaltet. Die Katze hatte so viel nächtliche Aktivitäten in dem Haus am Waldrand wohl missverstanden und sich laut schnurrend auf den Schoß des Radiojournalisten gelegt. Doch dessen Unruhe hatte sich bald auf den grauweißen Stubentiger übertragen, so dass er es nach wenigen Minuten vorgezogen hatte, vom abgewetzten Bademantel des Herrchens wieder auf sein orangefarbenes Lieblingskissen auf dem mintgrünen Ledersofa zu wechseln.

Das TV-Programm war – um nur die Highlights zu nennen – eine Mischung aus hüpfenden „Ruf-mich-an-Brüsten", der 1297. Wiederholung von „Und ewig grüßt das Murmeltier", Sendungen, bei denen dermaßen schlecht für Käsereiben und Verhütungsmittel geworben wurden, dass diese Dauerclips schon wieder Kultstatus erreicht haben dürften, einer restaurierten HD-Fassung von „Sissi" und der – so angekündigt – „ulkigsten Missgeschicke", die Menschen ereilen können; wobei sich der Rundfunkmann allen Ernstes fragte, ob nach den dargestellten halsbrecherischen Ereignissen bei den betroffenen Pechvögeln nicht schwerwiegende Dauerschäden zurückgeblieben sind und warum andere immer gerade in jenen schicksalhaften Sekunden eine Videokamera zur Hand haben, um zu filmen.

Schließlich, nachdem er rund 800 Sender, darunter auch das irakische Shopping-Fernsehen und einen malaiischen Kirchenkanal, überzappt hatte, waren ihm die Augen zugefallen. Das abgekühlte Wasser hatte ihn jedoch eine halbe Stunde wieder geweckt. Gerade noch rechtzeitig, um die entscheidenden Worte zwischen der künftigen Elisabeth von Österreich-Ungarn und ihrem Gemahl in spe, Kaiser Franz Joseph I., zu belauschen:

Sissi: „Ich glaube, dass das Schicksal es anders mit uns will, als unsere Mütter es beschlossen haben.“

Franz: „Sissi, ich liebe dich! Willst du meine Frau werden?“

Sissi: „Nein! Nie!“

Artem Sidorenko, der innerhalb der Geheimorganisation nur „Der Skorpion“ genannt wird, hat einen faden Geschmack im Mund. Das ist das Erste, was ihm am Morgen nach der Wodka-Nacht auffällt. Das Nächste ist das dumpfe Pochen im verkaterten Kopf. Er hebt seinen Brummschädel und blinzelt gegen das Fenster. Doch das grelle Blau eines wolkenlosen Winterhimmels lässt seinen Kopf gleich wieder auf die Unterarme sinken.

So langsam wabern ihm Erinnerungswolken durch das benebelte Gehirn. Drei Flaschen „Wässerchen“ für zwei Männer – wobei der eine kaum getrunken hat – powaga – Respekt.

Der S.d.s.-Mann startet den zweiten Versuch. Vorsichtig öffnet er die geröteten Augen und orientiert sich. Er sitzt auf dem Sessel im Wohnzimmer des Pensionsbetreibers. Die unbändige Gier nach einem Glas Wasser überkommt ihn. Leicht schwankend sucht er nach der Küche. Er findet sie gleich nebenan. Zuerst hält er seinen Kopf unter den Wasserhahn der Doppelspüle, dann schlürft er das eiskalte Nass aus seinen Händen.

Im Kühlschrank sucht er nach etwas Essbaren. Er findet ein Glas mit Bratheringen und eine Folie mit Speckwürfeln. Beides nimmt der Ukrainer mit ins Wohnzimmer und macht sich darüber her. Den Fischsud trinkt er aus dem Glas, dann setzt er die letzte Flasche Wodka an die Lippen und lässt die zwei Finger breite Neige des 40-Prozentigen durch die Kehle rinnen.

Auf dem Hof trifft er seinen Armeekameraden, der Salz streut. „Dobroje utro, Nazar. Ich gehe mich nur frisch machen. In einer Stunde können wir losfahren.“

Petrow nickt nur. Er hat keine Wahl. Er hat die Anspielung auf die Gesundheit seiner Familie noch gut im Ohr. Und er ahnt, dass es Sidorenko mit der Drohung sehr ernst meint.

„Hör mal, Lars, sagt dir der Name Jo Schwartz etwas im Zusammenhang mit der Mirabell-Sache?", fragt Hartmut Mueller den ehemaligen Soko-Chef.

„Natürlich", kommt es vom anderen Ende der Leitung wie aus der Pistole geschossen. „Schwartz ist der Leiter der Abteilung Wirtschaftskriminalität bei der Polizeiinspektion in Halberstadt. Er hatte sich seinerzeit sehr für den Fall interessiert. Und mir mal erzählt, dass das Geschehen und sein Umfeld das Zeug für ein Krimi-Drehbuch haben. Er sammle solche ungewöhnlichen Fälle und wolle nach seiner Pensionierung in ein paar Jahren ein Buch mit spektakulären Kriminalfällen aus Sachsen-Anhalt veröffentlichen. Er hat dann immer mal wieder angerufen und mich nach dem aktuellen Ermittlungsstand gefragt."

„So, so, nach dem Ermittlungsstand gefragt", wiederholt Mueller die letzten Worte seines Altmark-Kollegen.

„Wieso? Stimmt was nicht?"

„Nein, nein", antwortet der Mordermittler in Gedanken und legt auf. Erst da fällt ihm auf, dass er sich von Lars Wächter gar nicht verabschiedet hat.

Artem Sidorenko steht in dem kleinen Bad des einfachen Pensions-Zimmers unter der Dusche. Eiskaltes Wasser prasselt auf seinen drahtigen Körper. Die Schwellung des Fußgelenkes ist noch nicht nennenswert zurückgegangen. Aber das kalte Wasser lindert die Schmerzen ein wenig.

Der S.d.s.-Mörder überlegt: ‚Zur Gruppe um meinen Auftraggeber gehörten doch so drei, vier Leute. Alle einflussreich. Gut, dass ich mich damals so intensiv mit der Sache beschäftigt habe', ist er mit sich selbst zufrieden. Denn der Ukrainer gehört nicht zu den tumben Tötungsmaschinen, die ohne groß nachzudenken den Abzug durchziehen oder das Messer einsetzen. Er will immer ganz genau wissen, mit wem er es zu tun hat und was hinter dem Auftrag steckt. Zugegeben ungewöhnlich, das weiß er selbst am besten, aber für den Killer ist sein Wissen so etwas wie eine Lebensversicherung. Bisher hat er es allerdings noch nicht anwenden müssen. Und wenn eine Sache komplikationslos über die Bühne gegangen war, die Zielperson nicht mehr atmete und das Honorar auf dem Schweizer Konto der Organisation eingegangen war, verschwand das gespeicherte Wissen in der hintersten Ecke seines Gehirns.

Sidorenko rubbelt sich mit einem kratzigen Handtuch den Körper ab und überlegt weiter: Einer war sogar „Polizeiski" – wohl sogar bei der Kriminalpolizei. Er hat sich den Namen gemerkt: „Tschornui", weil einer seiner Freunde auch Schwartz heißt. Mit dem Polizisten will Sidorenko seinen Rachefeldzug beginnen. Herauszubekommen, wo der Mann zu finden ist, dürfte kein Problem sein, ist er sich sicher. Zuerst das Internet, und dann kann ja Nazar immer noch helfen. Der „Herbergsvater" spricht nach so vielen Jahren in Sachsen-Anhalt inzwischen ein fast akzentfreies Deutsch.

Kramer hatte eine unruhige Nacht. Im Schlaf hatte er immer das von schwarzen Haaren umkränzte Gesicht der Rechtsanwältin vor sich gesehen. Sie hatte auf einer Klippe vor ihm gestanden und lasziv lächelnd ein Kleidungsstück nach dem anderen abgelegt. Doch jedes Mal, wenn er die Frau mit seinen riesigen Pranken packen wollte, war sie einen Schritt zurückgewichen, und er hatte einen halben Meter vor ihr ins Leere gegriffen. Sein Wunsch, sie auf den Boden zu zerren und seinen schwitzenden Körper auf sie zu pressen, war übermächtig geworden. Er hatte alle Vorsicht auf dem schmalen Grat vergessen und einen weiteren Angriff gestartet. Doch hatte er durch den gasförmigen Körper hindurchgegriffen und war wie in Zeitlupe vom Felsen in die schier bodenlose Tiefe gestürzt, hinter sich das schrille Lachen, das aus dem verzerrten Mund eines Zombie-Gesichts kam. Der Fall hatte endlos gedauert, und obwohl er sich im Traum sagte, das das alles nur eine Halluzination sei, blieb ihm beinahe das Herz vor Angst vor dem vermeintlich Unabwendbaren stehen.

Schweißgebadet war er aufgewacht. Und sofort hatte der Abergläubische überlegt, was ihm der Traum sagen wollte. Und er war sich schnell sicher, dass es nur eine Erklärung geben kann: Die Anwältin könnte für ihn zum Fallstrick werden. Hinter ihr gähnt der Abgrund!

Lustlos schiebt sich der Mann im blauen Brokatmorgenmantel mit den goldenen Drachenmotiven ein Stück Toast mit bitterer Orangenmarmelade, das ihm seine Haushälterin neben den dampfenden Kaffee gestellt hat, in den Mund. Unter dem Deckel eines Warmhalters dampfen Rührei, krosser Schinken und ein paar fränkische Bratwürste. Doch Kramer, der sich an jedem anderen Morgen mit großem Appetit über sein herzhaftes Frühstück hermacht, ist heute nicht bei der Sache. Weniger, weil die Kripo wieder in dem alten Mordfall herumrührt, vielmehr bereitet ihm die Frau im Bunker Kopfzerbrechen.

„Bist du wach?", holt sie der harte slawische Akzent in die Gegenwart ihres dunklen und feuchten Kerkers zurück. Tanja Papenburg öffnet die Augen und wundert sich im selben Augenblick, dass sie trotz der Aufregungen der letzten Stunden so tief schlafen konnte.

„Bist du wach?", fragt es aus der gegenüberliegenden Ecke erneut.

„Ja, geht so", dreht sich die Rechtsanwältin auf die linke Seite der Stimme entgegen. „Ist dir inzwischen eingefallen, wie wir aus dieser Gruft herauskommen können?", fragt sie.

„Zuerst müssen wir versuchen, den Sack von deinem Kopf runter und unsere Fesseln abzukriegen. Dann sehen wir weiter. Wenn die uns etwas zu essen bringen oder uns wegschaffen wollen, versuche ich, die Burschen zu überwältigen", sagt Aleksej. Doch innerlich ist er sich gar nicht sicher, dass sich noch einmal jemand sehen lässt. ‚Das Einfachste wäre doch, uns hier einfach verrotten zu lassen', fürchtet er insgeheim. ‚Dann muss sich nicht einmal jemand die Hände schmutzig machen.'

„Du bist doch schon länger hier unten. Ist dir irgendetwas aufgefallen", will Aleks wissen.

„Mit einem Sack über dem Kopf war das so gut wie unmöglich. Aber ich glaube, hier sind nur Betonwände und ein kahler Boden."

„Und deine Liege, gibt es da etwas Scharfkantiges? Warte, ich komme in deine Richtung."

Aleks versucht sich erst auf die Knie zu erheben, was ihm nach einigen Versuchen auch gelingt. So rutscht er bis zu Tanja Papenburg. Er legt sich mit dem Oberkörper auf die Pritsche und schafft es so, auf die Füße zu kommen. Mit den auf dem Rücken gefesselten Händen tastet er das Feldbett ab. Aber er kann nichts finden, mit dem er die Fesseln durchtrennen kann.

„Dann bleiben wohl nur meine Zähne", sagt er. Und er erinnert sich daran, dass er mit seinem guten Gebiss während seiner Armeezeit sogar Kronkorken von Flaschen herunterbekommen hat.

Oliver Berndt steht vor der kugelsicheren Glasscheibe, die die Diensthabenden des Polizeireviers von der Wartefläche trennt. Er hatte am Morgen erneut mit der Kanzlei seiner Frau telefoniert und mit Dr. Lingen gesprochen. Von ihm hatte er erfahren, dass sich Tanja vor wenigen Tagen „nach einer alten Geschichte erkundigt" hatte: dem Fall ‚Mirabell'. Und dieser ungeklärte Kriminalfall hatte dem Radiojournalisten natürlich sofort etwas gesagt. Hatte er doch selbst die Ermittlungen verfolgt und mit der einen oder anderen Recherche etwas zum Feature beigetragen, das wenig später über den Sender ging.

„Ich war schon etwas verwundert, dass sich Ihre Frau mit der zehn Jahre alten Sache beschäftigt", hatte Dr. Lingen gesagt und angefügt, dass seine Kollegin wohl „am Rande einer Scheidungssache" – wie sie gesagt habe – „auf eine verzwickte Sache gestoßen" sei. „Ihre Frau hat sich in diesem Zusammenhang für Hintergründe des Falls interessiert. Ich konnte ihr allerdings nicht groß weiterhelfen. Ich hatte ihr nur berichten können, dass damals viel über einen sogenannten Grauzonen-Club gemunkelt wurde. Über eine ebenso verfilzte wie hochkarätige Gruppe der besseren Gesellschaft, die sich wohl um den Immobilienunternehmer Paul Kramer geschart hatte", lässt Berndt das wenige Stunden alte Gespräch mit dem Chef der Sozietät Revue passieren. Dann hatte Dr. Lingen noch darum gebeten, ihn auf dem Laufenden zu halten und ihm viel Glück gewünscht: „Wenn ich Ihnen irgendwie helfen kann …"

„Ich habe gestern am späten Abend mit einem Polizeiobermeister gesprochen", wendet sich der Journalist an den Mann hinter dem Glas. „Es ging um meine Frau, die seit ein paar Tagen nicht nach Hause gekommen ist", erklärt er dem Beamten an der Pforte sein Anliegen. „Wir waren so verblieben, dass ich mich heute wieder melde, wenn sich über Nacht nichts Neues ergeben hat. Und kommen Sie mir jetzt bloß nicht mit: volljährig und nicht selbstmordgefährdet. Ich möchte jemanden von der Kripo sprechen. Eher geh' ich hier nicht weg."

„Nehmen Sie da Platz", weist der Uniformierte mit süßsaurer Miene auf eine Stuhlreihe. „Ich werde sehen, wer Zeit hat."

Hartmut Mueller kaut am Ende eines Kugelschreibers. Er ist sich nicht sicher, wie er mit der Information seines Kollegen aus der Altmark umgehen soll. Für eine offizielle Anfrage von Behörde zu Behörde ist die Geschichte wohl zu dünn. Möglicherweise hat Schwartz ja wirklich nur aus Interesse eines Kriminalautors in spe angerufen. Aber seine sensible Nase sagt ihm, dass mehr dahintersteckt. Doch er kann sich nicht erklären, welch anderes Motiv es geben könnte. Es sei denn … Aber diese Möglichkeit schiebt er vorerst gedanklich zur Seite.

Der Erste Kriminalhauptkommissar schlägt den Hefter mit der Aufschrift „Rechtsmedizinischer Leichenschau- und Tatortbefund" auf. „Ein vollständiger Bericht folgt nach der Sektion", hat Rechtsmedizinerin Dr. Evi Reinhold handschriftlich auf einem Klebezettel vermerkt. „Gegenwärtig kann ich nur zu den sichtbaren Verletzungen Aussagen treffen."

„Todeszeitpunkt: Freitag, 16.02.2012, vermutlich etwa drei bis sechs Stunden vor der Fundzeit (23.00 Uhr), also zwischen 17.00 Uhr und 20.00 Uhr.

Tödliche Verletzungen: Der Körper weist drei Einschüsse auf. Kaliber neun Millimeter. Wahrscheinlich alles relative Nahschüsse – abgegeben aus einer Entfernung von nicht mehr als zwei Metern. Ein Projektil drang zwischen der fünften und sechsten Rippe direkt ins Herz ein und eröffnete die linke und rechte Herzkammer. Nach etwa fünfzehn Sekunden trat Bewusstlosigkeit aufgrund mangelhafter Sauerstoffversorgung des Gehirns ein. Das Opfer dürfte sofort zusammengebrochen sein.

Die beiden Kopfschüsse haben den Mann getroffen, als er bereits im Sterben lag – also nach dem Herzschuss – mit dem

Gesicht nach unten. Die Einschusslöcher befinden sich am Hinterkopf und haben im Ausschussbereich das Gesicht zerstört.

Abwehrverletzungen oder Verletzungen, die auf einem vorausgegangenen Kampf schließen lassen, wurden nicht gefunden (keine Hautpartikel oder Blut unter den Fingernägeln etc.), der Mann muss vom Täter überrascht worden sein.

Das Blut auf den Flur-Dielen der einzigen möblierten Wohnung im dritten Stock des Hinterhauses ist dem Opfer zuzuordnen. Somit dürfte sich dort auch der Tatort befinden. Auf der Holztreppe zum Hof wurden geringe Blutspuren, ebenfalls des Opfers, gefunden. Auch im Teppich vor dem Autowrack war Blut. Es ist davon auszugehen, dass der Täter den Toten im Teppich bis auf den Hof transportiert hat.

Das Opfer weist eine Knochenvernarbung am linken Unterschenkel auf, die von einer Fraktur aus den letzten drei Jahren herrührt. Die Narbe ist sehr gut verheilt und dürfte dem Mann keine Probleme bereitet haben.

Zahnstatus: Das Gebiss ist saniert, Zähne 16, 17 und 44 Füllung, 37 fehlt."

Aleks Borsin kniet vor der Rechtsanwältin. Sie hat ihm den Rücken zugedreht, und er versucht, den Lederstrick, der sich tief in ihre Handgelenke und Unterarme einschneidet, durchzunagen. Doch so einfach wie er sich das vorgestellt hat, ist die Sache nicht – trotz seiner „Biberzähne". Speichel läuft ihm aus den Mundwinkeln, und bald schon schmerzt sein Zahnfleisch. Das schmale Rinnsal färbt sich hellrot. Aber die Sache geht nicht voran. Die straffe Fesselung lässt sich nicht lösen. Erschöpft hält er nach einer knappen halben Stunde inne.

„Klappt es nicht?", fragt Tanja Papenburg, und Aleksej hört die Angst, die erneut von seiner Mitgefangenen Besitz ergreift.

„Doch, doch – ich muss nur eine kurze Pause machen. Vielleicht fällt uns ja noch etwas Besseres ein."

Nazar Petrow meldet sich am Telefon, wie es ihm Sidorenko zuvor erklärt hatte: „Ja, guten Tag, mein Name ist Gerald Hösch. Ich arbeite als freier Mitarbeiter für die Wochenzeitung ‚Berliner Tagespost'. Wir wollen eine Serie über Kriminalitätsbekämpfung in den neuen Bundesländern und die Köpfe, die dahinter stecken, veröffentlichen. Für Sachsen-Anhalt hat man uns als Ansprechpartner einen Herrn Schwartz empfohlen. Wo kann ich ihn denn erreichen?"

Der diensthabende Beamte der Polizeidirektion in Magdeburg am anderen Ende der Leitung fragt: „Schwartz mit tz?"

„Das kann ich leider nicht sagen."

„Einen Augenblick bitte, ich schaue mal im Computer nach."

„Tut mir leid, einen Schwartz gibt es bei uns nicht. Aber mein Kollege sagt mir gerade, dass es in der Wirtschaftsabteilung der Polizeiinspektion Halberstadt einen Kriminaloberrat Schwartz geben soll. Wenden Sie sich doch bitte an die dortige Pressestelle. Die kann Ihnen sicher weiterhelfen."

Sidorenko, der das Gespräch über den eingeschalteten Handylautsprecher mitgehört hat, nickt anerkennend: „Gut gemacht, Nazar. Auf nach Halberstadt! Wie lange brauchen wir?"

„Eine knappe Stunde."

Das Frühstück steht fast unberührt auf dem Tisch des Esszimmers der Kramer-Villa. Der Unternehmer ist zu einem Entschluss gekommen. Er will Tanja Papenburg „wegschaffen". Die Idee seines niedersächsischen Spezis hält er aus zwei Gründen für gut: Einerseits regt sich so etwas wie ein Gewissen in ihm, andererseits will er nicht riskieren, dass die Frau ihn anzeigt. Polen oder die Ukraine wären gute Adressen für die Schnüfflerin, glaubt er. Kommt Zeit, kommt Rat. ‚Wenn die Frau erst einmal von der Bildfläche verschwunden ist, fällt mir bestimmt noch eine dauerhafte Lösung ein. Einen endgültigen Schlussstrich zu ziehen, dafür ist immer noch Zeit.'

Kramer greift zum Telefon und wählt die Nummer der Sicherheitsfirma, die sich für ihn um kleinere Aufträge kümmert und die eine Zeitlang den Bunker im Vorharz bewacht hatte.

Oliver Berndt schaut ungeduldig auf seine Uhr. Im selben Augenblick öffnet sich die Tür, die zu den Dienstzimmern des Polizeireviers in den oberen Etagen führt. Ein Mann, sportliche Figur, mindestens 1,90 Meter groß, mit blondem Schnauzer, steuert auf ihn zu. „Oberkommissar Brodheim, Steven Brodheim", streckt der Polizist ihm die Hand entgegen. „Und Sie sind Herr Berndt", stellt er fest. Der so Angesprochene hat das Gefühl, als würde er von den stahlblauen Augen des Kriminalisten in Sekundenschnelle geröntgt und machte sich sein Gegenüber in derselben Zeit ein umfassendes Bild von ihm.

„Gehen wir in mein Zimmer. Sie trinken doch auch einen Kaffee?" Und erneut hat Berndt das Gefühl, als ob die Worte keine Frage sind, sondern eine Feststellung, die keinen Widerspruch duldet.

Das spartanisch möblierte Zimmer mit den zwei hohen Stahlschränken und dem Schreibtisch, der aus der Zeit stammt, als das Revier noch Volkspolizeikreisamt hieß, sowie dem Highlight, dem mindestens zwei Meter hohen Gummibaum im Fenster, der sich zu überlegen scheint, ob er das letzte Blatt auch noch abwerfen will, wirkt wenig einladend. ‚Muss es wohl auch nicht', sinniert der Radiojournalist und setzt sich auf den harten Stuhl vor dem Schreibtisch.

„Es geht um Ihre Frau", eröffnet der Beamte das Gespräch. „Ich habe mir die Aktennotiz meines Kollegen aus dem Lagezentrum durchgelesen. Sie machen sich Sorgen. Das kann ich verstehen. Aber haben Sie denn irgendwie das Gefühl, dass mit Ihrer Gattin etwas passiert sein könnte und sie sich – entschuldigen Sie meine Offenheit – nicht nur, sagen wir mal – umorientiert – hat?"

Unmutsröte steigt Berndt ins Gesicht. Nur mühsam reißt er sich zusammen: „Nein, das habe ich doch Ihrem Kollegen gestern schon gesagt. Unsere Ehe ist gut. Um uns zu streiten, sehen wir uns viel zu selten. Meine Frau ist meist erst gegen 19.30 Uhr zu Hause, ich habe oft Abendtermine und Wochenenddienst. Und zum ersten Teil Ihrer Frage: Ich habe mich umgehört. Meine Frau hat die letzte Zeit in einer Sache recherchiert, die vor zehn Jahren durch alle Medien gegangen ist, den Mord an dem Unternehmer Erich Mirabell. Ihr Kanzlei-Chef hatte meiner Frau in diesem Zusammenhang den Tipp gegeben, sich an einen gewissen Paul Kramer zu wenden. Diese Immobilienunternehmer soll eng mit Mirabell zusammengearbeitet haben."

Der Mann vom Revierkriminaldienst hat aufmerksam zugehört und das eine oder andere Mal seine Augenbrauen hochgezogen. Natürlich sagt ihm der Fall ‚Mirabell' etwas. Und er weiß, dass die Sache bis heute ungeklärt ist.

„Das ist nicht uninteressant, was Sie da erzählen", sagt er. „Möglicherweise besteht ja wirklich ein Zusammenhang zwischen den Recherchen Ihrer Frau und ihrem Verschwinden. Ich kümmere mich darum. Doch vorher nehme ich noch die Personalien der Vermissten auf. Ich schreibe dann ein Protokoll und melde mich bei Ihnen."

Von Kaffee ist keine Rede mehr.

Hartmut Mueller legt den vorläufigen Obduktionsbericht zur

Seite und schlägt die Akte mit den Ergebnissen der daktyloskopischen Untersuchung auf. Ein wahres Sammelsurium von Fingerabdrücken in der Tatwohnung, stellt er fest. Er überfliegt die ersten Seiten mit der allgemeinen Auswertung. Nachdem er umgeblättert hat, sticht ihm ein rot gemarkerter Absatz ins Auge: „… somit ist eindeutig belegt, dass es sich bei den Fingerabdrücken (Spuren 12, 19, 37 und 50) am Glas, der Eingangstür, am Tisch und der Fensterbank zweifelsfrei um dieselben Abdrücke (unbekannt) wie bereits im Zusammenhang mit dem Prostituiertenmord im ‚Kalinka' (Dachrinne) und dem Mord am Unternehmer Erich Mirabell festgestellt wurden."

Drei, ja, wahrscheinlich sogar vier Morde und überall tauchen identische Fingerabdrücke auf. Derselbe Täter! Also haben alle Fälle miteinander zu tun. Es gibt einen roten Faden, so viel scheint klar, aber welchen?

Der Kriminalist ist noch in Gedanken versunken, als sein Telefon klingelt. „Brodheim hier, wie geht es dir, Hartmut?"

„Bescheiden, aber du rufst doch bestimmt nicht an, weil du dich nach meinem Befinden erkundigen willst. Wo klemmt's bei euch?"

„Ich hatte gerade einen Bürger im Revier. Kennst du sicher auch, der ist Reporter beim Radio. Macht manchmal ein bisschen auf Krawall, aber ist sonst ganz in Ordnung. Also dieser Oliver Berndt hat seine Frau vermisst gemeldet …"

„… Hast du nicht gleich …?", unterbricht ihn der Beamte vom Mordkommissariat.

„Doch, doch natürlich. Ich bin auch nicht erst seit gestern im Geschäft", klingt Unmut in der Stimme des Revierkriminalisten mit. „Aber höre, seine Frau, übrigens eine Rechtsanwältin, hat in den Tagen vor ihrem Verschwinden im Fall ‚Mirabell' recherchiert. Und weil ich gehört habe, dass sich deine Truppe auch wieder der alten Sache angenommen hat, habe ich gedacht, dass dich die Sache interessieren könnte."

„Das ist ja nicht uninteressant", sagt Mueller, und Brodheim fällt auf, dass er diese Information von Oliver Berndt mit denselben Worten kommentiert hatte.

„Ich schicke dir mal das Protokoll per Mail. Vielleicht hilft dir die Aussage irgendwie weiter. Einen schönen Tag noch."

Nazar Petrow ist nicht wohl in seiner Haut. Er weiß, dass er sich zum Komplizen seines alten Armeekumpels macht, bei einer Sache, deren Ausgang er nicht absehen kann. Aber ebenso weiß er, dass Sidorenko ein harter Hund ist. Das hat er während des gemeinsamen Wehrdienstes in der DDR, in der Kaserne am Magdeburger Herrenkrug, mehrfach miterleben müssen. ‚Das ganze Gegenteil von mir', denkt der Pensionsinhaber. Doch die Anweisungen Sidorenkos sind glasklar: „Du musst herausbekommen, wo der Schwartz sitzt. Ich muss wissen, wie er aussieht", hatte er ihm auf den Weg gegeben, als er auf dem Parkplatz der Polizeiinspektion den Pickup verlassen hatte.

Petrow hat Glück. Eine Schulklasse drängt sich gerade durch den Eingangsbereich des Polizeigebäudes. Er nutzt die Gunst der Stunde, um unerkannt im Strom lärmender, schubsender Viertklässler und deren Betreuer mitzuschwimmen. Vor dem großen Wegweiser bleibt Petrow stehen. Doch dort liest er nur die Bezeichnungen der Dienstbereiche und die dazugehörigen Zimmernummern, Namen findet er nicht. „Entschuldigen Sie, ich suche einen Herrn Schwartz. Ist er im Hause?", wendet sich der Ukrainer deshalb an eine Uniformierte, die gerade vorübergeht.

„Kriminaloberrat Jo Schwartz, Wirtschaft? Der sitzt in der dritten."

Petrow steigt die Treppen hoch und geht dann den langen Gang mit den Dienstzimmern entlang. Er schaut auf die Namenschildchen an den Türen, und bereits an der vierten hat er Glück: „KOR Schwartz, Leiter Wirtschaftskriminalität", liest er. Der Komplize Sidorenkos fasst sich ein Herz und klopft. Ein leises „Herein!", und er steht in einem leeren Vorzimmer. Er geht zur offenen Tür des Chefzimmers und sieht sich einem Mann gegenüber, der ihn hinter seinem Schreibtisch erstaunt mustert. „Wie kommen Sie denn hier hoch?" fragt er.

„Ich bin mit der Schülergruppe gekommen. Ich war zur Toilette und habe irgendwie den Anschluss verloren", fällt Petrow eine Ausrede ein.

„Ach so, na ja, hier sind die Kinder jedenfalls nicht. Die werden wohl unten in der Pressestelle sein. Soll ich mal dort anrufen?", greift der ranghohe Polizist zum Hörer. Doch der Gefragte winkt schnell ab: „Nicht nötig. Ich finde die Gruppe schon. Einen schönen Tag noch."

Kleine Schweißperlen haben sich auf der Stirn Petrows gebildet, als er wieder im Freien steht. „Ich weiß jetzt, wie der Schwartz aussieht", sagt er zu Sidorenko, der auf dem Beifahrersitz auf ihn wartet.

„Nun müssen wir ihn nur noch abpassen, wenn er das Haus verlässt. Alles andere ist dann meine Sache. Damit musst du dich nicht belasten, moi drug."

Der geländegängige Wagen hält vor dem Bunker. Zwei Wachleute steigen aus. Der Fahrer bleibt im Fahrzeug. Ihr Auftrag ist klar. Sie sollen die Gefangene über die Grenze bringen. „Was ihr mit dem Mann macht, überlasse ich euch", hatte Kramer am Telefon gesagt. Der Ältere der ganz in Schwarz Gekleideten öffnet das große Vorhängeschloss an der mit Rost überzogenen Außentür. Modrige

Luft schlägt ihnen entgegen, nachdem sie den eisernen Eingang geöffnet haben. Der vordere Mann vom Wachschutz dreht einen schwarzen Plastikschalter nach rechts, und im selben Augenblick verbreitet eine kleine Deckenleuchte hinter einer Metallhalterung gelbliches Licht. Der Raum ist kahl. Gegenüber vom Eingang befindet sich eine zweite Tür. Mit einem metallischen Knirschen bewegen die Männer die zwei großen Hebel, die sich oben und unten an der Tür befinden.

Zwei starke Taschenlampenkegel suchen nach den Gefangenen.

Seit mehr als zwei Stunden warten Sidorenko und Petrow auf dem Parkplatz der Polizeiinspektion. Gerade haben sich die Straßenleuchten flackernd eingeschaltet, als vier Menschen den überdachten Eingangsbereich der Dienststelle verlassen.

„Da ist er. Der zweite von links“, macht der Pensionsinhaber seinen Nebenmann aufmerksam.

„Na dann los. Wir fahren hinter ihm her“, sagt Sidorenko.

Schwartz steigt in ein dunkelblaues E-Klasse-Coupé, das zwei Reihen hinter den Wartenden parkt. Er fährt auf die Bundesstraße 81 und dann Richtung Wernigerode. Kurz vor dem Ortsausgang biegt er links in ein kleines, aber exklusives Wohngebiet mit Einfamilienhäusern im Bungalowstil ein. In einer kleinen Sackgasse hält er vor dem letzten Haus auf der rechten Seite. Die beiden Verfolger sehen, wie sich das Garagentor automatisch öffnet und der Mercedes in der Einfahrt zwischen der gut zwei Meter hohen Thuja-Hecke verschwindet.

Petrow hält auf der gegenüberliegenden Straßenseite. Die Ukrainer sehen, wie eine Frau mit einem vielleicht fünf Jahre alten Jungen an der Hand die Tür öffnet und Schwartz ins Haus lässt. „Tschertowski dermo, verdammter Mist!“, knirscht der S.d.s.-

Mann mit den Zähnen. „Müssen wir eben warten, bis er wieder herauskommt“, fügt er an.

Die Köpfe von Tanja Papenburg und Aleks Borsin drehen sich wie von einer Schnur gezogen gleichzeitig zu dem Geräusch hin, das beim Öffnen der Eisentür entsteht. Der Russe springt auf und wird im selben Augenblick vom starken Strahl einer Taschenlampe geblendet. Er hört nur noch den lauten Schrei seiner Mitgefangenen, dann wird es zum zweiten Mal innerhalb weniger Stunden Nacht um ihn.

„Schrei nur, Mädchen. Dass wird dir aber nichts nützen. Hier ist weit und breit kein Mensch“, sagt er ältere der Männer, als sie Papenburg über den bewusstlosen Russen heben und sie zum Jeep tragen. Dort legen sie die Rechtsanwältin auf der Hinterbank ab. Die Wachleute nehmen ihr den Sack vom Kopf und stecken der Frau, die ihren Kopf hin- und herwirft, einen Knebel aus einem alten Handtuchfetzen in den Mund. Dann ziehen sie ihr den Sichtschutz erneut über das Gesicht.

„Was hast du vor?“, will Petrow wissen. „Wollen wir hier die ganze Nacht verbringen?“

„Geduld, nur Geduld, du weißt doch, wenn sich der ‚Skorpion‘ etwas in den Kopf gesetzt hat, dann bringt ihn keiner davon ab“, grinst Sidorenko. „Wir warten jedenfalls so lange, bis ich den Vogel vor meine Flinte kriege.“

Der Auftragsmörder greift gerade zur Zigarette, da hebt sich das automatische Garagentor, und der schwarze Wagen mit dem Kriminaloberrat hinterm Lenkrad prescht aus der Hauseinfahrt.

„Los, dranbleiben!“, befiehlt Sidorenko. Der Weg fährt zurück in die Innenstadt. Nachdem sie im Zentrum zwei große Ampelkreuzungen überquert haben, sehen die Verfolger unweit des alten

Wasserturms, wie das Coupé in eine kleine Hofeinfahrt neben einem Haus mit geschlossenen Rollläden einbiegt. Über der Eingangstür eine rote Leuchtreklame mit dem Schriftzug „Pension Amourös“.

Das Duo parkt in der nächsten Straße auf der rechten Seite, und der S.d.s.-Mann sagt: „Nazar, du wartest hier. Den Rest übernehme ich. Wenn ich dich brauche, rufe ich dich an.“ Dann steigt er aus und humpelt die wenigen Schritte bis zur Pension. Er betritt den Vordereingang und steht in einem kleinen Barraum mit blau bespanntem Billardtisch. Der Keeper hinterm Tresen sieht ihn fragend an. „Die Damen sind aber erst in einer halben Stunde hier. Die sitzen noch beim Frisör“, versucht er einen Scherz. Doch Sidorenko schaut ihn nur mit versteinerter Miene an. „Das interessiert mich nicht. Ich suche meinen Bekannten, Herrn Schwartz, der ist eben mit seinem Auto auf den Hof gefahren.“

„Ach so, den ‚Kripo-Jo‘ suchen Sie? Der ist wie immer bei den Zockern. Die Treppe rauf, die zweite Tür links.“

Der „Skorpion“ begibt sich nach oben. Vor dem Eingang zum Spielzimmer steht ein Mann mit Piratenkopftuch. Auf der Vorderseite der kurzärmeligen Weste liest Sidorenko die Worte „Hells Angels“, darunter ist ein Totenschädel mit rotem Helm und einer großen goldenen Schwinge abgebildet.

„Wohin?“, mustert ihn die Wache mit verschränkten Armen.

„Hier rein“, lautet die knappe Antwort.

„Das wollen viele“, erwidert der Motorradrocker. Doch dann bleiben ihm die Worte im Hals stecken. Sidorenko hat nur kurz den offenen Lammfellmantel zur Seite geschoben, so dass der Mann einen Blick auf die Makarow werfen konnte.

„Reicht das als Eintrittskarte?“, schaut Sidorenko den „Hells Angel“ mit einem eingefrorenen Lächeln an. Der nickt nur und öffnet dem Gast die Tür.

Zuerst kann der Eintretende kaum etwas erkennen. Der Raum ist blaustichig vom Zigaretten- und Zigarrenqualm. Als er nähertritt, sieht er im hinteren Teil des Raumes eine Gruppe Männer um einen ovalen Tisch, erhellt von einem tief hängenden Leuchter, sitzen. Ein Roulette dreht sich. Die Kugel klackert im Kessel, hüpft noch ein paar Mal über die Zahlenfelder und bleibt dann auf der roten Zehn liegen. „So ein Mist", schimpft einer der Spieler laut. Es ist der Kriminaloberrat, der aufsteht und auf einen kleinen Servierwagen mit Flaschen zusteuert.

„Na, kein Glück heute?", spricht Sidorenko den Mann an, der sich gerade einen Bourbon „Four Roses" einschenkt.

„Pechsträhne", antwortet der Spieler kurz angebunden und stürzt das halbvolle Glas in einem Zug herunter. „Aber es kommen auch mal wieder bessere Zeiten", fügt er mit einem Schulterzucken an. „Ich habe ein todsicheres System", zieht er ein kleines Notizbuch aus der Jackentasche und wedelt damit vor der Nase Sidorenkos.

‚Todsicher – du weißt gar nicht, wie Recht du hast', stimmt der Schwartz in Gedanken zu und gießt sich auch einen „Kentucky Whiskey" ein.

Der Jeep mit Kramers Sicherheitsleuten jagt auf der Autobahn 11 auf die polnische Grenze zu. Das Ziel der Entführer ist Słupsk, das ehemalige Stolp, in der Wojewodschaft Pommern, knapp zwanzig Kilometer von der polnischen Ostseeküste entfernt. Unweit des einstigen Schlosses der pommerschen Herzöge, in dem sich heute das Museum der Region befindet, hat Kramer vor einigen Jahren über einen polnischen Mittelsmann ein nobles Gründerzeithaus gekauft. Dort verbringt er im Sommer manchmal ein paar Tage in der Wohnung, die sich im Parterre über die gesamte Etage erstreckt.

Der Ältere der drei Schwarzgekleideten telefoniert: „Wir sind in etwa einer halben Stunde in Stettin. Ja, der Frau geht's den Umständen entsprechend gut. Nein, nein, wir waren so zart wie möglich. Gefesselt war sie ja schon. Wir haben ihr nur ein Tuch in den Mund geschoben, damit sie nicht die ganze Nachbarschaft zusammenschreit. Der Mann? Den haben wir schlafen geschickt. Vielleicht hat er es ja auch schon hinter sich. Wenn nicht, dauert es aber nur noch drei, vier Tage, wenn es im Bunker nicht durchregnen sollte und er dadurch etwas zu trinken kriegt. Gut, ich melde mich wieder, wenn wir angekommen sind. Das dürfte so in knapp dreieinhalb Stunden sein, sagt das Navi."

Er dreht sich zum Mann auf der Rückbank um und grinst: „Schön aufpassen, hat der Chef gesagt. Hast du den Müdemacher dabei?"

Der Gefragt nickt: „Soll ich jetzt schon?"

„Warum nicht? Nicht, dass uns die Dame zu munter wird."

Tanja Papenburg hat in den im Auto vergangenen Stunden den Moment verflucht, da sie sich entschlossen hat, ‚Privatdetektivin' zu werden. ‚Ich hätte auf meine innere Stimme hören sollen', geht sie mit sich selbst ins Gericht und der Satz „Schuster, bleib bei deinen Leisten!" wirbelt ihr ständig durch den Kopf. ‚Was haben die mit mir vor?', fragt sie sich. Und sie ist sich nicht einmal sicher, ob sie das auch wirklich wissen will.

‚Aber, wenn sie mich umbringen wollten, hätten sie das doch längst tun können', denkt sie, und der Rechtsanwältin fällt auf, dass sie sich damit schon im Bunker Mut gemacht hatte. Sie wird ruhiger. Die Aufregungen und Strapazen der letzten Tage waren eindeutig zu viel für sie. Eine große Leere greift nach ihr. ‚Eigentlich ist doch einerlei, was mit mir passiert. Wenn es aus ist, ist es eben aus. Es sollte nur schnell gehen. Schade, dass es mit einem

Kind nicht geklappt hat, und was wird wohl Oliver ohne mich machen?', wälzen sich die Gedanken durch ihren Kopf.

Dann spürt sie einen kleinen Piekser im Arm. Ihr Überraschungsschrei ist, gedämpft durch den Knebel, nur ein gurgelnder Laut. Sie wirft ihren Körper, soweit das gefesselt überhaupt möglich ist, hin und her, dann schwinden ihr die Sinne.

Sidorenko heuchelt Interesse: „Ein System also? Und so etwas klappt wirklich?"

„Doch, schon. Man muss nur Geduld haben. Einmal knackt man jeden Jackpot."

„Das interessiert mich sehr. Darf ich Sie einladen, und Sie geben mir im Gegenzug ein paar Tipps. Und keine Angst, ich bin nicht von hier. Ich bin nur auf der Durchreise. Ich komme aus dem Osten, wie Sie ja an meinem Akzent sicher schon bemerkt haben. Ich mache Ihnen am Spieltisch bestimmt keine Konkurrenz."

Schwartz schaut den S. d. s.-Mann prüfend an. Aber er sieht keinen Grund, nicht ein wenig mit seinem Spielerwissen zu protzen. Hält er sich doch selbst für einen begnadeten Roulette-Experten.

„Gehen wir nach unten", nickt Schwartz zustimmend.

„Ach, eigentlich hatte ich mir vorgestellt, wir suchen uns ein ruhigeres Plätzchen, ein nettes Restaurant, wo wir uns ausführlich unterhalten können und nicht laufend durch Animier-Damen genervt werden. Und ehrlich, bei diesem Nepp hier ein paar Hunderter für Getränke hinzublättern, das muss doch nicht sein, oder haben Sie's so dicke? Dann bitte."

Der Polizist überlegt: Fürs Glücksspiel scheint es ja heute wirklich nicht der ideale Tag zu sein, und den letzten Hunderter hat er gerade auf der schwarzen Drei verspielt. „Ich kenne da einen netten kleinen Pub am Markt. Da ist man ungestört"

„Gut, brechen wir auf.“

Die beiden Männer steigen die Stufen zum Erdgeschoss hinunter. „Haben Sie ein Fahrzeug dabei?“, fragt Schwartz.

Der Ukrainer schüttelt den Kopf: „Nein.“

„Dann fahren Sie bei mir mit. Es dauert nur fünf Minuten. Ich parke im Hof.“

Die Männer setzen sich in das Coupé, und der Wagen rollt zur Hauptstraße. Doch kaum ist er abgebogen, spürt der Kriminaloberrat einen harten Druck in seiner rechten Seite.

„Mach jetzt keine Faxen, Schwartz! Du nimmst die Straße Richtung Ortsausgang. Und dann immer weiter bis zu dem kleinen Höhenzug. Ich sage dir, wann du anhalten sollst.“

„Zum Huy? Wollen Sie Geld?“, will der Mann hinterm Lenkrad mit einem leichten Zittern in der Stimme wissen.

„Schnauze halten! Keine Fragen!“, blafft ihn Sidorenko an.

Nach einer knappen halben Stunde dirigiert Sidorenko den Polizisten von der Landstraße am Waldrand auf einen geräumten Parkplatz, auf dem Berge von Streusand liegen.

„Anhalten!“ befiehlt er. „Sitzenbleiben und keinen Muckser!“ Dann beugt er sich noch ein bisschen weiter zu Schwartz hinüber und sagt mit unverhohlenem Sarkasmus: „Du bist also der berühmte Chef der Wirtschaftsabteilung. Der Schrecken aller Steuerhinterzieher. Oder soll ich dich lieber ‚Kripo-Jo‘ nennen wie deine Zockerfreunde? Sag mal, Roulette – ist das nicht ein kostspieliges Hobby? Und ein illegales Glücksspiel – ist das nicht verboten?“

„Wollen Sie mich erpressen? Oder glauben Sie, dass ich die Taschen voller Bargeld habe?“

Als Antwort zieht Sidorenko dem Polizisten mit dem Lauf seiner Pistole einen tiefen Kratzer über die rechte Wange, der sofort zu bluten beginnt. „Du fragst ja schon wieder, Freundchen. Jetzt bin ich aber mal an der Reihe. Zuerst einmal: Deine Kohle interessiert mich überhaupt nicht. Ich bin vielmehr an Informationen interessiert. Und wenn du schön auspackst, darfst du vielleicht wieder nach Hause fahren und deiner Frau erzählen, dass du von einer Nutte gekratzt worden bist“, deutet er mit der Waffe auf die Schramme.

„Informationen? Was wollen Sie denn wissen?“, tupft sich Schwartz mit einem Taschentuch das Blut vom Gesicht.

„Ich will wissen, wer zum Club um einen gemeinsamen Bekannten gehört. Wer die Leute sind, die vor zehn Jahren die Sache mit einem gewissen Mirabell ausgeheckt haben? Mit Namen und Hausnummer. Und erzähle mir jetzt bloß nicht, dass du nicht weißt, was ich meine.“

Der Spieler zittert am ganzen Körper. Hatte er bis eben noch geglaubt, dass er es mit einem Mann zu tun hat, der es nur auf sein Geld absieht, erkennt er nun schlagartig den tödlichen Ernst der Situation. Er kann eins und eins zusammenzählen. Das kann nur der Ukrainer sein, der Mirabell aus dem Weg geräumt hat, und ihm fallen die Worte ein, die Kramer erst vor wenigen Stunden in seinem Kaminzimmer gesagt hatte: „Ich hatte Sabrinski freie Hand gelassen, wie er sich mit der Erpresserin und ihrer Freundin einigt. Mein Fehler. Leider hat er nichts Besseres gewusst als wieder die Truppe anzuheuern, die sich vor zehn Jahren schon mit Erich beschäftigt hat.“

Er sitzt in der Falle, weiß er. ‚Aber vielleicht habe ich ja noch eine kleine Chance, wenn ich kooperiere‘, redet er sich ein. „Ja, ich kenne die Leute. Lassen Sie mich auch wirklich gehen, wenn ich auspacke?“

„Natürlich, ich bin doch kein Unmensch. Ich bringe nur Menschen um, für die ich bezahlt werde“, lächelt er treuherzig. „Hier ist ein Zettel“, reicht er Schwartz einen kleinen ledergebundenen Kalender und einen Kugelschreiber hinüber.

Der Polizist zögert. Ihm kommt es vor, als würde er sein Todesurteil unterschreiben. ‚Soll ich wirklich?' Doch der Pistolenlauf kommt seinem Gesicht bereits wieder gefährlich nahe. Und es ist vielleicht die einzige Chance, heil aus der Sache raus zu kommen. Er krakelt drei Namen auf die letzte Seite: Angelica Celmar, Bankerin, Elbe-Kommunalbank; Ministerialdirigent Karl-Edgar Strutz, im Regierungspräsidium für Wirtschaftsfragen zuständig; Bauunternehmer Peter Hänze, Hannover. Er sagt: „Der Strutz wohnt in Hohenacker, das ist in Ostelbien. Er hat dort ein großes Haus mit Garten. Ich war da mal zum Hummer-Grillen eingeladen. An die Straße erinnere ich mich nicht mehr. Aber es war ziemlich in der Ortsmitte, eine Kirche war in der Nähe. Celmar ist gerade umgezogen, in das neue Magdeburger Wohngebiet an der Elbe. Da, wo mal der alte Bahnhof stand. Ich glaube die Straße heißt ‚An der Hubbrücke'. Die Hausnummer? Sorry." Und wo Hänze in Hannover wohne, wisse er nicht. Er habe nur mal erzählt, dass er eine große Eigentumswohnung am Stadtrand hat.

„Eigentlich gehört auch noch ein gewisser Sabrinski, Hans Sabrinski, dazu. Aber der ist kürzlich verstorben."

„Ach, wie tragisch", bedauert der Auftragsmörder. „Dann musst du den ja wohl nicht extra notieren … So, und nun bleibst du schön hinterm Steuer sitzen. Und die Hände immer auf dem Lenkrad lassen!", befiehlt er Schwartz. „Ich muss noch schnell telefonieren. Wo sind wir hier genau?"

„Auf der L 83, in Richtung Huysburg."

Artem Sidorenko steigt aus, geht zum Heck des Autos, stellt sich so an den Kofferraum, dass aus dem Auto heraus nicht gesehen werden kann, was er tut und wählt die Handynummer Petrows: „Ich bin's. Keine Panik. Ich stehe auf der L 83, in Richtung irgendeiner Burg. Ja, Huysburg. Du kannst mich abholen. Ich komme dir entgegen."

Dann nimmt er den Schalldämpfer aus der Manteltasche und dreht ihn, unbemerkt von Schwartz, auf die Makarow. Er tritt an die Fahrertür und öffnet sie. Noch ehe der Kriminaloberrat, der sich ihm zuwendet, etwas fragen kann, schießt ihm der S. d. s.-Mann eine Kugel in die Stirn. Mit einem erstaunten Blick rutscht der Sterbende nach links vom Sitz. Sidorenko greift zu, bevor sein Opfer auf die gefrorene Erde fällt. Er schiebt ihn zurück, setzt ihm den Lauf an die Schläfe und drückt noch einmal ab. Blut, Knochensplitter und Gehirnmasse spritzen in der Nobelkarosse, in der es nach dem Schuss wie in einem Schlachthaus aussieht.

Fünf Worte fallen dem Mörder ein, als er den Schalldämpfer abschraubt und die Waffe wieder einsteckt: „Pulp Fiction!“ und „Ein todsicheres System!“

„Schläft sie?“, will der Mann auf dem Beifahrersitz wissen und dreht sich zur Rückbank des geländegängigen Wagens um. Der Wachmann neben Tanja Papenburg kneift der Frau, der er inzwischen den Sichtschutz abgenommen hat, leicht in die blasse Wange und grinst: „Keine Reaktion. Die ruht fest in Morpheus' Armen. Die Dröhnung hält bestimmt noch vier, fünf Stunden an. Das reicht allemal bis nach Słupsk.“

„Binde sie jetzt am besten los, zieh ihr den Stofffetzen aus dem Mund. Und hier, nimm das“, reicht er seinem Kumpan einen halbvollen Flachmann „Goldkrone“ nach hinten. „Spritz ihr ein bisschen davon auf die Sachen und ins Gesicht. Wenn wir in eine Kontrolle kommen, ist das eben 'ne Schnapsleiche, die wir nach Hause bringen. Warum wir eine gefesselte und geknebelte Tusse durch die Gegend kutschieren, dafür hätten wir ja wohl keine einleuchtende Erklärung, oder?“

Das Trio fährt auf der Europastraße 28 durch ein langgestrecktes Waldgebiet. Beinahe an jeder Ausfahrt und an jedem Parkplatz bieten trotz der kalten Jahreszeit Damen in superkurzen Röcken und High Heels ihre Dienste an. Der Fahrer drosselt ein wenig das Tempo: „Geile Schnecken!“, bringt er seinen Eindruck auf den Punkt. „Und da hinten stehen die Wohnwagen“, sagt er. „Ich habe schon überlegt, ob man sich mit denen im Schnee wälzen muss – bei der Kälte!“, lacht er vielsagend über seine Anspielung.

„Nach einer kleinen Entspannungspause wäre mir eigentlich auch“, sagt der Wächter neben Tanja Papenburg. „Und ob wir die Kleine eine Stunde früher oder später abliefern, darauf kommt es doch nun wirklich nicht an.“

Der Ältere wiegt den Kopf unschlüssig hin und her: „Ich weiß nicht so recht. Ich bringe lieber erst eine Sache zu Ende. Erst die Arbeit, dann das Vergnügen …“

„In deinem Alter würde ich wohl auch so reden“, frotzelt der Fahrer.

Doch das will der Mann auf dem Beifahrerplatz nicht auf sich sitzen lassen: „Okay, dann fahr am nächsten Rastplatz raus. Ich werde euch jungen Spunden schon zeigen, was ein Sechzigjähriger noch auf der Pfanne hat.“

Hartmut Mueller drückt auf den weißen Plastikknopf unter dem Namensschild „Papenburg/Berndt“. Der Kriminalist kommt direkt aus der Kanzlei von Dr. Lingen. Dort hat er sich eine halbe Stunde mit dem Chef der Sozietät unterhalten. Doch viel mehr als Mueller im Protokoll seines Kollegen vom Revierkriminaldienst gelesen hatte, konnte ihm der Rechtsanwalt auch nicht berichten. Daraufhin hatte er sich am Mittag entschlossen, die wenigen Kilometer bis nach Wahlbrück zu fahren. Vom Sender hatte er erfahren, dass Oliver Berndt Nachtdienst gehabt hat und wahrscheinlich zu Hause ist.

Die Tür öffnet sich, und ein verschlafener Mann im grau-schwarzen Bademantel knurrt ihn an: „Was gibt's denn zu dieser nachtschlafenden Zeit. Ich bestelle weder eine Illustrierte noch will ich Tiefkühlfeinkost." Doch dann fällt sein Blick auf den Dienstausweis, den ihm der Erste Kriminalhauptkommissar unter die Nase hält. „Entschuldigung, dass ich Sie störe, aber es geht um Ihre Frau."

„Haben Sie Tanja gefunden? Ist ihr etwas passiert?", spürt der Polizist den Schreck, der Berndt in die Glieder fährt.

„Nein, nein, ich wollte nur noch ein paar Auskünfte von Ihnen."

„Kommen Sie rein. Aber es ist nicht aufgeräumt."

Mueller lässt sich in einen der beiden Designer-, aber total unbequemen Sessel an einem riesigen Tisch mit Glasplatte fallen. Auf der Ablage Zeitschriften und Tageszeitungen, dazwischen CDs. Die benutzten Teller und Gläser zeugen davon, dass Oliver Berndt in den letzten Tagen der Sinn nicht nach Hausarbeit stand. „Morgen kommt unsere Haushaltshilfe", sagt er entschuldigend.

Mueller winkt ab: „Kein Problem"

„Wenn ich Sie richtig verstanden habe, gibt es noch keine Spur von Tanja?", fragt Berndt.

„Leider. Aber es scheint so, als ob das Verschwinden Ihrer Frau mit einigen Tötungsdelikten zusammenhängen könnte. Sie haben ja selbst ausgesagt, dass die Vermisste auf eigene Faust recherchiert hat. Wenn man es wertfrei ausdrücken will. Aber eigentlich ist es ja so, dass sich Ihre Frau in unverantwortlicher Art und Weise in die Ermittlungen der Polizei eingemischt, sie behindert und dadurch möglicherweise sogar Straftaten begünstigt hat. Doch das rechtlich einzuordnen, ist jetzt erst einmal zweitrangig. Wir müssen sie finden. Und ich hoffe inständig, dass es noch nicht zu spät ist. "

„Ich würde Ihnen gern noch mehr sagen, Herr Hauptkommissar. Ich habe mir auch schon das Hirn zermartert, aber ich finde einfach keinen roten Faden."

„Erinnern Sie sich noch daran, wann Ihnen Ihre Frau den Zettel mit der Nachricht auf den Nachttisch gelegt hat?"

„Das weiß ich sogar ganz genau. Es war in der Nacht, als im Puff in Warkheide die erste Hure ermordet worden ist …" Und als ob es „Klick" bei ihm macht, unterbricht er sich selbst und schaut Mueller an. „Meinen Sie, dass Tanja deshalb nach Warkheide gefahren ist? Nein, nein, das glaube ich nicht – sie ist doch keine Strafverteidigerin. Außerdem ist sie viel zu ängstlich. Meine Frau kann ja nicht einmal zusehen, wenn im Fernsehen ein Horrorfilm gezeigt wird."

Anders als Berndt spürt der Kriminalist intuitiv, dass er auf der richtigen Spur ist. Sofort denkt er an die Zeitspanne, die zwischen der Tat und dem Anruf der Geschäftsführerin bei der Polizei vergangen ist. Natürlich, so muss es gewesen sein. Aus irgendeinem Grund muss die Rechtsanwältin vor der Polizei am Tatort gewesen sein. Es scheint ihm an der Zeit zu sein, sich die Bordell-Besitzerin noch einmal vorzuknöpfen. Seine Stimmung hellt sich zusehends auf. Er ist sich sicher, kurz vor dem Durchbruch zu stehen. ‚Habe ich erst einmal die vermisste Frau, kommen wir auch in den drei Mordfällen weiter', ist sich der Kriminalist sicher. Und vielleicht geht uns dann sogar der Täter ins Netz, der Mirabell erschossen hat.

„Herr Hauptkommissar … hallo, Herr Kommissar …", reißt ihn die Stimme Berndts aus seinen Überlegungen. „Kann ich Ihren Gesichtsausdruck so deuten, dass Ihnen etwas eingefallen ist?"

„Kann schon sein", bleibt Mueller vage. „Ich melde mich bei Ihnen, soweit ich etwas Neues weiß."

Der Kriminalist verabschiedet sich. Berndt bringt ihn zur Tür. „Glauben Sie, dass meine Frau in Lebensgefahr ist?"

„Ich will Sie nicht anlügen. Es ist nicht auszuschließen. Aber ich hoffe, dass wir sie finden, bevor es zu spät ist."

„Da vorne, die mit dem Leoparden-Mini?", fragt der Fahrer, als sich das Allradfahrzeug in Höhe des nächsten Rastplatzes befindet.

„Rausfahren!", bestimmt der Ältere auf dem Beifahrersitz kurz. Sein Nebenmann biegt nach rechts ab. Der Rastplatz mit den Betonbänken und -tischen verläuft beinahe parallel zur E 28. Etwa in der Mitte führt ein kleiner Weg in den Wald hinein. Dort stehen drei Wohnmobile und ein Wohnwagen.

Das Fahrzeug stoppt neben der stark Geschminkten im Raubkatzen-Look. Der Fahrer drückt auf den Fensterheber und wendet sich der Frau zu: „Wie viel?"

„Pięćdziesiąt godzin Euro pół normalne, dodatki kostowac extra."

„Was? Sprich deutsch mit mir!"

„Fünfzig Euro, halbe Stunde, normal, Extras kosten extra."

„Dreißig Euro, als Mengenrabatt für uns drei Kunden."

„Willst du handeln, Süßer, dann geh auf Basar. Hier Festpreise. Also …?"

„Okay."

„Was ist mit Frau hinten?", fragt die Straßendirne, als ihr Blick in den rückwärtigen Teil des Fahrzeugs fällt.

„Die ist total besoffen. Wir wollen sie bei ihrem Mann abliefern. Na, der wird sich freuen."

„Stell Auto da vorn hin. Drei Frauen gerade frei. Wagen 3, ist meiner, 5 und 17 Kolleginnen."

Die polnische Prostituierte geht voran und zeigt dann auf eine kleine Stellfläche unweit des am nächsten stehenden Sex-Mobils.

Die drei Männer steigen aus, und die Frau öffnet die Tür ihres rollenden Stunden-Hotels: „Einer hier, andere zu Annika und Milena."

Kaum sind ihre Entführer verschwunden, hebt Tanja Papenburg vorsichtig die Lider. Als habe sie wirklich zu viel getrunken, verschwimmt alles vor ihren Augen. Sie zwingt sich, tief durchzuatmen. Dann unternimmt sie einen zweiten Versuch, sich zu orientieren. Die Luft ist rein. Keiner der drei Männer scheint in der Nähe zu sein. ‚Jetzt oder nie, Tanja!', sagt sie sich, und sie hofft, dass das Auto nicht abgeschlossen ist. Vorsichtig zieht sie den Schließhebel auf ihrer Seite und lehnt sich leicht gegen die Tür. Im selben Moment durchströmt sie ein warmes Glücksgefühl: Die Autotür öffnet sich mit einem kaum hörbaren Knacken. Die Rechtsanwältin lässt sich durch den Schlitz vorsichtig auf den eiskalten Schneeboden gleiten. Von außen drückt sie die Tür wieder zu.

Warum die Injektion bei ihr nicht richtig gewirkt hat, darüber macht sie sich keine Gedanken. Sie will nur weg hier. Weg aus der Reichweite ihrer Entführer.

Nazar Petrow sieht den Mann, der auf der linken Straßenseite auf ihn zustapft. Er hält an und lässt Sidorenko einsteigen. „Was hattest du denn in dieser gottverlassenen Gegend zu tun?", fragt er seinen Beifahrer.

„Das willst du nicht wirklich wissen", antwortet der Mann im Schafspelz.

„Wohin?", schaut ihn Petrow von der Seite an.

„Erst mal weg hier. Lass uns irgendwo einkehren und etwas Warmes trinken. Außerdem musst du für mich noch mal telefonieren."

Hartmut Mueller drückt auf den Klingelknopf, neben dem das

Wort „Bar“ steht. Er hat sich mit Kathrin Meltzer im „Kalinka“ verabredet. „Eigentlich habe ich gar keine Zeit“, hatte sie sich gewunden, „ich mach’ gerade Inventur, weil ich den Laden wohl schließen muss. Seitdem mein Night-Club in den Zeitungen und im Fernsehen als ‚Mörder-Puff von Warkheide‘ Schlagzeilen gemacht hat, lässt sich kein Schwein mehr hier sehen.“

„Kein Problem“, war der Kriminalist freundlich geblieben, „dann schicke ich Ihnen einen Streifenwagen vorbei, der bringt Sie dann zu mir nach Magdeburg.“

Meltzer hatte daraufhin eingelenkt und mit Mueller einen Termin ausgemacht.

Der Türöffner summt, und der Ermittler steigt die Stufen bis zum Bar-Raum hoch. Er schiebt den Perlenvorhang zur Seite und geht auf die wartende Geschäftsführerin zu. „Was verschafft mir die Ehre?“, fragt die Frau und deutet einladend auf die Sesselecke, wo abends die Damen vom horizontalen Gewerbe auf ihre Gäste warten.

„Warum haben Sie nach dem Mord nicht gleich die Polizei angerufen?“, kommt der Erste Kriminalhauptkommissar sofort zur Sache. „Und erzählen Sie mir jetzt bloß nicht wieder etwas von Panik und Chaos und dass Sie darauf achten wollten, das keiner von den Gästen verschwindet. Das habe ich Ihnen schon bei unserem ersten Gespräch nicht abgenommen.“

Er sieht Meltzer die Unsicherheit an, und bevor sie sich eine neue Ausrede zurechtlegen kann, schiebt er nach: „Und woher kennen Sie eigentlich die Rechtsanwältin Tanja Papenburg?“

„Papen… ähem …burg? Rechtsanwältin? Wer, äh, wer soll das denn sein? Papenburg?“, stottert die Frau.

„Frau Meltzer!“, hebt der Kriminalist drohend den Zeigefinger. „Wir wollten doch bei der Wahrheit bleiben. Ich helfe Ihnen ein bisschen auf die Sprünge: Es geht mir nicht um Ihre Scheidung vor zwei Jahren. Und um Ihnen zu erklären, wie ernst die Sache ist: Tanja Papenburg ist seit ein paar Tagen spurlos verschwunden. Ich gehe davon aus, dass dieser mysteriöse Fall etwas mit dem Mord im ‚Kalinka' zu tun hat. Also bitte."

Die Etablissement-Chefin fingert sich zittrig eine Zigarette aus der Schachtel auf dem Tisch. Sie ist kaum in der Lage, das Streichholz anzuzünden. Sie nimmt zwei tiefe Züge und räumt dann ein: „Ich habe Frau Papenburg beauftragt, für mich zu recherchieren. Ich wollte nicht, dass die Polizei ihre Nase zu tief in mein Geschäft reinsteckt. Wahrscheinlich keine gute Idee, oder?"

„Darüber reden wir später", versucht Mueller ruhig zu bleiben. „Jetzt geht es erst einmal darum, die Frau unversehrt zu finden. Also, erzählen Sie. Der Reihe nach."

Tanja Papenburg kriecht bis zum Heck des Autos und schaut vorsichtig in Richtung der Fahr-Bordelle. Sie hat genau gehört, was die Frau im Leoparden-Mini gesagt hat: Wagen 3, 5 und 17. Darin müssen ihre Entführer verschwunden sein. Und wenige Minuten später ist sie sich sicher, dass sie Recht hat. Trotz der hereinbrechenden Dämmerung sieht sie, wie aus dem einzigen Wohnanhänger ein korpulenter Mann mit Halbglatze aussteigt und dabei seinen Hosengürtel richtet. Im von rötlichem Licht erhellten Eingang schaut ihm eine Frau, nur mit Strapsen bekleidet, nach. Der Freier steigt in sein Auto mit Münchner Kennzeichen, das er nur wenige Schritt vom Wohnwagen abgestellt hatte und fährt mit preschenden Reifen zur Auffahrt der Europastraße.

Für die Rechtsanwältin ist das das Signal, ihr Versteck zu verlassen und die wenigen Meter bis zum Liebes-Mobil zu laufen. Die kalte Winterluft tut ihr gut. Die Benommenheit ist lange nicht mehr so stark wie zu dem Zeitpunkt, als sie das Fahrzeug verlassen hatte.

Tanja Papenburg klopft an die Tür mit dem roten Herzen und dem Schriftzug: „Tutaj mruczenie kociaka Kamila … hier schnurrt Kätzchen Kamila". Tanja will gerade zum zweiten Mal klopfen, als sich der Eingang einen Spalt öffnet und die Frau von vorhin fragt: „Co się dzieje … was ist los?"

„Bitte lassen Sie mich rein! Helfen Sie mir!"

Die Rechtsanwältin spürt zwar instinktiv, dass die Hure kein Wort verstanden hat. Aber ihre Bitte muss so ängstlich geklungen haben und ihre Körpersprache so deutlich gewesen sein, dass die Frau, die sich inzwischen ein langes kariertes Herrenhemd übergezogen hat, erkennt – hier braucht jemand Hilfe. Sie öffnet die Tür ganz und bedeutet Tanja, einzutreten.

Im Wohnanhänger mit den bunten Robbie-Williams-Postern lässt sich die Rechtsanwältin auf die zerwühlte Liege sinken. Ein Weinkrampf durchschüttelt sie. Die Frau im Herrenhemd setzt sich zu Tanja und nimmt sie in die Arme: „Cicha, spokojna … ruhig, ruhig!", flüstert sie. Die Anwältin atmet tief durch, sie zittert weniger. „Cicha, spokojna!", sagt die Hure erneut leise.

Tanja Papenburg richtet sich auf. Sie schnäuzt sich in das Taschentuch, das ihr die Frau hinhält. Dann deutet sie mit dem Zeigefinger auf sich: „Ich Tanja." Und tippt dann mit dem Finger auf ihr Gegenüber.

„Kamila" lautet die Antwort.

„Do you speak English?", fragt Tanja.

Kopfschütteln.

„Ils parlent français?"

Erneutes Kopfschütteln.

‚Dann bleibt nur noch Zeichensprache', überlegt Tanja. Sie zeigt auf die Eingangstür, deutet auf den Schlüssel, der von innen steckt und macht eine Drehbewegung. Die Frau versteht und schließt ab. Die Deutsche zeigt auf sich und deutet danach nach draußen, wo das Auto steht, in dem sie nach hierhergebracht wurde. Sie hebt drei Finger in die Höhe. Dann zeigt sie erst auf die Wohnmobile auf der anderen Seite der Lichtung und anschließend auf ihre Handgelenke, die durch das lange Fesseln immer noch angeschwollen sind. Sie hat den Eindruck, dass die Polin versteht. Sie zeigt auf den kleinen Einstich an ihrem Arm, deutet das Setzen einer Spritze an und lässt sich seitlich auf die Liege fallen.

Der Erste Hauptkommissar hat genug gehört. Als er schon das „Kalinka" verlassen wollte, hatte ihm die völlig zerknirschte Geschäftsführerin noch gesagt: „Ich weiß nicht, ob das von Bedeutung ist, aber seit ein paar Tagen ist auch mein Türsteher Aleksej Borsin nicht zur Arbeit gekommen. Mit ihm hatte sich Frau Papenburg einige Male getroffen, weil sie sich von ihm Informationen erhoffte. Und ich hatte das Gefühl, dass sich die beiden gut verstehen und er sich irgendwie verantwortlich für sie gefühlt hat. Übrigens das zweite Opfer, Coco, das mit bürgerlichem Namen Iryna hieß, war die Freundin von Aleks."

Noch aus dem Auto heraus ruft Mueller bei seiner Stellvertreterin an. „Hartmut hier. Du musst eine dringende Fahndungsmeldung herausgeben. Es geht um die Vermisste Tanja Papenburg. Die Personalien findest du im Computer. Es besteht der Verdacht, dass die Frau entführt worden ist oder dass man ihr noch Schlimmeres angetan hat."

Waldi trippelt brav an der Leine des Revierförsters die Straße entlang. Ziel der beiden sind die Wildraufen, die im Wald rund um die Huysburg aufgestellt und die in strengen Wintern für Hirsch und Reh Anlaufpunkte sind. Xaver Möllmann ist schon einige Zeit unterwegs, und er freut sich auf ein warmes Getränk im nur noch wenige hundert Meter entfernten Ausflugslokal „Zum Harzgeist", als Waldi anschlägt und den Waldhüter aufgeregt in Richtung eines Autos zerrt, das in Sichtweite am Straßenrand steht. Ein dunkelblauer Mercedes, ein E-Klasse-Coupé, erkennt der Auto-Narr sofort. ‚Das wäre auch etwas für mich', denkt er. ‚Aber nicht bei meinem Förstergehalt wischt', er den Traum sofort wieder weg. Sein kleiner geländegängiger Mitsubishi reicht ihm eigentlich für seine Fahrten auf den Waldstraßen aus. Aber ein kleines bisschen mehr Luxus als ihn der Pajero bietet, hätte er doch gern.

„Was ist denn los, Waldi?", fragt er. Doch da steht er schon vor dem Fahrzeug. Der Förster schaut durch das Fenster der Fahrerseite und erkennt eine Gestalt, die nach rechts auf den Beifahrersitz umgesunken ist. Zuerst glaubt Möllmann, dass der Fahrer schläft oder, dass ihm möglicherweise schlecht geworden ist. Doch nachdem er die Tür geöffnet hat und das Blut im Inneren des Autos sieht, weiß er, dass er es hier mit einer Sache für die Polizei zu tun hat. Dem Mann, der sich mit Waffen auskennt, ist sofort klar, dass geschossen wurde. Dazu braucht er den Toten – und um einen solchen handelt es sich ganz augenscheinlich – nicht näher zu betrachten.

Er greift zum Handy und ruft die Notrufnummer der Polizei an.

Sidorenko und Petrow sitzen in der Halberstädter Domschänke. „Bestell uns zwei große Gläser Wodka!", sagt er seinem Landsmann. „Ich will inzwischen mal telefonieren." Der S.d.s.-Mann humpelt nach draußen. Er wählt die Nummer der Auskunft. „Ich suche eine Nummer in Magdeburg und die dazu gehörige Anschrift", verlangt er, als sich die Mitarbeiterin des Callcenters meldet. „Es handelt sich um Frau Angelica Celmar. Die Straße ist, glaube ich, ‚An der Hubbrücke'."

„Einen Moment bitte."

Sidorenko wartet.

„Angelica Celmar, die Nummer wird Ihnen angesagt. Möchten Sie die Nummer auch kostenfrei als SMS auf Ihr Handy haben?"

„Nein, danke", antwortet Sidorenko, der überrascht ist, dass die Bankerin einen Eintrag im Telefonbuch hat. „Und die Anschrift?"

„An der Hubbrücke 23, in 39104 Magdeburg."

„Danke." Die Ansage der Telefonnummer drückt der Ukrainer weg.

Wieder am Tisch des auf mittelalterlich getrimmten Lokals, greift er zum Sto-Gramm-Glas und schüttet es in einem Zug hinunter. Er wischt sich den Mund mit dem rechten Ärmel ab und sagt gut gelaunt: „Du trinkst ja gar nicht, moi drug. Nun gut. Wir müssen sowieso gleich wieder aufbrechen – nach Magdeburg. Ich habe dort ein Rendezvous mit einer Dame. Es wird bestimmt ein reizender Abend werden."

„Artem, ich muss zurück. Ich kann es mir nicht leisten, dass die Pension so lange geschlossen ist. Ich ...", unternimmt Petrow einen weiteren halbherzigen Versuch, sich aus den Fängen des Auftragsmörders zu befreien.

„Kein Wort mehr, Nazar! Den Verlust habe ich dir doch mehr als großzügig ausgeglichen", wird er gefährlich leise. „Außerdem sitzt du schon viel zu tief mit drin in der Sache. Oder denkst du etwa, dass die Polizei dir glaubt, wenn du sagst, dass du nichts gewusst hast. Hast du schon mal was von Beihilfe gehört?"

Sidorenko schlägt mit der flachen Hand auf den Tisch: „Los, wir gehen. Du bezahlst!"

Zum Zeichen, dass sie verstanden hat, nickt die Polin und schlägt die Hände vors Gesicht. Dann hebt sie die Schultern und deutet mit den Handflächen nach oben, was so viel bedeutet wie: ‚Was nun?'

„Ich muss telefonieren", sagt Tanja Papenburg und hält einen imaginären Hörer an ihr Ohr. Kamila öffnet eine Art Nachtschrank neben der Liege, nimmt ein Handy heraus und gibt es der Rechtsanwältin. Sie wählt ihre Nummer in Wahlbrück. „Geh ran", flüstert sie. „Bitte sei zu Hause."

Es läutet einmal, zweimal, dreimal, dann ist ihr Mann am anderen Ende der Leitung: „Ja, bitte."

„Hallo, Oliver", schluchzt sie vor Freude, und Tränen schießen ihr in die Augen. Die Kehle der Anwältin ist wie zugeschnürt, und auch ihr Mann braucht einen kurzen Augenblick, um sich zu fassen. „Tanja, um Himmels willen, wo steckst du denn? Die halbe Polizei Deutschlands sucht dich. Geht es dir gut?"

„Es geht so. Ich bin in Polen. Irgendwo hinter Stettin an einer Fernstraße, wo sich ein mobiler Puff an den anderen reiht."

„Was treibst du denn dort. Alle machen sich große Sorgen …"

„Ich habe jetzt keine Zeit, dir alles zu erklären. Ich bin einer ganz dicken Sache auf der Spur", hat sie sich beinahe wieder gefasst und schaut Kamila dankbar an, die ihr erneut ein Taschentuch reicht. „Es geht um den Mordfall ‚Mirabell'. Ich bin da jemandem ganz schön auf die Zehen getreten. Sagt dir der Name Paul Kramer etwas? Der scheint nicht nur eine graue Weste zu haben, sondern eine tiefschwarze. Der hängt ganz tief in der Sache drin."

„Langsam, langsam, Tanja. Komm nach Hause. Um Verbrechen aufzuklären, gibt es die Polizei. Ich verlange von dir, dass du sofort nach Hause kommst. Ich hatte gerade die Kripo im Haus. Der Kommissar meint, dass du in großer Gefahr bist."

Tanja will gerade antworten, als ihr die Polin, die aufgestanden und an das Wohnwagenfenster gegangen war, Zeichen macht. Tanja stellt sich seitlich hinter die Gardine und sieht, wie ein Mann das Wohnmobil mit der Nummer 5 verlassen hat und auf das Fahrzeug zugeht, in dem sie vor kurzer Zeit noch gefesselt und geknebelt lag.

„Du, ich muss auflegen", sagt sie. „Aber etwas Wichtiges noch. In einem Wald bei Halberstadt gibt es einen Bunker. Dort ist ein Mann eingesperrt – Aleks Borsin. Er ist Türsteher im ‚Kalinka'. Das ist ein Puff in Warkheide. Sag der Polizei Bescheid, dass sie ihn dort rausholen soll."

Während ihres Gesprächs hat Tanja Papenburg den Mann am Auto nicht aus den Augen gelassen. Sie sieht, wie er eine Schrecksekunde lang in das leere Innere des Fahrzeugs starrt, sich dann umdreht und zum Wohnmobil mit der Nummer 17 rennt.

„Vielleicht habe ich Mist gebaut, aber ich muss die Sache jetzt durchziehen. Wenn ich mit leeren Händen zurückkomme, habe ich schlechte Karten bei der Polizei."

Oliver Berndt will seine Frau noch einmal eindringlich ermahnen, nicht weiter auf eigene Faust zu ermitteln. Doch ehe er etwas sagen kann, hört er nur das Freizeichen. Tanja hat bereits aufgelegt.

Hartmut Mueller hat gerade ein Ermittlerteam in den Harz geschickt, das sich um den Leichenfund auf der L 83 kümmern soll, als sein Telefon klingelt. „Herr Mueller, Sie werden es nicht glauben, aber gerade hat meine Frau angerufen – aus Polen." Er gibt dem Mordermittler in wenigen Sätzen das Gespräch wider, das er vor wenigen Minuten mit Tanja geführt hat.

Mueller lässt ihn erzählen, dann sagt er: „Das Positive ist, dass es Ihrer Frau anscheinend gut geht. Ich werde mich sofort darum kümmern. Informieren Sie mich gleich, wenn Sie etwas Neues erfahren. Und das mit dem Mann im Bunker geht klar. Wir kümmern uns um ihn."

Der Erste Kriminalhauptkommissar geht ins Nebenzimmer.

„Sag mal, Rainer, du hast doch vor ein paar Wochen ein Seminar mit polnischen Kollegen gehabt. Und hast erzählt, dass du mit einem Kommissar aus Stettin auf der Bude gelegen hast. Einer richtigen Ulknudel, wie du gesagt hast, mit dem du dich sehr gut verstanden hast und der ganz gut deutsch sprach."

„Ja, Kommissar Adam Kowalski von der Wojewodschafts-Kommandantur Stettin. Was ist mit dem?"

„Er muss uns über den kleinen Dienstweg helfen. Es ist dringend. Die vermisste Tanja Papenburg hat sich gerade bei ihrem Mann gemeldet. Du weißt doch, die Anwältin, die auf eigene Faust den Mordfall ‚Mirabell' wieder ausgegraben hat."

Der Oberkommissar nickt zustimmend und hört sich an, was sein Chef zu berichten hat. „... und frag ihn, ob er schnell mal einen Streifenwagen losschicken kann. Jetzt gleich!", beendet Mueller seinen kurzen Vortrag.

Der Kriminalist fingert aus einem Stapel von Visitenkarten eine mit dem schwarzen Adler auf rotem Grund. „Hier ist er, Komisarz Kowalski, Komenda Wojewódzka, ul. Malopolska 47." Dann drückt er die Vorwahl für Stettin: 004891.

„Hallo, Adam, hier ist Rainer aus Magdeburg. Na, alter Schwede, wie geht es dir?"

Mueller macht mit der rechten Hand drehende Bewegungen, was so viel heißen soll wie: ‚Komm zur Sache, Junge!'

„Du, wir haben hier ein Problem. Eine Frau, Tanja Papenburg, die seit einigen Tagen vermisst wird, ist bei euch aufgetaucht. Sie ist wahrscheinlich eine wichtige Zeugin in einer Reihe von Mordfällen. Außerdem ist sie möglicherweise in größerer Gefahr, als sie sich selbst vorstellen kann. Du würdest mir einen riesigen Gefallen tun, wenn einer deiner Leute mal dort vorbeischauen könnte. Wo? Ach ja. Auf den Punkt genau weiß ich das auch nicht. Nur so viel: Dort soll es eine Menge Damen vom horizontalen Gewerbe geben, die an ihren Wohnwagen auf Kundschaft warten. Die E 28? Wenn du das sagst. Danke dir, Adam. Sag mir bitte gleich Bescheid, wenn ihr etwas erfahren habt. Am liebsten wäre es meinem Chef, wenn ihr sie mit in die Kommandantur nehmen würdet. Der Leiter unseres Fachkommissariats muss sie dringend sprechen."

Der Oberkommissar legt auf und sagt: „Du hast ja mitgehört. Der Adam hilft uns. Er ruft an, sobald er etwas herausbekommen hat."

Mueller geht zurück in sein Zimmer. Kaum hat er sich wieder seinem Aktenstapel zugewandt, klingelt sein Telefon. Es ist ein Kollege, der für den Bereich Halberstadt zuständig ist. „Hier ist alles in großer Aufregung", sagt der Mordermittler. „Der Tote im Huy ist nicht irgendjemand. Es handelt sich um den Leiter der Abteilung Wirtschaftskriminalität der Polizeiinspektion Halberstadt …"

„Sag jetzt nicht, Kriminaloberrat Schwartz …?"

„Doch – sag mal Hartmut, hast du das zweite Gesicht? Richtig, es ist der Schwartz. Das Innenministerium steht mir schon die ganze Zeit auf den Zehen, seitdem die Identität des Toten bekannt ist. Und die Presse wittert auch schon eine Riesenstory: ‚Hochrangiger Ermittler hingerichtet'."

„Wieso hingerichtet?"

„Alles deutet darauf hin, dass ein Profi am Werk war. Das Opfer wurde mit Kopfschüssen aus nächster Nähe getötet. Kaliber neun Millimeter."

„Danke, halte mich auf dem Laufenden", damit legt der Kriminalist auf.

Mueller macht sich Vorwürfe: ‚Hätte ich den Halberstädter doch befragen sollen, warum er sich als ‚Wirtschaftler' und dann noch von einer anderen Dienststelle als der ermittelnden, dermaßen für den Mordfall ‚Mirabell' interessiert hat? Vielleicht würde der Kollege dann noch leben. Auf jeden Fall wären wir dann in dem verzwickten Fall schon ein gutes Stück weiter.‘

Tanja Papenburg sieht durch das Fenster des Wohnwagens, wie der Mann nacheinander an die Türen der zwei gegenüberstehenden Wohnmobile trommelt, und sie hört, dass er etwas ruft. Doch was es genau ist, kann sie nicht verstehen. Sie dreht sich zu der Frau im Herrenhemd um und berührt mit ihrem Zeigefinger die Lippen: „Pst! Pst!“

Kamila nickt zum Zeichen, dass sie verstanden hat und öffnet im hinteren Teil des Wohnwagens die Tür eines Spinds. Der kleine Schrank ist gerade so breit, dass ein schlanker Mensch gebückt Platz darin findet. Tanja Papenburg quetscht sich zwischen die Bügel mit den Tops und den Jeans.

„Das kann doch wohl nicht wahr sein!“, brüllt der älteste der Wachleute. „Verdammte Scheiße! Ich wollte ja gleich nicht anhalten. Jetzt haben wir das Theater. Aber von euch beiden Blödmännern muss ja keiner beim Chef strammstehen.“

Die beiden anderen blicken betroffen in den Schnee. „Weit kann sie noch nicht sein“, versucht der Fahrer ein bisschen Optimismus zu verbreiten. „Vielleicht ist sie ja sogar noch hier“, macht er eine Kopfbewegung in Richtung des Wohnwagens mit dem roten Herzen an der Tür. Die Männer gehen zum Arbeitsplatz Kamilas hinüber, und der Älteste klopft mit der Faust an die Tür: „Hallo, ist da wer drin?“

Die polnische Prostituierte öffnet mit einem breiten Lächeln die Tür und sagt den auf Deutsch auswendig gelernten Satz: „Fünfzig Euro, halbe Stunde, blasen fünfundsiebzig …“

„Nicht Ficki-Ficki!“, unterbricht sie der Grauhaarige. „Wo Frau?“, deutet er über seine Schulter zum abgestellten Auto.

„Ich nix verstehen“, radebrecht Kamila.

Der Fahrer sagt zu seinem Chef: „Meine konnte ganz gut Deutsch. Ich laufe mal rüber und hole sie zum Dolmetschen.“ Nach kurzer Zeit ist er zurück. An seiner Seite die Frau im Leoparden-Mini. „Frag deine Kollegin, ob sie eine Frau mit kurzen schwarzen Haaren gesehen hat – Jeans und eine blaue Bluse?“

„Die beiden Huren unterhalten sich auf Polnisch. Dann übersetzt die Frau vom Wohnmobil 3: „Hat gesehen. Ist in Auto gestiegen von letzten Kunden. Vor halbe Stunde. Mann aus München.“

Der Sechzigjährige bekommt einen Wutanfall. Er führt sich auf wie Rumpelstilzchen und zerstampft den Schneeboden vor dem Hänger: „Verdammt! Verdammt! Verdammt! Die ist weg. Auf Nimmerwiedersehen. Am besten ist, wenn wir uns auch verdünnisieren. Ich jedenfalls rufe den Kramer nicht an und beichte ihm, wie blöd wir waren. Ich für meinen Teil werde erst einmal für einige Zeit untertauchen. Lasst uns verschwinden. Ich habe keine Lust, abzuwarten, bis hier die Bullen auftauchen.“ Er ist überzeugt davon, dass Tanja Papenburg die Polizei alarmiert hat.

Die drei Deutschen drehen sich grußlos um, setzen sich in ihr Auto und verlassen den Sex-Rastplatz.

„Kennst du eine Hubbrücke in Magdeburg?“ fragt Sidorenko seinen Chauffeur.

„Natürlich“, antwortet Petrow einsilbig. Ihm schlägt die Fahrt mit seinem alten Armeekumpel inzwischen immer mehr auf den Magen.

„Gibt es da auch Häuser?“, blickt der Auftragsmörder den Mann links neben sich mit gerunzelter Stirn an.

„Ja, da gibt es ein neues Wohngebiet – direkt an der Elbe. Nur was für Reiche. Keine Wohnung unter 200.000 Euro.“

„Ah, ja. Da fährst du jetzt hin. Ich suche eine Straße, die ‚An der Hubbrücke‘ heißt. Blöd, dass deine Kutsche kein Navi hat. Müssen wir eben fragen.“

Hartmut Mueller hat alle Mitarbeiter seines Teams, die es irgendwie einrichten konnten, zusammengeholt. Über eine Videokonferenz sind auch der ehemalige Leiter der Soko ‚Mirabell‘ und der Leiter der Außenstelle der Magdeburger Mordkommission in Halberstadt zugeschaltet.

„Also ich fasse zusammen“, sagt der Erste Kriminalhauptkommissar am Ende der Besprechung. „Ich gehe davon aus, dass die Morde an den beiden Prostituierten in Warkheide etwas mit dem bis heute ungeklärten Tod des Unternehmers Erich Mirabell zu tun haben. Dasselbe gilt für die tödlichen Schüsse auf den Mann in Magdeburg-Buckau. Dafür gibt es eindeutige Indizien. Auch der Vermisstenfall ‚Papenburg‘ ist ein Mosaiksteinchen in der komplexen Sache. Die Geschäftsführerin vom ‚Kalinka‘ hat eingeräumt, dass die Rechtsanwältin in ihrem Auftrag recherchiert hat. Wer nur ein bisschen Phantasie hat, für den ist doch klar, dass die Papenburg durch die Welle, die sie gemacht hat, eine Menge Schlamm aufgewühlt hat. Dass sie noch lebt, ist das Bemerkenswerteste an der ganzen Sache.“

„Und was hat das alles mit dem Kramer zu tun?“, fragt ihn sein Kollege aus dem Vorharz.

„Ich gehe davon aus, dass der Kramer Chef eines illustren Rings ist, der eine Menge Dreck am Stecken hat – besonders auf dem Wirtschaftssektor. Bei den Ermittlungen vor zehn Jahren hat die Soko schon eine Reihe von Personen als Zeugen vernommen, die irgendwie alle miteinander verzahnt waren. Aber die waren dermaßen verfilzt, dass kein Herankommen an sie war. Ist doch richtig, Lars?“, schaut er in den Monitor, auf dem der Ex-Soko-Chef zugeschaltet ist.

Wächter nickt zustimmend. „Damals ging auch das Gerücht um, dass die Kramer-Gruppe ein Ohr innerhalb der Polizei haben soll. Aber wir hatten außer dieser Rederei hinter vorgehaltener Hand keinerlei Anhaltspunkte, dass das wirklich so ist – und schon gar keinen Anfangsverdacht, eine konkrete Person betreffend."

„Was sich ja nun etwas anders darstellt", unterbricht der Leiter der Mordkommission den Stendaler. „Wir stehen zwar erst am Anfang der Ermittlungen, aber die Ermordung des Chefs des Wirtschaftsdezernats der Halberstädter Polizeiinspektion könnte ebenfalls zum ‚Mirabell'-Puzzle gehören. Schwartz wurde – so viel ist schon sicher – mit derselben Makarow erschossen wie Sabrinski, der Tote auf dem Hof des Abrisshauses. Und der hat erwiesenermaßen zum Kramer-Klüngel gehört."

„Zwei Tote aus dem Umfeld der Kramer-Gruppe? Sollte das ein Zufall sein?", fragt Muellers Stellvertreterin.

„Ach, weißt du, das mit den Zufällen ... Daran glaube ich einfach nicht. Wenn ich es nicht besser wüsste, würde ich glauben, dass der Mirabell auferstanden ist und sich an dem Klüngel rächt, dem er sein frühes Ableben zu verdanken hat. Als eine Art Nosferatu. Aber da wir hier nicht bei Bram Stoker sind, ist das eher unwahrscheinlich."

„Dann glaubst du, dass wir es mit zwei voneinander unabhängigen Fällen zu tun haben?" fragt Wächter, und seiner Stimme ist anzuhören, dass er das nicht für möglich hält.

„Ja und nein", antwortet Mueller. „Ich habe so ein Bauchgefühl, dass die beiden Frauen und die zwei Mirabell-Leute aus unterschiedlichen Motivlagen getötet wurden. Die Klammer, die diese Fälle zusammenhält, ist aber sicherlich die Ermordung Mirabells und der Täter."

„Dann gibt es deiner Meinung nach nur einen Täter?", wendet sich die Stellvertreterin an ihren Chef, die gar nicht glauben kann, dass sie eben aus dem Munde ihres Chefs das Wort „Bauchgefühl“ gehört hat.

„Ich würde sogar noch einen Schritt weiter gehen: Der Mörder ist derselbe, der auch Mirabell umgebracht hat. Und der *modus operandi* spricht dafür, dass es sich um nur einen Killer handelt.“

„Deine Argumentation ist wohl doch eher holperig“, wendet ein Kriminaloberkommissar ein, dessen Spezialgebiet die Ermittlungen bei Brandstiftungen sind.

„Das muss nicht so sein. Möglicherweise ist der Mörder von demjenigen, der damals den Auftrag gegeben hat, Mirabell zu töten, erneut geordert worden, um die Nutten auszuschalten. Ich bin mir sicher, dass sie irgendetwas gewusst haben, das den Auftraggeber von damals in Bedrängnis gebracht hat. Er schaltet also die Frauen aus …“

„… und wendet sich dann gegen seine Auftraggeber? Eine pikante Theorie“, sagt der Mann von der Brandursachen-Ermittlung.

„Aber nicht völlig abwegig. Lass uns doch nur mal weiter spinnen: Irgendetwas geht schief, als er die Nutten umbringt. Oder sein Auftraggeber wollte nicht bezahlen. Oder der Mann aus dem Moskwitsch – Sabrinski, die rechte Hand Kramers – sollte oder wollte den Killer ausschalten, damit er nicht singen kann, und hat dabei selbst ins Gras gebissen. Wozu hätte er sonst eine Waffe bei sich gehabt? Der Auftragsmörder sieht rot und läuft Amok.“

„Das würde ja bedeuten, dass die anderen Mirabell-Freunde einschließlich des Immobilien-Moguls Kramer schon mit einem Bein im Grab stehen“, wirft Muellers Vize ein.

„Oder bereits mit beiden. Siehe Schwartz“, sagt der Erste Kriminalhauptkommissar. „Lars, hast du parat, wer damals zum Mirabell-Kramer-Klüngel gehört hat?“

„Ich müsste da noch mal in die Akten gucken. Aber sicher bin ich mir bei einer Bankerin, Celmar, glaube ich, Vize-Chefin bei der Elbe-Kommunalbank. Dann ein hoher Beamter vom Regierungspräsidium. Warte mal, der hieß wie der bei ‚Go Trabi Go' – Strutz. Ja richtig, Strutz. Und ein Bauunternehmer aus Hannover. Kramer und der kannten sich schon vor zehn Jahren eine Ewigkeit."

„Wenn da wirklich einer Amok läuft, sind die drei in Lebensgefahr. Und Kramer natürlich auch. Kümmere dich darum, dass sie Polizeischutz kriegen. Ich selbst fahre nachher zu der Celmar. Die Adresse lasse ich mir geben. Also dann ran, Leute!"

Tanja Papenburg kann den Niesreiz nicht mehr unterdrücken. Sie presst die Hände vor den Mund, um ihr Prusten zu dämpfen. Im selben Moment wird die Tür des schmalen Schranks, in dem sie sich versteckt hat, geöffnet. Ihre Retterin und die Frau im Leoparden-Look stehen davor. Kamila hilft der Schwarzhaarigen heraus. Die andere Frau sagt: „Männer weg. Nix gefährlich mehr. Was wollten die?"

Und Tanja beginnt zu erzählen. Von den Morden an den zwei Prostituierten in Sachsen-Anhalt. Und dass sie versprochen hat, in der Sache zu recherchieren.

„Du Polizei?", fragt die Frau im Raubtier-Mini, die Zuzanna heißt.

„Nein, nein!", schüttelt Tanja Papenburg den Kopf. „Ich bin Anwältin."

Dann berichtet sie von ihrer Verschleppung, dem Bunker-Kerker und dass sie an die polnische Ostseeküste gebracht werden sollte. Dass die Betäubungsspritze unterwegs nicht gewirkt hat. „Und nun bin ich hier."

Zuzanna, die Kamila übersetzt, was die Deutsche sagt, fragt: „Wie können helfen?"

„Ich muss zurück nach Magdeburg. Ganz schnell", sagt Tanja. „Könnt ihr mir vielleicht ein Taxi rufen."

Zuzanna und ihre Kollegin wechseln einige Sätze. Die Juristin versucht etwas zu verstehen. Doch das einzige Wort, was ihr bekannt vorkommt ist: „Automobilowy".

‚Irgendetwas mit Auto', glaubt sie. Und darum ging es auch wirklich, erfährt sie ein paar Sekunden später.

„Kamila hat alten Käfer hinten stehen. Rostlaube. Aber geht noch. Du hilfst Kolleginnen aus Ukraine. Wir helfen deutsche Frau. Kannst du fahren? Wenn alles vorbei, du bringst Schmuckstück zurück."

Tanja schießen erneut die Tränen in die Augen. Sie ist überwältigt von der unkomplizierten Hilfsbereitschaft der Huren. Sie umarmt die Frauen, und Kamila gibt ihr einen Autoschlüssel mit zwei pinkfarbenen Mini-Handschellen aus Plüsch als Anhänger. Tanja Papenburg schreibt ihre Adresse auf. Kamila überreicht ihr eine Visitenkarte, die mit demselben Logo bedruckt ist, das die Rechtsanwältin schon an der Tür des Wohnwagens gesehen hat. Dann zieht die Frau eine Hundert-Euro-Note unter dem Kopfkissen hervor und drückt der Deutschen den Schein wortlos in die Hand.

Die drei gehen zum laubfroschgrünen Auto mit den braun überstrichenen Roststellen.

„Papiere auf Sonnenschutz", sagt Zuzanna, als Tanja hinterm Steuer sitzt und der Motor des alten Volkswagens mit einigen knallenden Fehlzündungen angesprungen ist. Die Anwältin nickt, dann kurbelt sie die Scheibe auf ihrer Seite herunter und winkt beim Losfahren den beiden Frauen noch einmal dankbar zu. Zwischen den Wohnwagen hindurch rollt sie zur Ausfahrt.

Als sie gerade auf die Europastraße einbiegt, nimmt von der anderen Seite ein schwarzer Audi den Weg zum Sex-Parkplatz.

Das Haus, das die Frau betritt, ist neu und hat nur drei Stockwerke. Sie geht über die Marmor imitierenden Stufen bis ganz nach oben. Dort gehört ihr die gesamte Etage – rundum verglast, mit Blick auf die Magdeburger Hubbrücke und die darunter fließende Elbe. Sie schließt die Tür auf und wirft ihren Aktenkoffer achtlos in der Diele auf den kleinen Tisch einer Jugendstilgarderobe. Sie wippt ihre „Gucci"-Schuhe in eine Ecke und wirft ihren Pelzmantel auf einen Hocker. Dann geht Angelica Celmar ins ganz in Weiß gehaltene Wohnzimmer. Sie zieht die Gardinen der Fensterfront zur Flussseite auf und schaut gedankenverloren auf das träge Wasser, auf dem die Eisschollen, deren Ränder vom Schnee wie bezuckert aussehen, aneinanderstoßen.

Die Bankerin streicht sich mit der Hand über die Stirn, so, als wolle sie sich in die Gegenwart zurückholen. Seitdem die Sache mit Mirabell wieder hochgekocht ist, hat sie kaum geschlafen. Sie hält sich beide Hände vor die Augen und sieht das Zittern. Sie weiß, dass diese Unruhe nicht nur von der enormen inneren Anspannung herstammt. Seit Jahren schnupft sie Kokain. Und in den letzten Wochen hat sich die Dosis, die sie braucht, fast verdoppelt.

Celmar geht an den runden Glastisch, auf dem die Getränke stehen. Sie gießt sich ein Glas Martini ein. Dabei ist ihr Tremor so stark, dass sie ein Großteil des Getränks verschüttet. Sie gibt ein paar Spritzer Zitronensaft in das Kristallgefäß und trinkt es gierig in einem Zug aus.

Sie setzt sich auf das weiße Ledersofa und versucht, ihre Gedanken zu ordnen. Doch das will ihr nicht gelingen. Die Angst greift wieder nach ihr. Schweiß tritt aus allen Poren. Und sie glaubt, dass ihr nur das weiße Pulver, das sie in einem kleinen Wandsafe im Schlafzimmer aufbewahrt, Entspannung bringen kann.

Sie ächzt sich aus dem weichen Leder und geht schweren

Schritts zum Raum mit dem großen Rundbett. Sie schiebt das Bild mit dem Obst-Stillleben zur Seite und dreht den darunter befindlichen Knopf mit den Zahlen erst nach links, dann nach rechts. Die Metalltür springt lautlos auf. Celmar greift über einen Stapel mit Papieren in die hinterste Ecke und nimmt ein goldenes Kästchen heraus. Sie setzt sich an den Schminktisch mit dem großen Kristallspiegel und sucht im linken oberen Schubfach ein Röhrchen. Sie schüttet eine gut zehn Zentimeter lange Bahn des Rauschgifts auf die Glasplatte des Tischs und schiebt sie mit einem silbernen Schaber auf Halmbreite zusammen. Dann setzt sie den Glashalm an ihr rechtes Nasenloch, hält das linke zu und atmet tief ein. Nachdem sie die Hälfte der Linie eingezogen hat, schnieft sie den Rest des Kokains durch das linke Nasenloch.

Die Bankerin legt sich aufs Bett und spürt bereits die Wirkung der Droge. Eine beruhigende Wärme breitet sich in ihr aus. Sie versteht nun selbst nicht mehr, warum sie noch vor wenigen Minuten panische Angst hatte und für ihre Zukunft schwarz gesehen hat. ‚Es ist doch alles in bester Ordnung', gaukelt ihr das benebelte Gehirn vor. Das sollte doch mal einer versuchen, es mit ihr aufzunehmen – mit Angelica Celmar. Mit der Bankerin, die jeden Trick kennt.

Wenn nur die kleinen Tierchen nicht wären, die unter ihrer Haut Fangen spielen und dabei hin- und herrennen. Doch selbst diese ekligen kleinen Biester, die ihr in letzter Zeit immer häufiger das Gefühl, es mit allem und jedem in der Welt aufnehmen zu können, verleiden, stören sie heute nicht so sehr wie sonst. ‚Du hättest sicherlich das Zeug, auf den Thron zu steigen.' Und ein Lächeln huscht bei diesem Gedanken über ihr Gesicht. ‚Ja, Königin – das wäre was', sieht sie sich schon im Hermelinpelz, ein Zepter in der Hand. Gnädig winkt sie ihrem Volk zu. ‚Ach wie nett, eine Abordnung bringt mir Geschenke.' Celmar will ein paar huldvolle Worte sprechen, aber ihre Zunge ist schwer wie Blei. Sie streckt die Arme aus, um die Gabe, die ihr der Bote hinhält, in Empfang zu nehmen.

Als sie erkennt, dass das „Geschenk“ ein langer Pistolenlauf ist, der sich auf ihre Stirn zubewegt, ist es schon zu spät. Den gedämpften Knall des Schusses aus Sidorenkos Waffe hört sie schon nicht mehr.

Hartmut Mueller geht die wenigen hundert Meter von der Dienststelle bis zum alten Elbebahnhof, wo das exklusivste Wohngebiet Magdeburgs entsteht, zu Fuß. Er sucht nach einem Hinweis auf die Straße ‚An der Hubbrücke‘. Doch er findet kein Straßenschild. Er tritt an einen Bauarbeiter heran, der seinen Radlader gerade abgestellt hat und sich auf einer Bank an der Elbuferpromenade eine Zigarette angezündet hat.

„Morgen, Kollege. Ich suche die Straße ‚An der Hubbrücke‘. Kannst du mir weiterhelfen?“

„An der Hubbrücke? Das müssten die Häuser da hinten sein“, zeigt er in Richtung der mehr als hundertsechzig Jahre alten Flussüberführung. „Aber da ist erst ein Haus bezogen. Die anderen stehen im Rohbau.“

Der Kriminalist bedankt sich und steuert auf den Gebäudekomplex direkt an der ehemaligen Eisenbahnbrücke zu, die zur Strecke Magdeburg-Potsdam gehörte. Die Nummer 23 ist gleich der erste Dreigeschosser. Ein Mann fegt vor dem Haus Schnee. „Guten Tag! Wohnt hier eine Frau Celmar, Angelica Celmar?“, fragt Mueller.

„Ja, ganz oben. Aber Frau Celmar ist bestimmt schon zur Arbeit. Sie verlässt immer so gegen acht Uhr das Haus. Sie ist Bankerin bei der Elbe-Kommunal-Bank. Eine patente Person. Und obwohl sie nur Designerklamotten trägt, hat sie für unsereins immer ein freundliches Wort übrig. Ich bin nämlich der Hausmeister für die drei Blöcke. Weihnachten hat sie mir doch wirklich einen Hunni zugesteckt. Wo findet man so etwas denn heute noch …?"

Der Ermittler unterbricht den Redefluss des Mannes. ‚Wenn doch nur manche Tatzeugen solch ein Mitteilungsbedürfnis hätten', geht es ihm durch den Sinn. Aber die schweigen sich zumeist aus, weil sie „nicht in irgendetwas reingezogen werden" wollen.

„Ja, ja, so etwas ist heute selten geworden", steht Mueller schon im Hauseingang. „Aber ich muss jetzt …"

Er steigt die Stufen zur Wohnung Celmars empor und will gerade auf den Klingelknopf drücken, als er sieht, dass die Tür einen winzigen Spalt offensteht. Mit dem Ellenbogen drückt der erfahrene Kriminalist den Eingang weiter auf und ruft in den Flur: „Hallo, Frau Celmar! Sind Sie zu Hause?" Doch er erhält keine Antwort. Der Erste Kriminalhauptkommissar überlegt noch den Bruchteil einer Sekunde, ob er seine Dienstwaffe ziehen soll, aber dann geht ihm durch den Kopf: ‚Das ist hier doch kein Til-Schweiger-Tatort oder irgendein hanebüchen erdachter Krimi eines Möchtegern-Autors!' Dann betritt er die Diele. Er sieht die Schuhe, die mitten im Raum liegen, und den Aktenkoffer auf dem Garderobentisch.

„Frau Celmar! Hallo, Frau Celmar!" Keine Antwort. Mueller geht ins Wohnzimmer. Für das einmalige Panorama mit der matt grauschimmernden Stahl-Brücke, dem Fluss und dem Stadtpark auf der anderen Elbeseite hat er keinen Blick. Er sucht den Weg in den nächsten Raum und steht kurz darauf im Schlafzimmer.

Er sieht sofort, dass er zu spät kommt. Die Frau liegt auf dem Rücken. Die Arme ausgebreitet. In der Stirn ein kleines Loch. Auf dem gelben Seidenkissen unter ihrem Kopf hat sich eine große Blutlache gebildet. Es ist noch nicht völlig angetrocknet. Die Tat kann noch nicht lange her sein, kombiniert der Mordermittler. Die Augen der Toten starren zur Zimmerdecke. Mueller scheint so etwas wie Erstaunen darin zu entdecken.

Er nimmt das Handy aus der Jackentasche und wählt die Nummer seiner Stellvertreterin: „Hartmut hier. Schick die große Kapelle zum alten Elbebahnhof – LKA-Tatortgruppe, Hundestaffel, unsere Leute und Schutzpolizei, die sollen den Tatort weiträumig absperren. An der Hubbrücke 23. Dritter Stock. Ich warte oben. Die Celmar liegt mit einem Loch in der Stirn auf ihrem Bett. Der Mörder war schneller."

Dann holt er tief Luft und lässt seinem Ärger freien Lauf: „Ich habe die Schnauze jetzt voll! Der tanzt uns auf der Nase herum, und wir trippeln dem Killer immer zwei Schritte hinterher. Ich will die anderen der Kramer-Truppe in einer halben Stunde in meinem Zimmer haben! Und wenn sie inzwischen in Australien sind."

Drei geländegängige Fahrzeuge des Spezialeinsatzkommandos wühlen sich über den Waldweg im Hagen 49, der einige Kilometer vor Halberstadt von der Bundesstraße 81 abgeht. Im vorderen Fahrzeug sitzt ein Kriminalist der Harzer Außenstelle, die zur Magdeburger Mordkommission gehört.

„Am besten immer den Autospuren nach", weist er dem Fahrer die Richtung. „Wenn das nicht die Reifenabdrücke eines Förster-Autos sind, dann führen sie uns direkt zum Bunker."

Dass er damit genau richtig liegt, wird zehn Minuten später klar. Vor den Fahrzeugen taucht hinter einem verrosteten Stacheldrahtzaun der schneebedeckte Betonunterstand auf. Die Tür im Drahtverhau ist durch ein Vorhängeschloss gesichert. Kein Problem für die acht Mann starke, schwarz uniformierte Spezialtruppe des Landeskriminalamts. Ein Technikexperte aus dem letzten

Fahrzeug nimmt einen starken Bolzenschneider aus dem hinteren Teil des Jeeps und zertrennt damit – im Schutze seiner Kameraden – das Schloss. Die Männer in den kugelsicheren Westen und den Helmen gehen die vier Stufen bis zur Eisentür hinunter. Auch das Schloss an diesem Zugang hält nicht lange stand. SEK-Beamte sichern mit ihren „Heckler-&-Koch"-Maschinenpistolen den Eingang. Ein anderer zieht die Tür auf, und die Spezialisten stürmen in den modrig riechenden Vorraum des Bunkers. „Raum sicher!", geben sie den draußen Wartenden das Kommando.

Vorsichtig werden die quietschenden Hebel der Luftschutztür nach unten gedrückt. Dann wird die Tür behutsam aufgezogen. Zwei starke Lampen hüllen das Verlies in helles Licht. Die hereinstürmenden Beamten sehen eine Liege und erkennen darauf einen Menschen. „Objekt sicher!", ruft das Vorkommando, das bereits vor dem Feldbett steht, erneut. Der Kripo-Hauptkommissar, der sich bisher im Hintergrund gehalten hat, schaut sich den regungslosen Mann an, dessen Gesicht blutverkrustet ist, und beordert dann den Krankenwagen, der auf der B 81 gewartet hat, zum Bunker.

„Wir haben den Mann gefunden", informiert er die Vize-Chefin der Magdeburger Mordkommission. „Sieht nicht gut aus. Er scheint schwere Kopfverletzungen zu haben. Außerdem sagt der Doc, dass er extrem dehydriert ist. Er muss schon einige Zeit kaum etwas getrunken haben. Wenn da nicht Schmelzwasser durchgetropft wäre, hätte er wohl keine Chance gehabt, meint der Arzt. Befragen können wir ihn jedenfalls zur Zeit nicht."

Kommissar Adam Kowalski kennt das Geschäft mit der käuflichen Liebe aus dem Effeff. Die Beamten der Wojewodschafts-Kommandantur Stettin sind Stammgäste entlang der Europastraße: Drogen, Körperverletzung, Tätlichkeiten zwischen den Huren und ihren Freiern, aber auch zwischen den Frauen und ihren Zuhältern, illegaler Waffenbesitz, Einreisedelikte – die gesamte Palette des Rotlichtmillieus spielt sich zwischen den fahrbaren Bordellen ab.

Es ist der zweite Parkplatz, auf den der polnische Drogenfahnder einbiegt. Zielgerichtet hält er vor dem Wohnmobil Kamilas. Er kennt die Frau schon einige Jahre. Sie hat der Polizei in der Vergangenheit den einen oder anderen Tipp gegeben und sich so ein paar Złoty dazuverdient. Er klopft an die Tür.

„Dzień dobry, Kamila", grüßt er die Frau, die ihr Herrenhemd inzwischen gegen ein rotes Top und eine Jeans getauscht hat.

„Oh, Komisarz, dzień dobry", antwortet ihn die Hure, und der Ermittler spürt sofort, dass es Kamila unangenehm ist, dass er so plötzlich auftaucht.

„Was gibt es denn, dass Sie mich besuchen. Doch nicht Privates?", versucht sie sich in einen Scherz zu retten.

„Nein, nein, dich kann ich mir nicht leisten. Außerdem, wozu für Sex bezahlen, wenn man mit dem zu Hause zufrieden ist. Ich bin froh, dass ich genügend Futter für die eigene Ziege habe", schmunzelt der Zivilpolizist, „Ich bin ja schließlich auch nicht mehr der Jüngste. Doch zum Grund meines Kommens", wird er übergangslos ernst. „Meine Freunde in Sachsen-Anhalt suchen eine Frau, eine Juristin. Sie hat vor ein paar Stunden zu Hause angerufen und erzählt, dass sie auf einem Parkplatz hinter Stettin ist. An einem Rastplatz mit Sex-Wohnwagen. Da frage ich mich also von Platz zu Platz durch. Kannst du mir helfen?"

„Ich, wieso ich?", blickt Kamila auf den Boden ihres Wohnwagens.

„Ja, wieso du. Weil ich dich kenne und du ein gutes Herz hast. Du lässt keinen im Stich, der dich um Hilfe bittet. Außerdem: Wenn du Tanja Papenburg – so heißt die Vermisste – nicht gesehen hast, so etwas spricht sich doch herum. Was meldet denn der Buschfunk?“

„Was soll denn mit der Frau sein?“, versucht es die Prostituierte mit einer Gegenfrage.

„Die ganze Geschichte kenne ich auch nicht. Aber sie soll wohl in Lebensgefahr schweben, weil sie mit ihren Recherchen à la Miss Marple einen Mörder dermaßen in die Enge getrieben hat, dass er sie verschwinden lassen will.“

„Ist sie wirklich in solch großer Gefahr?“, will Kamila wissen.

„Wenn ich es dir doch sage. Habe ich dich schon einmal gelinkt?“

Der polnische Kriminalist ahnt, dass die Hure innerlich zerrissen ist. Einerseits will sie die Gesuchte nicht verraten, andererseits fürchtet sie nicht zu Unrecht, dass der Anwältin etwas zustoßen könnte, wenn sie dem Kommissar verheimlicht, dass Tanja Papenburg bei ihr war.

Kamila gibt sich einen Ruck: „Sie war hier. Sie hat sich versteckt, nachdem sie drei Deutschen entwischen konnte, die sie entführt haben. Sie wollte unbedingt ganz schnell zurück – ich glaube, nach Magdeburg. Ich habe ihr meinen alten Käfer geliehen.“

„Hm, dumme Sache das“, reibt sich der Beamte das Kinn. „Besser wäre gewesen, wenn sie noch hier wäre. Aber was soll's. Schreib mir noch das Kennzeichen des Autos auf. Ich verschwinde dann wieder.“

Die Frau gibt Kowalski einen Zettel und verabschiedet sich: „Żegnaj panie Komisarzu.“

„Auf Wiedersehen, Kamila. Und noch einmal auf den Weg – nicht als Polizist, sondern als Freund: Du hast ein gutes Herz. Es war richtig, dass du der Deutschen geholfen hast.“

Der Kommissar setzt sich ins Auto und wählt die Nummer der Mordkommission in Magdeburg. Er muss nicht lange warten, da nimmt sein Kollege ab. „Hallo, Rainer, ich habe leider keine so gute Nachricht: Ich habe zwar den Parkplatz gefunden, wo sich eure Anwältin aufgehalten hat, aber sie war leider nicht mehr da. Ich bin ein paar Minuten zu spät gekommen.“ Dann erzählt er Kowalski, was er von der Prostituierten über die Entführung und die Flucht Papenburgs erfahren hat und beendet seinen Bericht: „Sie wollte schnell zurück nach Deutschland. Eine der Frauen hier hat ihr ein Auto geliehen. Kennzeichen ‚ZS‘ für Stettin, dann ‚A 332‘. Es ist ein alter VW Käfer, grün, ziemlich rostig. Mehr habe ich leider nicht für dich.“

Der Oberkommissar am anderen Ende der Leitung: „Du hast uns sehr geholfen. Ich werde sofort eine Fahndung nach dem Kfz herausgeben. So viele Möglichkeiten, welchen Weg sie nimmt, hat sie ja nicht. Du hast was gut bei mir. Wenn ich dir mal auf dem kurzen Dienstweg helfen kann, sag Bescheid. Danke noch mal und auf Wiedersehen, Adam.“

„Pożegnanie, Rainer, bis demnächst.“

Paul Kramer ist in Panik. Erst Sabrinski, dann Schwartz, jetzt Celmar. Der Immobilien-Mogul kann sich vorstellen, wohin die Blutspur führt und dass er ganz oben auf der Liste steht. Er ist sich zwar nicht völlig sicher, was hinter den unnatürlichen Todesfällen steckt, aber er spürt instinktiv, dass er seines Lebens nicht mehr sicher ist. ‚Irgendjemand räumt auf‘, geht es ihm durch den Kopf. Und plötzlich hat auch er das Gefühl, dass Erich Mirabell aus dem Grab gestiegen ist und sich an allen rächt, die am Mordkomplott gegen ihn beteiligt waren. Einen Moment lang ist er gar nicht mehr so sicher, dass sein ehemaliger Geschäftsfreund tot ist. Doch dann schiebt er die schwarzen Gedanken schnell zur Seite. „Tot ist tot“, murmelt er vor sich hin. Und er erinnert sich an die Worte, die er beim letzten Treffen der „Interessengemeinschaft“

dem Quartett mit auf den Weg gegeben hatte: „Macht doch einfach mal ein paar Wochen Urlaub. Verschwindet einfach aus der Schusslinie.“ Wie recht er damals mit der „Schusslinie“ gehabt hat, wird ihm erst jetzt klar.

Kramer sortiert in seinem Büro Akten. Dann geht er an den Wandsafe, gibt die Zahlenkombination ein und entnimmt den Fächer Geld und Papiere. Einen Großteil seines Vermögens hat der Geschäftsführer im Laufe der vergangenen Jahre schon auf einem Schweizer Nummernkonto sicher angelegt. Ein kleiner Teil liegt auf der FirstCaribbean International Bank, Caiman Islands. Somit würde einer zügigen Abreise nichts im Wege stehen.

Doch Kramer hat eine Schwäche: Er sammelt Münzen. Die zum Teil mehrere hundert Jahre alten und dementsprechend wertvollen Stücke bewahrt er im extra dafür hergerichteten Keller eines Hauses in Urdeber auf. Wenn ihm der Sinn danach steht, fährt er in das kleine Dorf unweit der Autobahn 14 im Salzlandkreis, setzt sich in den ebenso behaglich eingerichteten wie gesicherten Keller des Hauses in den großen Ohrensessel und schaut sich die Kleinodien an, die er in schwarzsamtenen Kästchen aufbewahrt. Darunter solche Raritäten wie den „1794 Liberty-Dollar“, den „1933 Double Eagle“ und die sogenannte „Brasher Doubloon“ von 1787. Drei Münzen, die zu den fünf wertvollsten der Welt gehören. Geschätzter Wert: rund vierzehn Millionen Euro. Die goldenen und silbernen, historischen Geldstücke will er auf keinen Fall zurücklassen. Ganz gleich, ob ihm der Teufel im Genick sitzt oder ein irrer Killer und die Kripo zugleich.

Kramer hat seine Unterlagen geordnet und in einen Aktenkoffer gelegt. Bevor er sich aus Deutschland absetzt, will er seiner Schatzkammer im abgelegenen Forsthaus, das er vor fünf Jahren erworben hat, noch einen letzten Besuch abstatten. Er hat selbst seinen nächsten Bekannten nichts von dieser Rückzugsmöglichkeit erzählt. Niemand weiß etwas von dem Haus in Urdeber.

Das nimmt der kriminelle Millionär zumindest an. Denn dass seine Vorzimmer-Perle Beate Wusik aufgrund ihrer langen Ohren mehr erlauscht hat als ihm lieb sein dürfte, ahnt Kramer nicht. „Wusel, ich mache für heute Schluss. Mir geht es nicht so gut. Möglich, dass ich die nächsten Tage nicht da bin. Aber der Laden läuft wohl auch eine Woche ohne mich. Und der Hellwig hat ja Prokura. Anzurufen brauchst du mich nicht. Ich stell' das Handy ab. Ich muss mal richtig ausspannen", verabschiedet sich der füllige Mann von seiner Sekretärin und lässt sie mit zwei großen Fragezeichen in den Augen zurück.

Sie kann sich nicht entsinnen, dass sich ihr Chef in den vergangenen zehn Jahren auch nur einmal auf diese Art und Weise abgemeldet hat. Absolute Erreichbarkeit – das war immer sein oberstes Gebot, was er auch seinen leitenden Mitarbeitern zu deren Ärger immer wieder predigte. Und hatte jemand – selbst im Urlaub – das Mobiltelefon auch nur eine Stunde ausgestellt, musste er im besten Fall einen Wutausbruch über sich ergehen lassen. Nun dieser überstürzte Aufbruch. Die Sekretärin wirft einen Blick hinter die dick gepolsterte Tür des Chefzimmers. Die Ordnung, die auf dem schweren Schreibtisch herrscht, ist ebenfalls unüblich. Als Wusik zudem entdeckt, dass Kramer den Safe einen Spalt offengelassen hat und sieht, dass er bis auf ein paar Steuerbelege leer ist, versteht sie die Welt nicht mehr. Sie überlegt einen kurzen Moment, ob sie den Hauptkommissar anrufen soll, mit dem sie vor einigen Tagen so nett geplaudert hat. Aber dann besinnt sie sich eines Besseren. Was sollte sie dem Kriminalisten auch sagen? Dass ihr Chef sein Eigentum mitgenommen und sich für ein paar Tage abgemeldet hat? Dass er in Gedanken den Büro-Safe offengelassen hat? ‚Die halten dich doch für verrückt', glaubt sie, nimmt den kleinen

Spiegel aus dem obersten Schreibtischfach und zieht sich die Lippen nach. Dabei überlegt sie, was sie mit dem freien Nachmittag anfangen könnte.

Kurz hintereinander werden zwei Männer zur Polizeidirektion Nord gebracht. Es sind Ministerialdirigent Karl-Edgar Strutz und Unternehmer Peter Hänze, die von je zwei Schutzpolizisten in die erste Etage des Gebäudes im Süden Magdeburgs eskortiert werden. Dort, unweit des einstigen größten Industriekombinats der Stadt und räumlich getrennt von den übrigen Fachkommissariaten, hat die Mordkommission ihren Sitz.

Hartmut Mueller tippt, wie immer, wenn er in Gedanken ist, an das kleine Wackelskelett auf seinem Schreibtisch, als es klopft. Auf sein „Herein!" steckt ein Polizeihauptmeister den Kopf durch den Türspalt. „Die beiden Vorgeführten wären jetzt da."

Der FK2-Chef nickt: „Und Kramer?"

Der Schutzpolizist hebt die Schultern: „Tut mir leid, Darum kümmern sich die Kollegen eines anderen Einsatzwagens."

„Na gut. Dann eben zuerst den Bauunternehmer aus Hannover."

Sekunden später sitzt ein blasser Mann vor ihm. Die Krawatte nachlässig gebunden, den obersten Knopf seines Hemdes geöffnet. Nervös zupft sich Hänze an der linken Seite seines Oberlippenbartes. Nicht zum ersten Mal, wie es aussieht, ist die Stelle oberhalb des Mundwinkels doch schon so gut wie kahl, was sein Gesicht ein wenig ungleichmäßig erscheinen lässt.

„Bitte, nehmen Sie Platz", deutet Mueller auf den Stuhl vor seinem Schreibtisch. Dann macht er sich wortlos Notizen. Nicht, dass diese Aufzeichnungen in diesem Moment wichtig wären, aber dieses anfängliche Nichtbeachten eines Verdächtigen, der zum Verhör vorgeführt wird, hat sich während seiner vielen Jahre bei der Polizei bewährt. Und auch bei dem Bauunternehmer verfehlt diese Vorgehensweise seine Wirkung nicht.

Da Hänze links nichts mehr zum Zupfen findet, wechseln seine Finger auf die rechte Seite. War seine Stirn zuvor nur mit einem leichten Film überzogen, läuft ihm jetzt der Schweiß in dicken Tropfen über die Brauen, so dass er seine Brille absetzen und sich die Augen wischen muss.

„Herr Hänze", blickt der Ermittler völlig unvermittelt von seinen Papieren hoch, und der Angesprochene zuckt zusammen, als hätte ihn Mueller bei etwas Verbotenem ertappt. „Herr Hänze", wiederholt er, „Sie wissen, warum Sie hier sind?"

Der Gefragte schüttelt den Kopf: „Nein, und wenn ich die Strafprozessordnung richtig im Kopf habe, müssten Sie mir doch zumindest sagen, ob ich hier als Zeuge oder als Beschuldigter vernommen werden soll."

„Herr Hänze, im Moment sitzen Sie als Zeuge hier. Das dürfte für Sie doch nichts Neues sein. Denn nach Aktenlage sind Sie schon vor zehn Jahren im Zusammenhang mit dem Mord am Unternehmer Hans Mirabell mehrfach befragt worden."

Der Niedersachse nickt und fährt sich mit der Hand durch das schüttere graue Haar. „Ja natürlich. Aber dann brauche ich Ihnen ja wohl auch nicht zu sagen, dass ich ohne meinen Rechtsbeistand Ihre Fragen nicht beantworten brauche. Es steht mir zu, dass ich meinen Rechtsanwalt anrufe", scheint Hänze wieder Oberwasser zu bekommen.

Mueller geht zur Tür und ruft einen Schutzpolizisten heran: „Sorgen Sie dafür, dass der Zeuge telefonieren kann. Ein Anruf mit seinem Anwalt. Schicken Sie mir inzwischen Herrn Strutz herein."

Tanja Papenburg hat einen Plan gefasst. Einen verrückten, wie sie sich selbst eingestehen muss. Aber sie will etwas Verwertbares in die Hand bekommen, um so zu beweisen, dass Paul Kramer als Auftraggeber für den Tod der zwei Frauen aus dem „Kalinka" verantwortlich ist. Und wie sie ihm dieses Geständnis abpressen kann, darauf ist sie gekommen, als sie nachschauen wollte, was im Handschuhfach des VW so nervig klappert. Sie hatte das Fach auf der Beifahrerseite geöffnet, und ihr war ein Revolver entgegengefallen. Sie war von der A 2 abgefahren und hatte sich die Waffe näher angesehen. Die Großbuchstaben PTB für „Physikalisch-Technische Bundesanstalt" in einem Kreis sagten ihr, dass es sich um einen Schreckschuss-Revolver handelt. Ihr Mann Oliver, der sich mit solchen Sachen auskennt, hatte ihr mal im Zusammenhang mit einem Kriminalfall die Unterschiede zwischen einer scharfen und einer Schreckschusswaffe erklärt.

Tanja Papenburg hatte eine knappe Stunde nachgedacht und sich dann entschlossen, ihr Ding durchzuziehen. ‚Du hast etwas angefangen, Tanja', hatte sie sich gesagt, ‚das bringst du nun auch zu Ende', und sie hatte dabei so sehr auf das Lenkrad geschlagen, dass das Auto auf seinen ausgeschlagenen Federn zu wippen begann.

Insgeheim hofft sie natürlich auch, dass sich die Konsequenzen – und sie weiß schon, dass sie sich wegen ihrer amateurhaften Ermittlungen verantworten muss – so in Grenzen halten könnten. Sie will Kramer mit vorgehaltener Waffe zum Reden zwingen. Sein Geständnis will sie dokumentieren. Doch dafür braucht sie ein Aufnahmegerät.

Jetzt, wo sie einen Plan hat – selbst, wenn dieser der völlig verrückten Kriminalgeschichte, in der sie sich verfangen hat, den i-Punkt aufsetzt – fühlt sie sich besser. Sie fährt wieder auf die Autobahn und Magdeburg entgegen.

„Herr Strutz, sind Sie eigentlich lebensmüde?", überfällt Hartmut Mueller sein Gegenüber, kaum, dass er sich hingesetzt hat.

„Lebensmüde? Wieso, hm, lebensmüde?“ entgegnet ihm der Ministerialdirigent.

„Na, anders kann ich es mir nicht erklären, dass Sie so gemütlich zu Hause sitzen oder im Büro oder sich auf die Straße wagen. Wissen Sie eigentlich, dass Sie der Nächste sein könnten, dem das Licht ausgeblasen wird? Und nun erzählen Sie mir bloß nicht, dass sie vom kürzlichen Ableben ihrer Geschäftspartner Schwartz und Celmar nichts wissen!“

„Was, Angelica auch? Nein, das habe ich wirklich nicht gewusst“, antwortet der Mann mit dem bluthochdruckroten Gesicht und tupft sich Stirn und Wangen. Als ob er die Todesgefahr, die ihm plötzlich mit aller Macht bewusst wird, greifen kann, fährt sich der Unternehmer mit den schwarz gefärbten Haaren mit Zeige- und Mittelfinger zwischen Hemdkragen und Hals. Er lockert seine dezent gemusterte Krawatte und bittet um ein Glas Wasser.

Mueller greift rechts neben seinen Schreibtisch und stellt eine Flasche Sprudel vor den Zeugen. Aus einem Rollschrank hinter seinem Drehstuhl nimmt er einen Pappbecher und schiebt ihn Strutz herüber.

„Ich sehe, Sie haben den Ernst der Lage erkannt …“

Er wird unterbrochen, weil sich die Tür einen Spalt öffnet. Die Stellvertreterin des Ersten Kriminalhauptkommissars winkt mit dem Zeigefinger: „Hartmut, kommst du mal kurz.“

„Was gibt es denn?“, knurrt der so Gestörte, geht aber trotzdem zur Tür. „Einen Moment bitte, Herr Strutz.“

„Was gibt es denn so Dringendes?“, fragt er erneut.

„Die Kollegen sind gerade zurück, die Kramer zur Vernehmung holen sollten. Die Sekretärin hat gesagt, dass er kurz vor Mittag das Büro verlassen hat. Und er hat für die nächsten Tage alle Termine abgesagt. Sein Verhalten sei ihr komisch vorgekommen. Zumal sie festgestellt habe, dass ihr Chef seinen Safe geleert und ihn sogar offen gelassen hat. Kramer soll sich schon in den letzten Tagen nicht sonderlich wohl gefühlt haben. Frau Wusik meint, dass er sich vielleicht ein paar Tage in der Sonne gönnt. Die Aufwartefrau in Kramers Haus hat gesagt, dass er noch nicht von der Arbeit zurück ist. Aber das sei nichts Besonderes, weil er häufig erst nachts komme. Soll ich über die Staatsanwaltschaft einen Haftbefehl beantragen lassen?"

„Ach Unsinn, was haben wir denn gegen ihn in der Hand? Selbst wenn der Baumann einen Haftbefehl beantragt, damit fliegen wir doch sofort beim Haftrichter raus. Im Grunde genommen wissen wir nicht viel mehr als vor zehn Jahren. Nur, dass wir anstatt eines Toten nun fünf Ermordete haben. Aber hör dich doch mal über die Bundespolizei bei den Flugplätzen um, ob Kramer wirklich einen Flug gebucht hat. Inzwischen konzentrieren wir uns erst einmal auf die beiden anderen. Ich glaube, bei dem Strutz ist etwas zu machen – wenn ich nicht laufend gestört werde", droht er der Hauptkommissarin abschließend mit dem Finger.

Tanja Papenburg fährt wenige Kilometer vor der sachsen-anhaltischen Landeshauptstadt von der Autobahn ab. Nach wenigen Kilometern erreicht sie Burg, die Kreisstadt des Jerichower Landes. Am Markt sucht sie sich eine Parklücke und dann nach einem Elektronik-Laden. ‚Nur gut, dass mir Kamila die hundert Euro mitgegeben hat', fühlt sie nach der Banknote in ihrer Tasche. Nach kurzer Zeit hat sie in einer Nebenstraße ein Geschäft für Heimelektronik gefunden. Das preiswerteste Gerät, das angeboten wird, kostet 97 Euro. Tanja legt den Schein neben die Kasse und steckt das kleine „Diginotice" in die Tasche.

Über die Bundesstraße fährt sie weiter Richtung Magdeburg. An der Kreuzung, wo sie sonst immer abbiegt, wenn sie nach

Hause fährt, überlegt sie einen Moment lang, ob sie nicht lieber nach Wahlbrück fahren, ihren Mann in die Arme schließen und die ganzen Wirren der letzten Tage einfach ausblenden soll. Für einen kurzen Augenblick wird ihr Verlangen übergroß. Doch irgendetwas hält sie erneut davon ab, diesen vernünftigen Schritt zu tun. „Nein!“, sagt sie laut. Und noch einmal: „Nein!“ Sie denkt an die Worte im Sex-Mobil an der E 28: „Du hilfst Kolleginnen aus Ukraine. Wir helfen deutsche Frau.“

Die Anwältin parkt unweit des Büros der Paul Kramer Immobilien GmbH und geht die letzten Schritte zu Fuß. Sie drückt den Klingelknopf unter dem Schild „Sekretariat“.

„Ja bitte, was wünschen Sie“, schnarrt es mit arrogantem Unterton aus dem kleinen Lautsprecher.

„Mein Name ist Papenburg, Tanja Papenburg. Wir haben schon einmal miteinander telefoniert, erinnern Sie sich? Ich hatte Ihnen gesagt, dass ich Herrn Kramer sprechen möchte und dass es um etwas sehr Privates geht?“

„Ach ja, Frau Papenburg. Aber Herr Kramer ist nicht da.“

„Kann ich trotzdem hereinkommen? Vielleicht können Sie mir ja auch weiterhelfen.“

Die Neugierde Beate Wusiks ist geweckt. Der Summer ertönt. Kurz darauf öffnet sich die Vorzimmertür, und Tanja Papenburg tritt ein.

„Da haben Sie aber Glück gehabt, dass Sie mich noch antreffen. Ich war gerade im Gehen“, lächelt die Sekretärin die Anwältin in Vorfreude an, vielleicht gleich etwas Interessantes über das Liebesleben ihres Chefs zu erfahren. Denn ihr eigenes glimmt seit geraumer Zeit nur auf Sparflamme. Und selbst das ist noch übertrieben. „Womit kann ich Ihnen also helfen?“

Tanja Papenburg, die den untrüglichen Instinkt einer Frau hat, dass ihr jemand gegenübersitzt, der gern tratscht und sich genauso gerne Klatsch anhört, verdreht die Augen nach oben: „Ach, wissen Sie, so von Frau zu Frau, ich bin ja ein wenig enttäuscht von Paul, ähem, von Herrn Kramer. Wir hatten wirklich ein paar schöne Tage – sie verstehen, was ich meine – aber nun meldet er sich nicht mehr. Er hat mir allerdings erlaubt, dass ich mich jederzeit in seinem Büro melden kann. Frau Wusik ist meine Vertrauensperson. ‚Die hilft Dir schon weiter, mein kleines Teufelchen' – ja, so nennt er mich immer – ‚wenn du Probleme hast' …"

Die Sekretärin fühlt sich von so viel Lob geadelt. Natürlich hat sie schon immer geahnt, dass ihr Chef eine Menge von ihr hält, das aber nur nicht so ausdrücken kann. Doch es geht ihr runter wie Öl, die eigene hohe Meinung von sich selbst nun auch von einem Dritten bestätigt zu bekommen. „Und warum melden Sie sich nicht zu Hause bei ihm?"

„Ach, wissen Sie", spielt Papenburg das verschämte Mädchen, schaut auf den Boden und schafft es beinahe zu erröten: „Wir haben uns ja nie bei ihm getroffen. Einmal bei mir, als mein Mann nicht da war, und sonst hat er etwas in einem kleinen Hotel arrangiert. Es sollte wohl nicht publik werden, mit wem er, wie soll ich sagen … na, Sie wissen schon. Und dann: Ich bin ja verheiratet. Und an sein Handy ist er in den letzten Tagen nicht gegangen."

Beate Wusik nickt so heftig, dass ihr die feuerrot gefärbten Locken ins Gesicht fallen. War doch ihre letzte Beziehung auch die mit einem verheirateten Mann. Der hatte es aber nach ein paar wilden Monaten dann doch vorgezogen, bei Frau und Kindern zu bleiben.

„Ja, ja die Männer", seufzt sie. „Am besten ist, man bleibt allein. Sehen Sie, ich habe mir einen Kater angeschafft. Der freut sich, wenn ich nach Hause komme, ist handlich, widerspricht nicht, kostet kaum Geld. Und seitdem er kastriert ist, bleibt er am liebsten zuhause. Kennen Sie so einen Mann?", schmunzelt sie.

Tanja Papenburg schüttelt den Kopf voller gespielter Anteilnahme. „Das Einzige, was mir nicht so gut gefallen würde, wäre das mit dem Kastrieren. Aber können Sie mir nicht verraten, wo ich Ihren Chef finde."

„Kindchen, das hat mich vorhin die Polizei auch schon gefragt", sagt die Mittfünfzigerin, die aus einiger Entfernung immer noch als um die vierzig durchgeht.

„Die Polizei war hier?" Und diesmal ist die Überraschung der Anwältin echt. „Was hat Paul denn mit der Polizei zu tun?"

„Eigentlich dürfte ich ja gar nicht darüber sprechen", beugt sich Wusik vertraulich zu ihrer vermeintlichen Leidensgefährtin hinüber. „Aber Sie sind ja eine *sehr, sehr* gute Freundin", schnurrt sie und betont dabei mit einem verstehenden Augenaufschlag das ‚Sehr, sehr'. „Das geht schon eine ganze Weile. Es betrifft wohl eine alte Sache. Ein Geschäftsfreund von Herrn Kramer ist vor rund zehn Jahren auf bis heute ungeklärte Weise ums Leben gekommen. Die Kripo lässt den Chef einfach nicht in Ruhe. Immer wieder muss er aufs Revier, oder die Polizei kommt unangemeldet ins Büro. Letztens erst ein Herr Mueller oder Mayer, ganz genau weiß ich das nicht mehr. Übrigens eine stattliche Erscheinung von Mann. Zwar mit etwas zu kurzen Haaren für meinen Geschmack. Aber ein Kreuz wie ein Möbelpacker und kein Gramm Fett zu viel. Den würde ich mir schon hinbiegen", bekommt Beate Wusik einen verträumten Blick.

Tanja Papenburg schaut verstohlen zur Uhr. Einerseits will sie Kramers Sekretärin nicht verprellen, andererseits hat sie das Gefühl, die Zeit läuft ihr davon. „Und was wollte dieser Mueller oder Mayer?"

„Was im Zimmer von Herrn Kramer gesprochen wurde, weiß ich natürlich nicht. Aber bevor der Chef kam, haben wir uns ein Viertelstündchen unterhalten. Und ich habe dem Kommissar von den gemeinsamen Kartenabenden erzählt, an der immer dieselbe Runde teilnimmt. Alles alte Bekannte aus Niedersachsen – noch vor der Wende. Und dass es ein paar Tage zuvor einen riesigen Krach hier bei uns in der Firma gegeben hatte – irgendetwas mit Ukrainern spielte da eine Rolle. Und dass man diese Ukrainer nicht wieder hätte anheuern sollen. Ob der Herr von der Kriminalpolizei damit etwas anfangen konnte, weiß ich nicht. Aber für mich war das ein Buch mit sieben Siegeln."

Für Tanja Papenburg hingegen sind die Zusammenhänge sofort klar. Aber sie hütet sich, der geschwätzigen Frau nur ein Sterbenswörtchen zu verraten. Sie nickt lediglich und fragt: „Aber nun zu meiner Frage: Wie kann ich meinen ‚Mausebär' erreichen?"

„Was ich Ihnen jetzt sage, weiß neben Herrn Kramer sicherlich nur ich. Und nicht etwa, weil er es mir verraten hat, sondern, weil man als gute Sekretärin seine Augen und Ohren überall haben muss und somit viele Dinge mitbekommt", macht sie es spannend.

Die Rechtsanwältin wippt unter dem Tisch nervös mit dem Fuß. Im Umgang mit ihren Mandanten hat sie eigentlich Geduld gelernt. Aber diese Frau strapaziert ihr sowieso schon löchriges Nervenkostüm bis an die Grenze des Erträglichen.

„Und was ist nun das große Geheimnis?", versucht sie ihre innere Unruhe zu verbergen und freundlich zu bleiben.

„Herr Kramer hat eine Art Refugium. Dort fährt er immer dann hin, wenn ihm mal wieder alles zu viel wird. Es ist ein altes Forsthaus in Urdeber, einem Dorf irgendwo zwischen Staßfurt und Schönebeck. Vor ein paar Stunden hat er seine Sachen gepackt und mir gesagt, dass er ein paar Tage ausspannen will. Auch, dass er sein Telefon abstellen will, um nicht gestört zu werden. Er schien ganz schön durch den Wind zu sein. Ich bin mir fast hundertprozentig sicher, dass er auf sein Waldgrundstück gefahren ist. Versuchen Sie ihr Glück, Kindchen."

Tanja Papenburg steht auf und sagt mit Kreide in der Stimme: „Vielen, vielen Dank! Wir Frauen müssen ja schließlich auch zusammenhalten, damit uns die Männer nicht unterbuttern." Und sie setzt noch eins drauf: „Wenn das mit Paulchen und mir klappt, und ich erst einmal geschieden bin, laden wir Sie natürlich als Ehrengast zu unserer Traumhochzeit in Las Vegas ein. Vielleicht sogar als Trauzeugin."

Sie drückt die Hand der Rothaarigen mit den langen, rotlackierten Fingernägeln und verlässt eilig das Sekretariat. Vor der Tür bleibt sie für einen Augenblick stehen und schnauft dreimal tief durch. ‚So etwas ist nichts für mich', ist sie sich sicher. Und: ‚Lieber Gott bewahre mich vor solch einer Sekretärin.'

„So, Herr Strutz, nun wieder zu uns beiden. Ich hatte Sie gerade gefragt, ob Sie lebensmüde sind?" nimmt Mueller die unterbrochene Befragung wieder auf. „An Ihrer Reaktion vorhin habe ich gemerkt, dass dies nicht der Fall zu sein scheint. Ich möchte Sie aber warnen: Über Ihnen schwebt ein Damoklesschwert. Und kein kleines. Wir gehen davon aus, dass ein Auftragsmörder Ihrem ‚Club' ans Leder will. Können Sie sich vorstellen, warum?"

Der Wirtschaftsbeamte schluckt ein paar Mal. Sein ausgeprägter Adamsapfel hüpft dabei hin und her. Mueller gibt ihm Zeit, sich zu sammeln. Spürt er doch, dass die Todesangst Strutz weichgeklopft hat. Nach ein paar Minuten gibt sich der Ministerialdirigent einen Ruck: „Herr Kommissar, wenn ich kooperiere, was springt dann für mich dabei heraus?"

„Also, versprechen kann ich Ihnen gar nichts. Aber, wenn Sie mit uns zusammenarbeiten, macht das immer einen guten Eindruck bei der Staatsanwaltschaft und beim Gericht."

Der Verhörte wiegt den Kopf langsam von links nach rechts und wieder zurück. „Eine Zusage hört sich anders an. Aber mir bleibt wohl nichts anderes übrig, als mich auf diesen unsicheren Deal einzulassen. Ich will ja schließlich noch ein paar Tage leben."

„Herr Strutz, ich spiele jetzt mit offenen Karten. Es gäbe da eine Sache, bei der Sie uns wirklich helfen könnten. In erster Linie geht es uns darum, denjenigen zu fassen, der fünf Morde, wahrscheinlich sogar sechs, auf dem Gewissen hat. Erst in zweiter Hinsicht interessiert uns das kriminelle Kartell um Ihren Geschäftsfreund Paul Kramer. Ich mache Ihnen einen Vorschlag, den Sie sich überlegen können. Falls Sie zustimmen, lege ich bei der Staatsanwaltschaft ein gutes Wort für Sie ein, dass Sie als Kronzeuge akzeptiert werden. Aber ehe Sie ja oder nein sagen, will ich Ihnen noch genau sagen, worum es bei der sogenannten Kronzeugenreglung geht."

Der Erste Kriminalhauptkommissar nimmt das Strafgesetzbuch vom Schreibtisch und erklärt: „Der Paragraph 46b ermöglicht es den Strafgerichten, wenn ein Täter ‚… durch freiwilliges Offenbaren seines Wissens wesentlich dazu beigetragen hat, dass eine Tat nach Paragraph 100a Abs. 2 der Strafprozessordnung aufgedeckt werden konnte …' oder ‚… freiwillig sein Wissen so rechtzeitig einer Dienststelle offenbart, dass eine Tat nach Paragraph 100a Abs. 2 der Strafprozessordnung, von deren Planung er weiß, noch verhindert werden kann …', die Strafe zu mildern oder ganz von Strafe abzusehen, sofern das Hauptverfahren noch nicht eröffnet worden ist. Haben Sie das verstanden?"

Strutz zuckt mit den Schultern.

„Gut, dann ganz einfach mit meinen Worten: Wenn Sie uns helfen, den Mörder hinter Gitter zu bringen, wird Ihre Strafe geringer ausfallen. War das klarer?"

Strutz nickt.

Artem Sidorenko hat eine weitere Nacht in der kleinen Pension seines Armeekameraden verbracht. Am Abend nach dem Mord an Angelica Celmar hatten er und sein Landsmann zwei Literflaschen Wodka gekauft, aber leider nur russischen „Staraja Moskwa" bekommen, keinen ukrainischen. Sidorenko hatte Nazar Petrow erneut genötigt, mitzutrinken. Doch der war schon nach der ersten Flasche unter den Tisch gerutscht. „Slabowilnui ljudina – Schwächling", hatte der „Skorpion" nur gegrinst und dem schnarchenden Pensions-Vater einen leichten Tritt mit dem Fuß gegeben. Dann hatte er die zweite Flasche „Wässerchen" geköpft und war, nachdem er sie zur Hälfte geleert hatte, melancholisch geworden. Wenig später war die schluchzende Stimme des Auftragsmörders durch das offene Fenster über den Pensions-Hof geschallt. Mit Inbrunst sang Sidorenko das wohl hundert Jahre alte „Schtschedryk", das die Geschichte einer Schwalbe erzählt, die zu einem Mann fliegt und ihm prophezeit, dass ihm im kommenden Frühling sehr viel Gutes widerfahren wird.

Der S.d.s.-Mann dachte zum ersten Mal daran, auszusteigen. Mit fünfzig wäre es langsam an der Zeit, sich zur Ruhe zu setzen, war er nach dem nächsten Glas plötzlich überzeugt. ‚Bis jetzt sind ja meine Reflexe noch tadellos', taxierte er sich selbst. ‚Aber die Sache mit dem Knöchel sollte mir eine Warnung sein', ging ihm durch den Kopf. ‚So etwas ist mir in den vielen Jahren noch nie passiert.' Und er kennt die ehernen Gesetze von „Smert do sradnikiw". Fehler werden nicht toleriert. Wer Gefahr läuft, die Organisation zu gefährden, ist so gut wie tot. Da kennt die Mörder-Bruderschaft kein Pardon. Finanziell hätte er es nicht mehr nötig, als Auftragskiller in der Welt herumzureisen. Ein Großteil seiner Honorare liegt gut angelegt auf einer zypriotischen Bank. Aber Sidorenko weiß auch, dass Aussteigen nicht so einfach ist. Nur in Ausnahmefällen gibt der Hohe Rat der Organisation die Erlaubnis, sich mit einer neuen Identität irgendwo auf dem Erdball ein Leben nach S.d.s. aufzubauen. Allerdings muss man sich mit einer beträchtlichen Summe freikaufen. Wer das zu umgehen und es auf eigene Faust versucht, wird zum Freiwild erklärt, auf das ein Kopfgeld ausgesetzt wird. Die eigenen Kollegen machen dann gnadenlos Jagd auf den Abtrünnigen. Doch das war Sidorenko am Vorabend egal gewesen.

Am nächsten Morgen ist sich der „Skorpion" längst nicht mehr so sicher, dass er seinen Job an den Nagel hängen will. ‚Die Sache ziehst du noch bis zu Ende durch', sagt er sich und rüttelt Petrow, der immer noch neben dem Sofa liegt, grob an der Schulter. „Komm, Kamerad, geschlafen ist genug. Wir haben noch drei Fischlein zu angeln. Den größten heben wir uns als krönenden Abschluss auf", sagt er, und dabei verzieht sich sein Gesicht zu einem bösen Grinsen.

Nazar Petrow zieht sich an der Tischkannte hoch und schaut Sidorenko mit geröteten Augen an. „Fische? Wieso Fische? Willst du angeln gehen? Jetzt, im Winter?", fragt er noch etwas orientierungslos.

„Sadurjuwati, Dummkopf!", schimpft der Auftragsmörder. „Du verstehst aber auch rein gar nichts. Aber das ist wohl auch gut so. Wie heißt es doch in Deutschland: ‚Was ich nicht weiß, macht mich nicht heiß.' Spritz dir Wasser ins Gesicht und zieh dich an. Dann haust du uns ein paar Eier mit Speck in die Pfanne, und anschließend statte ich einem guten Freund einen kleinen Abschiedsbesuch ab."

Und da war er wieder, der diabolische Gesichtsausdruck.

Nur gut, dass in der Seitentasche der Beifahrertür ein etwas zerfledderter, aber immer noch gut lesbarer Europa-Atlas steckt. Tanja Papenburg wischt mit dem Zeigefinger über den Sachsen-Anhalt-Teil. Sie sucht zwischen Schönebeck und Staßfurt nach Urdeber. Den Ort, den Kramers Sekretärin als das Rückzugsgebiet ihres Chefs bezeichnet hatte. Und sie hat Glück, ein winziger Punkt auf der Straßenkarte weist auf die gesuchte Gemeinde hin.

Die Rechtsanwältin nimmt die Autobahn 14 bis Schönebeck und fährt von dort über die Landstraße bis nach Urdeber. In der Dorfmitte hält sie an einem kleinen Platz mit einem verschneiten Denkmal an, das an die Gefallenen der Gemeinde im Ersten Weltkrieg erinnert. Eine Frau mit blau gepunktetem Kopftuch schiebt Schnee auf dem Weg um den Stein mit Eisenadler und Gedenkplatte, auf der die Namen der Toten aufgelistet sind.

Tanja Papenburg kurbelt das Fenster herunter und fragt die Greisin: „Entschuldigen Sie, hier soll es in der Nähe ein altes Forsthaus geben. Können Sie mir sagen, wie ich das finde?"

Das alte Mütterchen tritt ans Auto heran und hält die rechte Hand trichterförmig an ihr Ohr. „Ich habe Sie nicht verstanden. Ich höre nämlich nicht mehr so gut. Naja, mit neunzig ist das wohl auch kein Verbrechen", kichert sie leise vor sich hin. „Aber ansonsten bin ich noch ganz gut zugange. In meinen Haushalt lasse ich mir von keinem reinreden, und zweimal die Woche schaffe ich hier am Kriegerdenkmal Ordnung. Von den Jungen kriegt doch keiner den Hintern hoch. Und außerdem stehen hier meine zwei Brüder dran." Sie zeigt auf die Gedenkplatte und sagt: „Hans und Walter Brüschel. Der Kleine war siebzehn, als er 1915 bei der Ypern-Offensive in Flandern starb. Walter fiel mit zwanzig im Juli 1918 an der Marne in Frankreich, wenige Tage vor Kriegsende. Doch das wollten Sie doch bestimmt nicht wissen, Fräuleinchen. Verzeihen Sie einer alten geschwätzigen Frau. Aber so oft habe ich nicht die Gelegenheit, mit jemanden zu sprechen."

Tanja Papenburg nickt freundlich: „Für neunzig hätte ich Sie beileibe nicht gehalten. Höchstens für Mitte siebzig", und erntet dafür ein Lächeln. „Ich wollte wissen, wo es hier zum alten Forsthaus geht."

Die Frau nickt zwei-, dreimal und zeigt dann die Dorfstraße hinunter. „Bis zur nächsten Kreuzung, dann biegen Sie rechts ab. Nach einigen Metern kommt links ein Waldweg. Da ist zwar eine Schranke, aber die können Sie hochheben. Der Waldweg ist ganz gut befahrbar. Er führt Sie direkt bis zum gräflichen Forsthaus, wie wir Alten den Flecken immer noch nennen."

Die Anwältin bedankt sich bei der Frau. Dann fährt sie Richtung Kreuzung.

„Hohenacker", sagt Sidorenko schroff und zeigt mit dem Zeigefinger nach vorn, als wolle er die Windschutzscheibe von Petrows Wagen durchstechen.

„Das liegt auf der anderen Seite der Elbe, nicht weit von Magdeburg-Cracau entfernt. Das Dorf ist vor ein paar Jahren eingemeindet worden. Ich habe da einen guten Bekannten, der hat ein Fuhrunternehmen …"

„Quatsch nicht so viel, Petrow. Ich will hier keinen Heimatkundevortrag hören, und dein Bekanntenkreis interessiert mich noch weniger. Das sind mir die Richtigen: Abends nach drei Gläsern Wodka schlappmachen und am nächsten Tag – wie sagt man doch hier – das Huhn vom Nest reden. Fahr zu!"

‚Das ist die letzte Fahrt, die du für diesen Teufel machst!', ärgert sich Nazar Petrow. Aber ihm wird, kaum, dass er diesen Gedanken gedacht hat, klar, dass er sich aus dem Würgegriff Sidorenkos nicht befreien kann. Er hofft nur, dass seine Frau und seine Tochter nicht früher nach Hause kommen und wie er in die Sache hineingezogen werden.

Die Fahrt verläuft schweigend. Sidorenko hat die Augen geschlossen und seinen Kopf gegen das Seitenfenster gelehnt. Es sieht so aus, als würde er schlafen. Aber Petrow weiß genau, dass sein Landsmann hellwach ist und wie eine Katze jedes Geräusch, jede Bewegung registriert, immer bereit, zu reagieren und sich seiner Haut zu erwehren, den entscheidenden Bruchteil einer Sekunde schneller zu sein als sein Gegner. Und als wolle Sidorenko die Überlegungen Petrows bestätigen, zischt ihn der S.d.s.-Mann an: „Was siehst du mich so an? Guck auf die Straße! Sonst brechen wir uns noch den Hals."

Nach einer knappen Dreiviertelstunde taucht vor den beiden Männern das gelbe Ortsschild auf: „Hohenacker", und darunter der Zusatz „Landeshauptstadt Magdeburg".

„So, fahr mal die Hauptstraße hoch. Ich such' nach einem größeren Anwesen mit Garten."

Im Schritttempo rollt der Pickup die menschenleere Kopfsteinpflasterstraße entlang. Wären da nicht der festgefahrene Schnee und die Wölkchen über einigen Schornsteinen, könnte man glatt annehmen, dass der Ort menschenleer ist. Hinter der nächsten Biegung taucht vor Sidorenko und Petrow eine Backsteinkirche auf. Mit langen Eiszapfen an den kupfernen Regenrinnen. Die neuen Bleiglasfenster zeugen davon, dass das Gotteshaus vor noch nicht allzu langer Zeit renoviert worden sein muss.

„Halte hier an", sagt Sidorenko. „Du wartest hier. Und lass dir ja nicht einfallen, ohne mich loszufahren. Du weißt schon, dass mein Arm lang ist."

Der Auftragsmörder tastet nach der Makarow in der einen und dem Navy-Messer in der anderen Manteltasche. Die beiden Waffen, mit denen er trefflich umzugehen versteht, gaukeln ihm Sicherheit vor. Er schaut die Straße entlang. Doch auf dieser Seite der Kirche sieht er kein Haus, auf das die Beschreibung passt, die ihm Schwartz gegeben hatte, kurz bevor er starb.

Der Mann mit dem schmalen Gesicht und dem Oberlippenbart humpelt um die Kirche herum, und ihm fällt ein parkähnlicher Garten auf. Der Zugang ist ein großes schmiedeeisernes Tor zwischen dicken Pfeilern, die von zwei steinernen Löwen gekrönt werden. Auch, wenn er kein Namensschild entdecken kann, ist er sich sicher, dass er das richtige Anwesen gefunden hat. Er geht an der hohen Mauer entlang, bis er zu einer kleinen Tür kommt. Er drückt die Klinke nach unten und wundert sich, dass sie nicht verschlossen ist. Von der Tür führt ein mit grobem Sand abgestumpfter Weg zu einem gläsernen Gewächshaus. Sidorenko haucht eine Scheibe an und reibt sich die Sicht frei. Das Gewächshaus ist leer. Lediglich ein paar Holzkisten, einige Gartengeräte und einen zusammengerollten Schlauch kann der Mann erkennen.

Sich nach allen Seiten absichernd, geht er den Weg in Richtung des Hauses mit der großen Terrasse vor dem abgedeckten Schwimmbecken weiter. Hinter einem schneebedeckten Busch beobachtet er den hinteren Teil des Gebäudes. Doch durch die große Glasfront kann er nicht erkennen, was sich im Haus abspielt. Die Gardinen sind zugezogen.

Tanja Papenburg hat den „Käfer“ vor der Schranke – einem grob behauenen Baumstamm auf zwei stabilen Astgabeln – abgestellt. Gleich daneben ein Hinweisschild: „Betreten des Grundstücks nur mit Genehmigung des Eigentümers!“ Doch das interessiert die Rechtsanwältin nicht. Sie nimmt den Schreckschuss-Revolver aus dem Handschuhfach des Autos und steckt ihn in ihre linke Tasche, in der anderen hat sie das kleine Aufnahmegerät.

Tanja Papenburg bückt sich unter der Sperre hindurch und sieht am Ende des Weges das gesuchte Jagdhaus. Davor steht ein Fahrzeug, eine schwarze Mercedes S-Klasse. ‚Jetzt ist noch Zeit, umzukehren‘, flüstert ihr erneut eine innere Stimme zu. Doch wieder kämpft sie dagegen an, einfach fortzulaufen. Sie benutzt den äußersten Rand der geräumten Zufahrt, auf deren beiden Seiten sich hohe Schneeberge auftürmen. Als sie nur noch wenige Schritte vor dem Haus, das aus einem Erd- und einem Obergeschoss besteht, entfernt ist, fallen ihr zuerst die vielen Geweihe auf, die die Vorderfront unter dem langen Balkon zieren. Über dem Eingang des Gebäudes ein besonders schönes Exemplar mit zwölf Enden.

Als sie vor der Tür steht, wird ihr schlagartig bewusst, dass sie sich überhaupt noch keine Gedanken darüber gemacht hat, wie sie in das Jagdhaus hineingelangt. Einfach läuten? Sie bezweifelt, dass ihr Kramer aufmachen würde. Je länger sie überlegt, desto klarer wird ihr, wie unüberlegt die ganze Sache ist. Sie hat vom Ende aus gedacht. Von dem Augenblick an, da sie mit vorgehaltener Waffe vor dem Mann steht und ihn zwingt, vor dem laufenden Aufnahmegerät auszupacken. Aber wie sie in das Haus hineinkommt? Ob Kramer allein ist, oder ob er von Bodyguards beschützt wird? Das alles und bestimmt noch vieles mehr, an das sie noch gar nicht denkt, weiß sie nicht. Ja, nicht mal, ob Kramer überhaupt im Haus ist.

Doch Tanja Papenburg ist fest entschlossen, die Sache zu Ende zu bringen. Sie geht zur Hinterfront des Gebäudes und hat Glück. Sie findet dort ein kleines Fenster, das einen Spalt offen steht. Sie drückt es ein Stück weiter auf und sieht, dass es sich um eine Art Gästetoilette handelt. Die Anwältin öffnet das Fenster vollständig und steigt ein.

Paul Kramer sitzt in einem kleinen Kellerraum des Jagdhauses. In das „Münzen-Zimmer“, wie der Millionär dieses in sanften Terrakottafarben gehaltene Geviert nennt, gelangt man nur durch eine codegesicherte Tür, die sich zudem noch versteckt hinter einem verschiebbaren Weinregal befindet. Vor sich auf einem Tisch, der mit schwarzem Samt bezogen ist, liegen vier Kästchen. Darin glitzern die goldenen und silbernen Münzen, in mattes Licht getaucht von zwei Deckenleuchten direkt darüber.

Kramer zieht eines der Behältnisse näher zu sich heran und beugt sich nach vorn, um seine Schätze besser betrachten zu können. Er hat sich einen weichen Handschuh übergestreift, nimmt vorsichtig eine kleine goldene Münze aus dem ersten ausgepolsterten Kasten. Beinahe liebevoll dreht er das Stück zwischen Daumen und Zeigefinger. Als ob er die Buchstaben heute zum ersten Mal sieht, formen seine Lippen die Inschrift am oberen Rand: „UNITED STATES OF AMERICA“ und darunter „TWENTY DOLLARS“. Er hält die Münze noch ein bisschen näher an die Augen und erkennt nun ganz deutlich die zwei fast parallel fliegenden Adler über einer Sonne und den Wahlspruch auf dem unteren Rand: „IN GOD WE TRUST YOU“ – der „1933 Double Eagle“, seine Lieblingsmünze. Unter Sammlern 2,3 Millionen Euro wert. Weltweit sollen nur noch elf dieser Zwanzig-Dollar-Stücke existieren, weiß Kramer und muss schmunzeln. Dass eine zwölfte in diesem „Kellerverlies“ in einem kleinen Dorf in Sachsen-Anhalt versteckt ist, davon weiß die Welt nichts.

Behutsam legt er das wertvolle Stück zurück an seinen Platz und hebt den „1794 Liberty-Dollar“ heraus. Ihn schaut eine Frau mit wallendem Haar an – die personifizierte „Freiheit“. Es ist der erste Silberdollar, der von der 1792 neu gegründeten US-Münze in Washington geprägt wurde. Und Kramer kann sich noch ganz genau daran erinnern, wie er in den Besitz dieses Schatzes gekommen ist. Er hatte sie einem englischen Kunsthändler abgekauft – für die Hälfte des Katalogpreises, der bei sechs Millionen Euro lag. Dem Briten war die Sache zu heiß geworden. War der „Liberty-Dollar“ doch ein halbes Jahr zuvor bei einem spektakulären Überfall geraubt worden. Der amerikanische Besitzer wollte die Münze in London von Sotheby's versteigern lassen. Doch auf dem Weg zum traditionsreichen Auktionshaus war das Kleinod den Gangstern in die Hände gefallen. Sie war bei dem Hehler gelandet, der letztlich froh war, das Silberstück überhaupt noch loszuwerden. Scotland Yard war den Räubern schon dicht auf den Fersen gewesen, und der Juwelier musste selbst jeden Augenblick damit rechnen, aufzufliegen.

Kramer packt die Kästchen mit den wertvollsten Stücken in eine große Ledertasche. Dann geht er zur Tür, blickt sich noch einmal mit Wehmut um. Das hier unten war sein eigentliches Leben, glaubt er. Nicht sein täglicher Kampf, um noch mehr Geld anzuhäufen, nicht seine kriminellen Geschäfte, sein herzloses Gebaren, die Nichtachtung von Menschen, die darin gipfelt, dass er selbst vor Mord nicht Halt macht. „Vorbei!", presst der Immobilien-Millionär durch die Zähne. „Und alles wegen dieser kleinen Schlampe von Rechtsanwältin." Er bedauert bereits, dass er mit ihr nicht kurzen Prozess gemacht hat. ‚Aber es ist ja noch nicht zu spät', geht es ihm durch den Kopf. ‚Von unterwegs rufe ich den Chef vom Wachdienst an. Er soll die Sache zu Ende bringen. Ein paar Steine an die Beine gebunden und ab in die Ostsee. Verschwunden auf Nimmerwiedersehen.'

Artem Sidorenko schaut sich die Terrassentür näher an. Sie hat ein einfaches Schloss, stellt er fest. Kein Problem für den „Skorpion". Mit Hilfe seines stabilen Messers hat er die Tür innerhalb kürzester Zeit und beinahe lautlos geöffnet.

Vorsichtig schiebt er den Vorhang zur Seite, dann betritt er das Wohnzimmer, das fast das gesamte Erdgeschoss einnimmt. ‚Messer oder Makarow?', ist er für eine Sekunde unentschlossen. Doch dann entscheidet er sich, die Waffe von der Situation abhängig zu machen. Der Auftragsmörder geht um den Tresen der Küchenzeile herum, die sich übergangslos an den Wohnraum anschließt. Im selben Moment hört er leise Musik. Sie scheint vom oberen Stockwerk zu kommen. Sidorenko geht zurück ins Wohnzimmer mit dem weißen Steinway-Flügel. Gleich neben dem Instrument befindet sich die Wendeltreppe, die zu den Räumen im Obergeschoss führt. Der „Skorpion“ lauscht. Er hat sich nicht getäuscht: „Hey, Jude …“ Die Beatles.

Er zieht nun doch seine Pistole mit dem aufgeschraubten Schalldämpfer und sich am Fuße der Treppe die Schuhe aus. Letzteres ist eine Vorsichtsmaßnahme, die allerdings völlig überflüssig ist, wie er schnell bemerkt. Dämpfen doch die flauschigen Stufenschoner jeden seiner Schritte.

Die Musik kommt aus einem Zimmer, dessen Tür halb offen steht. Sidorenko schaut behutsam um den Türpfosten. Am Fenster sitzt ein Mann, der ihm den Rücken zuwendet. Er blättert in einem Buch und hat den Eindringling scheinbar noch nicht wahrgenommen. Und genau in diesem Augenblick begeht der S.d.s.-Mann einen entscheidenden Fehler. Anstatt, wie bei seinen vielen erfolgreich beendeten Aufträgen in den Jahren zuvor, sofort hinter das potenzielle Opfer zu treten, das Messer anzusetzen oder mit seiner „Lautlosen“ aus Nahdistanz auf den Kopf zu schießen, fragt er mit seinem harten slawischen Akzent den Mann: „Guten Tag, Herr Strutz. Sie sind doch Herr Edgar Strutz?“, vergewissert er sich, obwohl er bereits in jenem Moment, als sich der Ministerialdirigent ihm erschrocken zugewandt hat, weiß, dass er den Gesuchten vor sich hat. Sidorenko hatte, bevor er und Petrow nach Hohenacker aufgebrochen waren, im Netz nach dem Namen „Edgar Strutz“ gesucht und einige Fotos gefunden. Nicht besonders groß und scharf, aber immerhin so deutlich, dass er sich ein Bild vom Aussehen des Beamten machen konnte.

Strutz will aufspringen. Doch als er den Lauf mit dem Schalldämpfer wahrnimmt, erstarrt er mitten in der Bewegung und lässt sich dann langsam auf den Stuhl zurückfallen. „Eines interessiert mich, Herr Strutz, warum habt ihr mir jemanden auf den Hals geschickt, der mich töten sollte? Dazu noch einen blutigen Amateur", und muss über das ungewollte Wortspiel grinsen. „Habe ich meine Aufträge nicht immer tadellos erfüllt?"

Strutz steckt ein dicker Kloß im Hals. Selbst, wenn er eine Antwort auf die Fragen des Killers wüsste, wäre er gar nicht in der Lage, auch nur ein Wort über die Lippen zu bringen. Dicke Schweißperlen stehen ihm auf der Stirn. Er hebt beide Hände, als wolle er sich ergeben. ‚Hätte ich mich doch nur nicht auf diesen tödlichen Deal eingelassen', denkt er und wartet darauf, dass ihm ein Stahlmantelgeschoss den Schädel zerschmettert.

Im selben Augenblick hört er ein Geräusch an der Zimmertür. Er reißt die Augen weit auf und bemerkt, dass auch der Einbrecher die Bewegung hinter sich wahrgenommen hat.

„Nehmen Sie die Waffe herunter!", ruft eine Stimme auf dem Flur.

Was nun geschieht, kommt Strutz vor wie ein Film in Zeitraffer: Der Mann, der eben noch ihn bedroht hat, gibt zwei Schüsse in Richtung Tür ab. Dann rast er an Strutz vorbei und stürzt sich klirrend, umgebend von einer Glassplitterwolke, durch das große Atelierfenster des Zimmers. Schwarz gekleidete Männer mit Helmen stehen im Zimmer. Einer fragt ihn, ob alles in Ordnung ist. Der Vertraute Kramers kann nicht einmal mehr nicken. Er ist in eine Art Schockstarre gefallen.

Kramer schiebt das Regal mit den erlesenen Weinen vor seinen geheimen Münzen-Raum. Nun nur noch das Erste-Klasse-Ticket für den Flug nach Caracas aus dem Safe nehmen und dann ab nach Venezuela. Eines der südamerikanischen Länder, in denen man sich als in Deutschland gesuchter Verbrecher sicher fühlen kann. Mit British Airways von Berlin-Tegel über Miami. Nach dreizehn Stunden Flug ein neues Leben. Als Pensionär Dr. Peter Herrmann aus Düsseldorf. Auf diesen Namen ist sein Pass ausgestellt, den er sich für den Fall aller Fälle bereits von einem halben Jahr besorgt hat. ‚Gut, dass ich so vorausschauend war', denkt Kramer und sieht sich schon auf seinem Anwesen bei Polamar, der Hauptstadt von Isla de Margarita, der karibischen Insel vor der Küste Venezuelas.

Der Immobilien-Mogul steigt die Treppe zum Flur des Jagdhauses hinauf und öffnet kurz darauf den Safe. Er entnimmt dem Stahlfach seine persönlichen Unterlagen und wendet sich um.

Was er sieht, kann er im ersten Augenblick nicht glauben. Er vermutet zuerst Opfer eines Déjà-vus zu sein: Der Zombie aus seinem Albtraum – mit dem Gesicht der Rechtsanwältin, der ihn in die Tiefe reißt, steht vor ihm. Doch die Worte der „Untoten" holen ihn schnell in die Realität zurück: „Guten Tag, Herr Kramer! Das hätten Sie wohl nicht erwartet, mich wiederzusehen? Aber Unkraut vergeht nicht, hat meine Oma immer gesagt. Und wie Sie sehen, hatte sie wohl recht."

Kramer muss sich auf die Lehne des schweren Ebenholzstuhls stützen, um nicht den Boden unter den Füßen zu verlieren. ‚So kurz vor dem Ziel das Aus', blitzt ein Gedanke auf. Und genau diese Situation hat die Frau mit dem Revolver vorausgesehen. Den Schock will sie ausnutzen, um Kramer festzunageln.

„Setzen Sie sich hin!", gibt sie ihrer Stimme einen festeren Klang, als ihr zumute ist und deutet mit der Waffe auf den Stuhl. „Falten Sie die Hände und verschränken Sie sie schön hinter dem Nacken. Bei der geringsten Bewegung schieße ich. Nach allem, was Sie mir angetan haben, wird mir die Polizei auf jeden Fall abnehmen, dass ich in Notwehr gehandelt habe."

„Aber, aber, wer wird denn so nachtragend sein? Was wollen

Sie von mir? Geld? Das ist kein Problem. Eine Million macht mich nicht arm. Und für Sie wäre das doch ein Haufen Geld, mit dem Sie sich viele Wünsche erfüllen könnten, oder?"

„Das überlege ich mir vielleicht sogar. Aber das hängt in erster Linie von Ihren Antworten ab", lügt sie, um so an die gewünschten Informationen zu kommen.

„Was wollen Sie wissen?"

„Mich interessiert, warum die beiden Frauen aus dem ‚Kalinka' sterben mussten. Und wer dahinter steckt."

„Kindchen, willst du nicht erst einmal den Revolver weglegen", hat sich Kramer wieder ein wenig gefangen. „Wie schnell kann solch ein Ding losgehen. Und das wollen wir doch beide nicht." Der Geschäftsmann versucht, Zeit zu gewinnen. Deshalb lässt er sich auf das Gespräch ein. Im richtigen Augenblick, in dem er spürt, dass die Rechtsanwältin vielleicht für den Bruchteil einer Sekunde unaufmerksam ist, will er das Blättchen wenden.

„Also gut. Ich hatte einen Ukrainer angeheuert. Artem Sidorenko – einen S. d. s.-Mann. Wofür die Abkürzung genau steht, weiß ich nicht. Aber das ist eine Organisation, die ihre Wurzeln wohl in einer Spezialeinheit des Geheimdienstes hat. Inzwischen verdient sie weltweit mit speziellen Aufträgen Geld. Die beiden Nutten hatten durch einen Zufall erfahren, dass einige meiner Geschäftsfreunde und ich mit einer Sache zu tun haben, die schon Jahre zurückliegt. Die Bettmäuschen wollten uns melken. Das konnten wir doch nicht zulassen. Man weiß ja, dass Erpressung ein Fass ohne Boden ist."

„Mit der ‚Sache' meinen Sie sicherlich den Mord an Erich Mirabell, richtig?"

„Ahnte ich doch, dass du dein hübsches Näschen in diesen bedauerlichen Todesfall gesteckt hast. Aber auch wenn du es nicht verstehst: Wir hatten keine andere Wahl. Die Lunte brannte schon, und die Bombe drohte zu platzen. Erich wollte bei der Staatsanwaltschaft auspacken. Nun hatte ich zwar damals dort ein paar einflussreiche Freunde, aber die Sache hatte sich leider die Generalstaatsanwaltschaft auf den Tisch gezogen. Und die verstand keinen Spaß. Also haben wir alle beschlossen, dass Erich gehen muss. Eine Entscheidung, die besonders mir nicht leichtgefallen ist. Das kannst du mir glauben. Und wenn du das Gras vom Grab nicht wieder abgefressen hättest, könnten wir alle noch glücklich und zufrieden von unserem Ersparten leben."

„Ich habe da im Zusammenhang mit dem Fall ‚Mirabell' etwas von groß angelegtem Subventionsbetrug gehört."

„Du hast deine Hausaufgaben gemacht, Mädchen, und ich bedaure beinahe, dass ich dich so hart angefasst habe. Es ging damals wirklich um die Sanierung des Magdeburger Hans-Beimler-Sportstadions, aller Nebengebäude und der großen Wasserwelt-Freizeitanlage, die gleich daneben gebaut werden sollte. Mit drin im Paket waren das Grundstücks des Reitsportvereins einschließlich mehrerer Hallen und das riesige Parkgelände mit dem Fünf-Sterne-Hotel ‚Elbeblick'. Es flossen Millionen an Subventionen. Erich war unser Frontmann. Unter alle Verträge und Papiere setzte *er* seine Unterschrift. Wir anderen standen im Hintergrund. Und wie du siehst, war das auch gut so. Es gab zwar viele Gerüchte und Vermutungen, aber bis heute gibt es nur einen Schuldigen – Erich Mirabell. Er hat sein Geheimnis mit ins Grab genommen. Dank meiner Entschlusskraft und S.d.s."

Tanja Papenburg hat genug gehört. Sie überlegt, wie sie die Sache beenden kann und mit dem aufgezeichneten Geständnis verschwinden kann. Das ist genau der Augenblick, auf den Kramer gewartet hat. Mit einer schnellen Bewegung, die man dem bulligen Mann nicht zugetraut hätte, springt er auf, rammt der Anwältin seine rechte Schulter gegen die Brust, so dass die Frau krachend gegen den Barock-Sekretär fällt. Ein Schuss löst sich. Und Kramer, der den Bruchteil einer Sekunde überlegt, ob er sich auf die Frau, die stark am Kopf blutet, stürzen soll, greift seinen Lederkoffer, läuft zur Tür und dreht den Schlüssel von draußen zweimal herum.

Nachdem sie die Benommenheit des Aufpralls ein wenig abgeschüttelt hat, taumelt die Rechtsanwältin zur Tür und rüttelt daran. Im selben Moment hört sie hinter sich, von der Fensterfront her, einen Motor anspringen. Es ist die S-Klasse, die durch das geöffnete Garagentor rast.

Tanja Papenburg greift in ihre Jackentasche. Das Band läuft noch. Trotz ihrer Kopfschmerzen stoppt sie die Aufnahme und spult zurück. Dann drückt sie die kleine grüne Starttaste: „Guten Tag, Herr Kramer! Das hätten Sie wohl nicht erwartet, mich wiederzusehen? Aber Unkraut vergeht nicht, hat meine Oma immer gesagt. Und wie Sie sehen, hatte sie wohl recht …"

Die Rechtsanwältin geht zum Telefon, das vom Sekretär gefallen ist und wählt die Nummer der Polizeidirektion in Magdeburg.

Artem Sidorenko rappelt sich aus der Schneewehe auf. „Halt, bleiben Sie stehen! Stehenbleiben!" Doch der Auftragsmörder ignoriert den Ruf. Er lässt sich hinter das Gewächshaus fallen und gibt in Richtung des scheibenlosen Fensters zwei Schüsse ab. Im selben Moment hört er hinter sich ein Geräusch. Er will sich herumdrehen, doch noch während dieser Bewegung trifft ihn ein Projektil in die linke Schulter. Das Geschoss reißt ihn zu Boden. Doch so schnell gibt der Ukrainer nicht auf. Er humpelt gebückt den sandgestreuten Weg entlang, der zur Tür führt, durch die er das Grundstück betreten hat. Die Wunde pumpt Schmerzwellen durch seinen Körper. Sidorenko beißt die Zähne zusammen. Er hat es fast geschafft: Drei Meter, zwei, ein Meter. Da taucht eine schwarze Uniform auf, die den kleinen Garteneingang fast völlig ausfüllt. Der S.d.s.-Mann hebt erneut seine Makarow. Doch bevor er abdrücken kann, wird er von einer zweiten Kugel getroffen, abgegeben von einem SEK-Präzisionschützen, der mit seinem PSG 1 auf dem Turm der Dorfkirche postiert ist.

Sidorenko sinkt auf die Knie. Die Pistole fällt aus seiner Hand. Ein Schleier legt sich über seine Augen. Er hat das Gefühl, noch etwas sagen zu müssen. So etwas wie ein letztes Wort. Aber eigenartig, ihm fällt nichts ein. Nur das alte ukrainische Volkslied von der kleinen Schwalbe hört er nun ganz deutlich. Sie kommt zu ihm geflogen, setzt sich auf seine Hand und prophezeit, dass ihm im kommenden Frühling sehr viel Gutes widerfahren wird.

Sidorenko lächelt. Sehr viel Gutes, hört er noch einmal. Dann schlägt er mit dem Gesicht auf den Weg.

Die Gartentür schwingt auf, und hinter dem breiten Rücken des Spezialpolizisten, der immer noch mit seiner Waffe auf den Kopf des Regungslosen zielt, tritt Hartmut Mueller auf Sidorenko zu. Er dreht ihn auf den Rücken und sieht sofort, dass hier jede Hilfe zu spät kommt. Trotzdem sagt er zu dem SEK-Mann: „Sag dem Rettungssanitäter Bescheid, er soll kommen. Aber ich fürchte, hier ist nichts mehr zu machen."

Dass vor ihm der Mörder Erich Mirabells liegt, daran zweifelt er nicht. Das Phantombild, das von zehn Jahren nach der Beschreibung des Taxifahrers angefertigt wurde, der den Fremden zum altmärkischen Teichmark gebracht hatte, ist nahezu identisch mit dem Aussehen des Toten. Die Fingerabdrücke werden den endgültigen Beweis liefern.

Dann geht er ins Haus, um nach Edgar Strutz zu sehen. Der sitzt noch immer in sich zusammengesunken auf dem Stuhl neben der zerborstenen Fensterscheibe im Obergeschoss. Als er den Ersten Kriminalhauptkommissar erkennt, springt er wie von der Tarantel gestochen auf und schreit Mueller an: „Du blödes Arschloch! Wie spät wolltet ihr denn noch kommen. Wenn mein Gehirn schon an der Wand klebt oder was? Hätte ich vorher gewusst, dass ihr solche Ignoranten seid, hätte ich mich auf diesen hirnrissigen Deal niemals eingelassen!"

„Beruhigen Sie sich, Herr Strutz. Ich kann Sie wirklich gut verstehen. Aber wir mussten erst ganz sicher sein, dass der Mann der Gesuchte ist. Und glauben Sie mir, Sie waren keinen Augenblick lang in Gefahr. Die Männer vom SEK hatten ihn immer im Visier."

Der Ministerialdirigent winkt nur ab und lässt sich erschöpft wieder auf den Stuhl fallen.

Mueller geht nach unten. Der Zweck heiligt die Mittel, sagt er sich. Aber er ist sich nicht ganz sicher, ob dem auch wirklich so ist. Völlig klar, Strutz hat sich nicht freiwillig als Lockvogel zur Verfügung gestellt. Aber er hätte natürlich auch ablehnen können. Doch Moralisieren hilft bei der Jagd auf einen mehrfachen Mörder nicht, ist sich Mueller sicher. Es zählt nur der Erfolg.

Vor dem Haus kommen ihm zwei SEK-Beamte entgegen. Sie haben einen Mann in ihrer Mitte. „Wer ist das?", fragt der Chef der Mordkommission?

„Der gehört wohl zu dem da", macht einer der Beamten eine Kopfbewegung in die Richtung, wo die Leiche Sidorenkos liegt. „Er saß in dem Pickup, der neben der Kirche gestanden hat. Aus dem Fahrzeug war der Täter ausgestiegen."

„Stimmt das?", wendet sich Mueller an Nazar Petrow, dessen Hände mit Handschellen gefesselt sind.

„Irgendwie schon", antwortet der Pensionsbesitzer. „Und auch wieder nicht. Eigentlich bin ich nur der Fahrer. Ich habe meinen alten Armeekameraden Artem immer nur hierhin und dahin gefahren. Weil er sich doch seinen Fuß verletzt hatte. Was er dort getan hat, wo ich ihn hinkutschiert habe, weiß ich nicht."

„Ja, ja, und die Welt ist eine Scheibe", sagt Mueller. „Das können Sie nachher alles dem Haftrichter erzählen. Aber ich kann Ihnen jetzt schon versprechen: Ein paar Jahre Haft wird Ihnen Ihr Freundschaftsdienst, den die Juristen völlig unromantisch ‚Beihilfe zum Mord' nennen, bestimmt einbringen."

Der Kriminalist macht mit der Hand ein Zeichen, und die SEK-Leute führen Petrow zu einem dunkelblauen VW-Bus mit der Aufschrift „LKA Sachsen-Anhalt".

Im selben Moment ruft ihn ein Kollege der Schutzpolizei in einem Streifenwagen: „Eine wichtige Sache. Ich habe deine Stellvertreterin am Rohr", übergibt er Mueller den Funk.

„Was gibt es?"

„Bei euch alles klar?", lautet die Gegenfrage.

„Ja, alles klar. Erzähle ich dir nachher. Warum rufst du an?"

„Frau Papenburg sitzt neben mir. Wenn ich mich richtig erinnere, hattest du doch große Sehnsucht nach ihr?"

„Was, die Rechtsanwältin? Das ist ja ein Ding. Ich fahre sofort los. Geht es der Frau gut?"

„Den Umständen entsprechend schon. Sie hat ein paar Prellungen an Armen, Rippen und eine große Platzwunde am Hinterkopf, hat der Doc gesagt."

„Ich komme."

Ein halbe Stunde später stürmt der Chef der Mordkommission, immer gleich zwei Stufen auf einmal nehmend, die Treppe zu seinem Büro hoch. Als er die Tür zum Flur des Fachkommissariats aufreißt, wäre er fast mit dem Kollegen von der Brandursachen-Ermittlung zusammengestoßen. „Nun mal langsam, Hartmut", schmunzelt der Oberkommissar. „Jetzt läuft sie dir ja nicht wieder weg."

„Weiß man's?," sagt Mueller. „Wo ist sie denn?"

„Sie trinkt mit Ines Kaffee. Der Ehemann ist auch benachrichtigt. Aber wir haben ihm gesagt, dass wir seine Frau erst in ein paar Stunden nach Hause bringen. Du hast doch sicherlich eine ganze Fuhre Fragen an sie. Ach übrigens, Oberstaatsanwalt Baumann ist auch schon unterwegs. Er will dabei sein."

„Wenn's denn sein muss", sagt Mueller und drückt die Klinke zum Zimmer seiner Stellvertreterin herunter.

Tanja Papenburg ist blass wie eine gekalkte Wand, fällt dem Kriminalisten sofort auf. Die tiefen Schatten unter ihren Augen sehen aus, als seien ihr Veilchen geschlagen worden. Sie hält die Kaffeetasse mit beiden Händen, und trotzdem hat es den Anschein, als würde sie das heiße Getränk jede Sekunde verschütten. Doch neben der Erschöpfung sieht Mueller in den Augen der Rechtsanwältin eine Art von Triumph glimmen. Allerdings kann er sich noch nicht erklären, warum.

„So, Frau Papenburg, da sind Sie ja. Wissen Sie eigentlich, dass Sie uns ganz schön auf Trab gehalten haben? Wir haben sogar von polnischen Kollegen nach Ihnen suchen lassen. Was ist Ihnen denn in den Sinn gekommen, uns so ins Handwerk zu pfuschen?"

Tanja Papenburg hat mit dieser Standpauke gerechnet. „Sie haben ja Recht. Aber ich komme auch nicht mit leeren Händen", zieht sie das kleine Diktiergerät aus der Tasche. „Ich habe hier den Beweis, dass der Immobilien-Millionär Paul Kramer hinter der ganzen Sache steckt. Er selbst hat den Auftrag gegeben, die beiden Frauen aus dem ‚Kalinka' umzubringen. Und auch der bis heute ungeklärte Mord an Erich Mirabell geht auf seine Kappe."

In diesem Moment betritt der Oberstaatsanwalt den Raum. „Lasst euch nicht stören. Ich setze mich hier in die Ecke und höre erst einmal zu", sagt er.

Die Rechtsanwältin drückt auf die Abspieltaste: „Die beiden Nutten hatten durch einen Zufall erfahren, dass einige meiner Geschäftsfreunde und ich mit einer Sache zu tun haben, die schon Jahre zurück liegt. Die Bettmäuschen wollten uns melken. Das konnten wir doch nicht zulassen", schnarrt die Stimme Kramers aus dem Lautsprecher. Und: „Also haben wir alle beschlossen, dass Erich gehen muss." Bei den Sätzen „Er hat sein Geheimnis mit ins Grab genommen. Dank meiner Entschlusskraft und S. d. s.", blicken sich Mueller und Baumann vielsagend an.

Gepolter, ein Schuss fällt, eine Frau schreit, Schritte sind zu hören und das Schlagen einer Tür. Dann stoppt das Band. Tanja Papenburg hat es ausgeschaltet.

„Frau Papenburg, Sie haben entscheidend zur Aufklärung mehrerer Kapitalverbrechen beigetragen. Mit viel Glück, wie ich anmerken möchte", wendet sich der Oberstaatsanwalt der Anwältin zu. „Das steht auf Ihrer Habenseite. Doch gleichzeitig haben Sie die Arbeit der Polizei durch Ihre Einmischung in die Ermittlungen grob fahrlässig behindert. Ganz zu schweigen davon, dass Sie sich selbst in Lebensgefahr gebracht haben. Doch für beides gibt es im Strafgesetzbuch keinen Paragraphen. Ich mache Sie aber darauf aufmerksam, dass ich von Amts wegen ein Ermittlungsverfahren aufgrund des Verdachts der Nötigung gegen Sie eröffnen muss. Denn immerhin haben Sie, wie ich dem Protokoll ihrer Aussage entnehme, Herrn Kramer mit vorgehaltener Waffe zu diesem Geständnis gezwungen. Und das Strafgesetzbuch sagt dazu nun mal: ‚Wer einen Menschen rechtswidrig mit Gewalt oder durch Drohung mit einem empfindlichen Übel zu einer Handlung, Duldung oder Unterlassung nötigt, wird mit Freiheitsstrafe bis zu drei Jahren oder mit Geldstrafe bestraft.' – Paragraph 240."

Tanja Papenburg nickt. Sie muss sich an der Stuhllehne festhalten. ‚Jetzt kommt der Zusammenbruch', denkt sie. Weniger wegen der Ankündigung des Oberstaatsanwalts, jetzt, wo alles überstanden ist, bröckelt die Mauer, die sie zum eigenen Schutz während der letzten Tage aufgebaut hat. Wie durch Watte hört sie Baumann sagen: „Und nun noch ein paar persönliche Worte, die ich offiziell nie gesagt habe: Ohne Sie hätten wir den Fall wohl nicht geklärt. Die Sache war schon vorläufig eingestellt, nachdem sich Heerscharen von Kriminalisten die Zähne daran ausgebissen hatten. Nun müssen wir nur noch Herrn Kramer finden und verhaften", schaut er in Muellers Richtung und erntet dafür einen süßsauren Blick von ihm. „Ich lasse Sie jetzt nach Hause fahren. Ruhen Sie sich aus. Und machen Sie sich wegen des Ermittlungsverfahrens keine allzu großen Gedanken. Übrigens habe ich das eben auch nicht gesagt."

Die Rechtsanwältin drückt sich aus dem Stuhl hoch und nickt in die Runde.

„Ich bringe Sie nach Wahlbrück", bietet ihr Ines Keller an.

Als Tanja Papenburg schon an der Tür steht, fasst sie in ihre Jackentasche und zieht ein kleines Kästchen heraus. „Das hätte ich fast vergessen", öffnet sie es und legt den wie ein Fünfzig-Cent-Stück großen goldenen Anhänger mit dem Skorpion, auf dessen stachelbewehrten Schwanz die drei Buchstaben „S.d.s." eingraviert sind, auf den Tisch. „Das Schmuckstück hatte Petrykha in der Hand, als sie tot in ihrem Zimmer lag. Sie muss es ihrem Mörder im Todeskampf vom Hals gerissen haben."

Tanja Papenburg sitzt im Wintergarten ihres Reihenhauses mit dem phantastischen Blick auf den nur etwa zehn Schritte entfernten Wald. Es ist der erste schöne Vorfrühlingstag, und die Märzsonne heizt den Glasanbau wohlig auf. ‚Der Winter war in diesem Jahr besonders hart', denkt sie. Und schüttelt sogleich den Kopf. Ihre Lippen formen die Worte: „Und nicht nur das Wetter."

Die Anwältin hat ein amtliches Schreiben vor sich liegen.

„Hiermit teile ich Ihnen mit, dass ich das Ermittlungsverfahren gegen Sie eingestellt habe.“ Unterschrift: „Frank Baumann, Oberstaatsanwalt.“ Sie hat den Brief bestimmt schon zwanzigmal gelesen. Auch den handschriftlichen Nachsatz: „Leider konnten wir den gesuchten Paul Kramer bisher nicht festnehmen. Wir gehen davon aus, dass er sich unter falschem Namen ins Ausland abgesetzt hat. Es wird mit einem internationalen Haftbefehl nach ihm gefahndet.“

„Na, bist du schon wieder bei deiner Lieblingslektüre“, wird Tanja Papenburg aus ihren Gedanken gerissen. Es ist ihr Mann, zwei Gläser Rotwein in den Händen. „Du, sag mal, was hältst du denn davon, wenn ich ein Buch über die ‚Abenteuer der Tanja Papenburg‘ schreibe?“

Seine Frau sieht ihn ungläubig an: „Das ist jetzt nicht dein Ernst! Ich kann mich doch dann nirgends mehr sehen lassen. Es wird jetzt schon hinter vorgehaltener Hand getuschelt, wenn man mich erkennt: ‚Das ist die Miss Marple von Wahlbrück.‘“

„Hast du etwas von der Rechtsanwaltkammer gehört?“, wechselt Oliver Berndt schnell das Thema. Denn seit ihrem ‚Ausflug‘ ins organisierte Verbrechen ist das Nervenkostüm seiner Frau immer noch sehr dünn, weiß er.

„Ja, ich hatte heute einen Anruf. Nachdem die Staatsanwaltschaft das Ermittlungsverfahren eingestellt hat, muss sich mich nun auch nicht vor dem Berufsgericht der Anwälte verantworten. Deine Frau ist eine unbescholtene Bürgerin“, versucht Tanja Papenburg einen Scherz zu machen.

„Sag mal, Olli, was hältst du denn davon, dass wir im Sommer mal nach Polen fahren?“

„Nach Polen, warum nach Polen?“

„Ich habe uns an der polnischen Ostseeküste für ein paar Tage ein Zimmer gemietet. In einem hübsches kleines Hotel in Ustka.

Das können wir uns doch jetzt leisten, nachdem sich die Chefin vom ‚Kalinka' so großzügig gezeigt hat mit dem Honorar. Und auf den Weg dorthin kann ich dir gleich mal die Frauen vorstellen, denen ich wahrscheinlich mein Leben verdanke. Außerdem muss ich Kamila noch ihren Käfer zurückbringen und die hundert Euro, die sie mir geliehen hat. Mit Zinsen – versteht sich."

Oliver Berndt blickt seine Frau bewundernd an: Kaum wieder halbwegs auf dem Posten und schon wieder unternehmungslustig! Die Abendsonne leckt an den Wipfeln der windkrummen Fichten, die sich auch jetzt noch – von der Schneelast befreit – gefährlich über den Pool neigen. „Ich komme gerne mit. Unter einer Bedingung: Keine Verbrecherjagd mehr – Miss Marple! Oder ich schreibe doch noch ein Buch über dich", sagt der Rundfunkjournalist.

Doch dann winkt er ab: „Aber diese Story, die du erlebt hast, würde mir sowieso niemand ernsthaft abnehmen."

BERND KAUFHOLZ, geb. 1952 in Magdeburg, lebt im Jerichower Land. Er studierte Maschinenbau, später Journalistik. Ab 1977 Redakteur der Magdeburger „Volksstimme", seit 1993 als Chefreporter Reisen in viele Kriegs- und Krisengebiete der Welt. Daneben Arbeit an einer sehr erfolgreichen Buchreihe authentischer Kriminalfälle. Seit 2012 ist Kaufholz Sprecher des Verkehrsministeriums in Sachsen-Anhalt.

Bibliografische Information der Deutschen Nationalbibliothek
Die Deutsche Nationalbibliothek registriert diese Publikation in der Deutschen Nationalbibliografie; detaillierte bibliografische Daten im Internet unter http://d-nb.de.

www.mitteldeutscherverlag.de

Umschlagfoto: stokkete – Fotolia.com
Gesamtherstellung: Mitteldeutscher Verlag, Halle (Saale)
Lektorat: André Schinkel, Halle (Saale)

ISBN 978-3-95462-242-9

Printed in the EU